KB015105

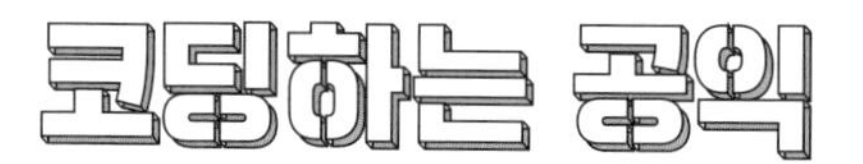
코딩하는 공익

코딩하는 공익

초판 1쇄 인쇄 2020년 4월 20일

초판 1쇄 발행 2020년 4월 27일

–

지은이 반병현

펴낸이 이방원

편　집 송원빈 · 김명희 · 안효희 · 윤원진 · 정우경 · 최선희

디자인 양혜진 · 손경화 · 박혜옥

영　업 최성수　**기획 · 마케팅** 정조연　**업무지원** 김경미

–

펴낸곳 세창미디어

출판신고 2013년 1월 4일 제312-2013-000002호

주소 03735 서울시 서대문구 경기대로 88 냉천빌딩 4층

전화 02-723-8660　**팩스** 02-720-4579

이메일 edit@sechangpub.co.kr　**홈페이지** http://www.sechangpub.co.kr/

–

ISBN 978-89-5586-611-7 03810

ⓒ 반병현, 2020

_ 이 책에 실린 글의 무단 전재와 복제를 금합니다.

_ 책값은 뒤표지에 있습니다.

이 도서의 국립중앙도서관 출판시도서목록(CIP)은 서지정보유통지원시스템 홈페이지(http://seoji.nl.go.kr)와

국가자료공동목록시스템(http://www.nl.go.kr/kolisnet)에서 이용하실 수 있습니다.(CIP제어번호: 2020014803)

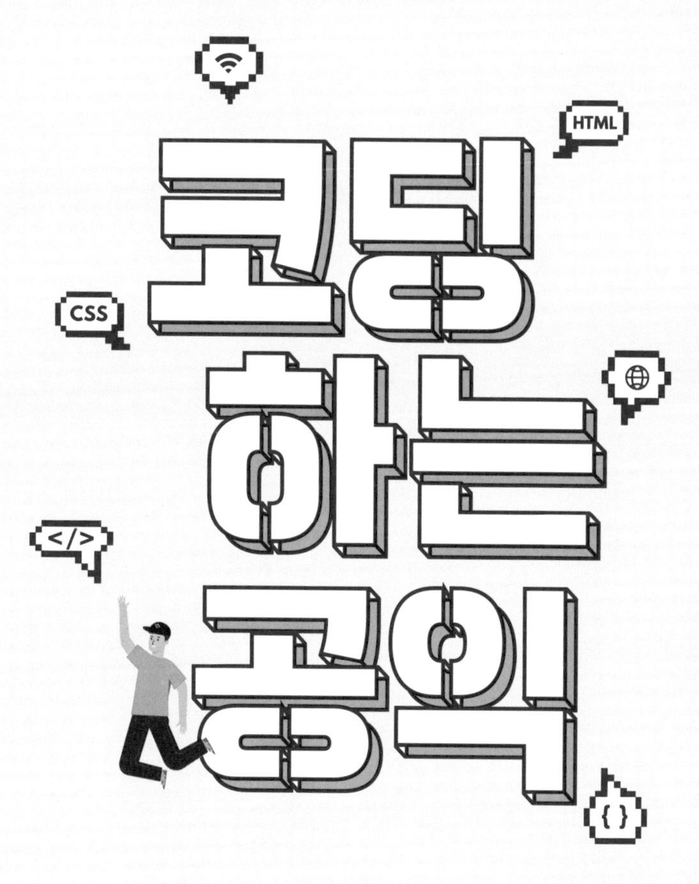

반병현

쇠사슬을 차고서도 세상을 바꿀 수 있을까?

세창미디어 MEDIA

프롤로그

졸업과 사회, 그 어딘가에 끼인 채로

"강연을 한 번 와 주시면 150만 원을 드리겠습니다."

안 돼, 제발 이러지 마.

오늘은 K모 기관에서 연락이 왔다. 강연을 한 번 해 주면 백오십만 원을 주겠다고 한다.

"내 지금 몸값은 강연 한 번에 백오십만 원 정도구나."

덕분에 우울해졌다. 무력감마저 몰려왔다. 내 돈 백오십만 원을 하루 아침에 도둑맞은 기분이 들었다. 저 돈은 받을 수 없는 돈이다. 그림의

떡. 왜냐하면, 나는 지금 사회복무요원으로 복무 중이기 때문이다. 사회복무는 UN 산하의 국제노동기구ILO가 인정한 강제노역[1]이며, 노역의 대가로 육군 병사와 같은 수준의 기본급을 받는다. 그 외의 경제활동은 서류로 증명 가능한 가정형편의 곤란 사유가 있어야 하며, 그마저도 생계유지에 필요한 액수를 벗어나면 허가가 나지 않는다. 한 번에 백오십만 원짜리 강연이 허가가 날 리 없다.

나는 카이스트KAIST 바이오및뇌공학과 출신이다. 학부는 11학번, 석사는 16학번이다. 박사는 18학번이지만 자퇴했다. 석사과정을 조기 졸업한 직후 코파운더급 CTO로 〈상상텃밭〉이라는 스타트업에 합류했기 때문이다. 연구실을 나와 필드로 가면 돈을 많이 벌 수 있을 것 같았다. 일 년 정도 빡세게 달려 회사를 안정 궤도로 올리면서 돈을 모으고 큰 규모의 투자를 유치한 다음 사회복무를 시작하려고 생각했다. 포르쉐를 타고 동사무소에 출근하는 공익. 멋지지 않은가.

그런데 회사에 온 지 석 달 만에 모든 계획이 틀어졌다. 병역을 해결하지 못한 채로 졸업한 사람은 3개월이 지나면 자동으로 소집대상에 편입된다고 한다. 고학력자에, 고령자일수록 우선하여 선발하는데, 아마 경상북도 안동시의 보충역 중에서 내가 가장 나이도 많고 학력도 높았던 모양이다. 소집대상으로 편입된 바로 다음 날 영장이 날아왔다.

영장을 읽어 보니 이미 복무지도 배정되어 있었다. 나는 안동노동청으로 배치되어 있었다. 그래. 그래도 관공서가 아닌가. 해병대도 경례를 때리고 지나간다는 하수종말처리장 공익보다는 몸이 편할 것이며, 부패하여 악취가 날 때까지 방치된 시신을 거의 매주 봐야 한다는 주택공사 공익보다는 마음이 편할 것이다. 복무지가 생각보다 한가한 곳이라면 회사 일을 도와줄 시간적 여유가 생길지도 모른다. 그래, 영장이 나온 김에 시원하게 다녀오자! 회사는 가면 갈수록 빠르게 성장하며 점점 더 바빠질 테니, 조금이라도 덜 큰 규모일 때 빠르게 병역을 해결하고 돌아오는 게 회사 차원에서도 더 좋지 않겠는가. 다른 멤버들과 투자자도 모두 동의했다.

2018년 6월 11일

나는 대구의 50사단으로 입소했다. 친구들과 회사 임원들이 따라와 줬다. 부대 앞 식당은 정성이라곤 전혀 찾아볼 수 없는 음식을 판매하고 있었다. 괜찮았다. 이미 입대마저 각오한 사람답게 초연한 자세로 견뎠다. 견딜 수 있었다. 식사가 끝난 뒤 아버지 차를 타고 영내로 진입했다. 막상 언덕을 조금씩 내려가다 보니 급격히 기분이 가라앉았다.

220여 명의 젊은이가 한곳에 모여 4주 동안 함께 지내게 되었다. 몸에 문신을 한 사람이 너무 많았다. 50사단에서는 같은 줄에 선 사람들을 같은 생활관에 배정한다는 정보를 미리 입수하였기에 빠르게 모여 있는 사람들을 스캔했다. 인상이 순한 사람들이 많은 곳을 골라서 줄을 섰다. 내가 가장 나이가 많을 줄 알았는데 나보다 한 살 더 많은 형님이 계셨다. 그는 내 바로 옆자리를 사용하게 되었다. 정말 착하고 정이 많은 사람이었다. 입소 삼 일 차에 훈련을 받고 오니 그는 온데간데없이 사라진 상태였다. 고혈압이 심해 퇴소당했다고 했다. 낯선 곳에서 처음으로 만든 친구는 그렇게 예고도 없이 떠나 버렸다.

그날 저녁 1소대장이 공지를 했다. 중대장 훈련병을 선발하는데, 중대원들을 지휘하는 역할이며 몇 가지 포상이 제공된다고 했다. 처음에는 별생각이 없었지만, 이왕 4주짜리 짧은 군생활을 하는데 가장 특별한 자리를 갖고 싶었다. 총 네 개 소대에서 각각 한 명씩 지원자가 나왔다. 큰 목소리가 중요하다고 하기에 어머니께 배운 성악 발성까지 동원해 복도를 쩌렁쩌렁 울렸다. 포상은 병무청장상이었다. 덕분에 복무지에서 포상휴가 1일을 받을 수 있었다.

4주 동안 회사 동료들이 인터넷 편지를 거의 매일 보내 주었다. 그런데 이 친구들이 나를 놀리기 위해 편지에 적힌 모든 숫자에 10의 거듭제곱수를 임의로 곱해서 보냈다. 이를테면 아래와 같은 편지가 거의 매일 오는 것이었다.

친애하는 이사님께

이사님, 훈련소는 평안하십니까? 이사님의 사랑과 걱정 덕분에 〈상상텃밭〉은 별다른 우환 없이 순조롭게 성장하고 있습니다. 이번에 현장 시공 시기를 앞당기기 위하여 200명의 신규 인력 채용공고를 급하게 내었습니다. 이 중 절반가량은 이미 선발이 완료되었고, 나머지 100명의

빠른 선발을 위해 안동 시내에 1만 장의 채용공고 포스터를 배부하였습니다.

아울러 이사님께서 입대하시기 전에 작성하신 연구제안서가 통과되어 330억 원 규모의 연구과제 수주가 거의 확정적입니다. 발표심사만 남았는데 다행히 경쟁률이 1.2 대 1 수준이라고 합니다. 현재 〈상상텃밭〉 연구부의 20명의 연구원 전원이 야근하며 과제를 준비하고 있습니다.

훈련을 무리해서 받으시다가 건강이 상하실까 염려됩니다. 부디 건강하시길 바라며 여유가 되시면 종이편지로 근황을 알려 주시기 바랍니다.

위 편지는 완전히 과장된 내용이다. 먼저 저기 적힌 200명의 신규 인력은 사실 2명의 신규 인력이다. 첫 문단을 해석하면 아래와 같다.

사람 2명을 추가로 채용하려 하고, 한 명은 선발을 완료했다. 나머지 한 명을 빠르게 뽑기 위해 안동 시내에 100장 정도의 포스터를 뿌렸다.

그 뒤 이야기도 사실은 3.3억 규모의 과제를 수주하는 이야기이며, 연구부 멤버 2명이 야근을 한다는 뜻이다.

나는 동료들의 장난기를 알기 때문에 웃어넘겼다. 그런데 다른 사람들은 아니었다. 어느 저녁, 인터넷 편지를 배부하러 들어온 분대장(조교)이 굳은 표정으로 다가와 나에게 말했다.

"중대장 훈련병님, 혹시 사회에서 이사님이셨습니까? 그, 제가 편지를 읽어 보려던 것은 아닌데 어쩌다 보니 읽고 말았습니다. 정말 죄송합니다."

몹시 당황스러웠다. 원래 분대장은 훈련병에게 정중한 존댓말을 쓰지 않는다. 아마 동료들이 장난으로 적어 둔 숫자를 그대로 믿고 당황한 것 같았다. 문제는 그 자리에 나 혼자 있지 않았다는 점이다. 생활관 동기를 비롯해 거의 소대원 절반 정도가 그 자리에 있었다. 순간 2주간의 훈련으로 인한 스트레스를 이기지 못하고 허세가 뇌를 지배하기 시작했다. 나는 바닥을 내려다보며 조용히 말했다.

"네 맞습니다. 조용히 훈련받고 가려고 했는데. 못 들은 걸로 해 주시기 바랍니다. 저는 그냥 훈련병입니다."

남은 군생활을 정말 편하게 보낼 수 있었다. 밤에 라면을 얻어먹었다. 〈상상텃밭〉에 취직시켜 달라는 분대장도 있었다. 심지어 옆 소대장으로부터 부사관 출신 신입 직원 선발이 회사에 가져오는 긍정적인 효용에 대해 몇 시간 동안이나 강의를 들어야 했다.

4주는 생각보다 금방 흘러갔다. 다행히 복무지는 생각 이상으로 편한 곳이었고 개인 시간이 많이 보장되었다. 사람들도 합리적이고 좋았다. 고등학교 선배님들이 거의 모든 부서마다 한 분씩 계셨다. 신기했다.

사회복무요원은 훈련소 퇴소 후 한 달 정도 시간이 지나면 일주일간의 합숙 교육을 받게 되어 있다. 병무청 사람이 교육 중에 이런 이야기를 했다. "여러분이 사회에서 어떤 일을 했었는지는 전혀 상관없습니다. 여러분은 2년 동안 사회의 가장 낮은 자리에서 국민을 위해 봉사하는 것입니다." 사회봉사가 국방과 어떤 관련이 있는지는 전혀 모르겠지만, 이 이야기는 나의 마음을 움직이기 충분했다. 이왕 사회복무요원이 된 김에 나도 사회를 위해 긍정적인 영향을 끼쳐 보기로 했다. 나의 성에 차는 규모로 말이다. 나는 시골 노동청에서 쓰레기통 비우고 A4용지 상자를 옮기는 선에서 만족할 수 없었다. 이왕 마음을 먹었으면 범국가적인 규모로 놀아야 하지 않겠는가?

덕분에 불과 두 달 사이 많은 일이 있었다. 청와대와 행안부 등으로부터 '대한민국 행정혁신의 아이콘'이라는 타이틀을 획득했다. 거의 매일 일면식도 없는 공무원들로부터 전화를 받는데, 하나같이 저 타이틀을 언급한다. 낯이 뜨거워져서 견딜 수가 없다. 지금이야 관공서에서 귀빈으로 초청하려는 경우가 대부분이지만 한때는 정부로부터 탄압받기도 했었다. 그 과정에서 있었던 일들을 이 책에 녹여 내 보았다.

단기간에 찾아온 유명세 덕에 많은 곳에서 강의 요청이 들어왔다. 그렇지만 다 부질없다. 복무 중에는 돈도 못 받는데. 사회에 긍정적인 영향을 끼치는 것도 좋지만 금전적인 문제도 중요했다. 민간인 신분이었으면 자문료, 강연료, 인세 등으로 단기간에 큰돈을 벌었을 것이다. 하지만 지금은 기본급 331,300원을 받는 것 이외에 다른 경제활동은 불가능하다. 국제노동기구에서 강제노역으로 분류할 만하다. 신체에 하자가 있는 젊은이들까지 착취하려 애쓰는 국가.

그 와중에 TV에 나온 저 젊은 공학석사가 현재 돈을 벌 수 없는 신분임을 악용하여 공짜로 부려먹으려는 분들이 얼마나 많던지. 덕분에 애국심이라는 것이 전혀 남아 있지 않게 되었다.

복무 중에 돈을 받을 수는 없지만, 예술활동은 할 수 있으므로 글을 열심히 쓰면서 나를 알리고, 몸값을 높이는 쪽으로 간접적인 이득을 취하고 있다. 애초에 공익이라는 타이틀이 없었으면 이 정도의 반향을 일으키기 힘들었을 것이다. 병역의 의무라는 상황을 나에게 유리한 방향으로 최대한 활용하고 있다.

일련의 과정에서 복무지에서 나에게 시키는 일의 양이 현저하게 줄어들었다. 예전에는 온갖 잡무를 거의 모든 사람이 가벼운 마음으로 시켰는데, 이제는 다들 조금씩 부담을 느끼는 것 같다. 지금은 고정적으로 처리하는 일 두 가지 외에는 정말 중요한 일이나, 친한 공무원이 부탁하는 일 정도만 처리하고 있다. 굉장한 여유가 갑자기 생겼다. 어느 정도냐면 대학원 시절엔 그렇게 싫어하던 연구를 자발적으로 하고 있다. 복무 중에 논문을 서너 편 쓸 것 같다.

많은 공무원이 나를 외계인처럼 생각한다. 글쎄. 나는 그냥 행동력이 지나치게 큰 사회복무요원이다. 그저 나의 지금 신분에 대한 불만을 해소하기 위한 반작용을 조금 큰 스케일로 실천한 것뿐이다. 나는 사회복무요원의 겸직금지 조항과 낮은 기본급에 불만이 있었다. 마치 나의 가치가 낮아지는 것 같아서 자존심이 상하고 좌절감이 들었다. 이를 해소하기 위하여 만족할 수 있는 수준으로 자존감을 회복시키고 싶었고, 그를 위한 행동을 실천했을 뿐이다. 금전적인 가치를 생산할 수 없다면 다른 무형의 가치를 생산하여 남들로부터 인정받으면 되겠다고 생각했다.

"너 요즘 그렇게 정신승리 하고 있었어?"

친구의 말 한마디가 가슴을 후려친다. 그래, 맞다. 정신승리다. 나의 월 급여는 그대로고 국방부 시계는 돌아갈 생각을 않는다. 학교를 졸업했지만, 사회에는 온전히 진출하지 못했다. 비록 몸값은 올라가고 재미있는 경험도 많이 하고 있지만, 피부양자라는 법적 신분은 변하지 않는다. 돈을 벌고 싶다. 지금 당장.

"반병현 요원이 추후에 사회에 진출해 돈을 많이 벌 거라는 점을 어필해 은행으로부터 대출을 받을 수는 없나요?"

겸직을 통한 경제활동 상담을 받던 중, 병무청 공무원의 해맑은 목소리에 이성의 끈을 놓을 뻔했다. 약 올리는 것도 아니고. 금전적인 여유도 중요한 문제겠지만 나는 스스로의 능력을 유형적인 가치로 인정받고 싶은 욕구가 가장 크다. 완전히 사회로 돌아가기 전에는 아마 이 욕구를 채울 방법은 없을 것이다.

그렇기에 내 나름의 정신승리를 멈추지 않을 것이다. 앞으로도 새롭고 무모한 도전을 해 나갈 것이고, 새로운 인연도 많이 만들 것이다. 어차피 국방부 시계는 영원히 돌아가지 않으므로, 하고 싶은 일을 모두 다 해 봐도 시간이 남아돌 것이다.

졸업과 사회 사이 어딘가에 끼인 채로, 내 젊음을 이렇게 탕진하는 중이다.

2019년 어느 봄날,

아직 복무기간이 1년 이상 남아 있다는 사실에 한숨을 내쉬며

프롤로그

Chapter 1.

공직을 수호하는 요원이 되다

Chapter 2.

요원이 작전을 시작합니다

Chapter 3.

낭중지추, 군생활 풀리는 소리

Chapter 4.

창타출두조, 군생활 꼬이는 소리

Chapter 5.

그걸요? 제가요? 왜요?

Chapter 6.

은퇴를 기다리는 요원

Chapter 1

공직을 수호하는 요원이 되다

노동청 공익과
고장 난 컴퓨터들

요즘은 보기 힘들지만 90년대에는 슈퍼마켓에서 500원짜리 프라모델을 판매했다. 상자를 개봉하면 질 나쁜 사탕 한두 개와 함께 프라모델이 들어 있는 것이다. 500원이라는 가격에 걸맞지 않게 관절도 움직이고, 때에 따라서는 여러 개의 장난감이 서로 합체해서 더 크고 멋진 장난감이 되기도 했다. 훗날 알게 된 사실인데 이 당시에는 형식적인 먹거리를 동봉한 완구가 굉장히 많이 출시되었다고 한다. 음식물을 포함하고 있으면 완구점이나 문구점뿐 아니라 식료품점 등지에서도 판매할 수 있었기 때문이라고. 외갓집에만 놀러 가면 갖은 애교를 부려 용돈을 받아 구멍가게로 달려갔다. 이런 장난감을 사려고.

그래. 나는 어린 시절부터 무언가를 부수고 다시 조립하는 것을 참 좋아했다. 초등학교에 들어가서는 손전등에서 시작해 비싼 LG스캐너를 통째로 분해해 버린 적도 있었다. 무언가 복잡해 보이는 걸 뜯어보고 재조립하는 게 너무 즐거웠다. 중학생 시절에는 세뱃돈을 탈탈 털어서 산 PSP를 분해해 외장재를 크롬으로 바꾸기도 했다. 언제부터인가 나에게는 십자드라이버로 분해 가능한 전자기기는 무조건 한 번씩은 뜯어보는 버릇이 생겼다. 기계의 가격이 얼마나 비싼지는 중요한 문제가 아니었다. 분해 후 재조립할 수 있다는 확신이 들면 일단 뜯어봐야만 비로소 마음이 편안해지는 것이다.

내가 애지중지하던 노트북도 예외가 아니었다. 참고로 이 노트북은 주기적인 관리로 9년째 현역으로 뛰고 있다.

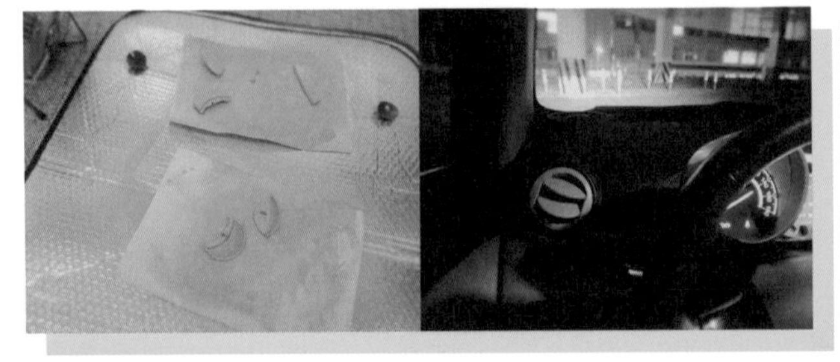

물론 내 자동차도 예외가 아니었다.

컴퓨터를 조립하는 것도 너무 즐거웠다. 남들은 컴퓨터 조립해 달라는 부탁이 들어오면 무조건 거절하라고 하지만, 나는 새 컴퓨터를 구매하는 지인들에게 제발 부탁이니 조립을 하게 해 달라고 부탁하고 다녔다. 백만 원이 넘는 비싼 기계를 내 돈 안 들이고 조립할 수 있다니. 얼마나 좋은 기회인가.

대학원 시절에도 연구실 내 전산팀에 들어갔다. 서버를 뜯어보고, 고장 난 컴퓨터를 고쳐 주는 게 그렇게 신날 수가 없었다. 컴퓨터를 고치는 것은 정말 즐거운 일이다!

그리고 그 생각은 사회복무를 시작하며 많이 바뀌게 되었다.

공공기관에는 컴퓨터가 많다. 대단히 많다. 노동청 같은 경우에는 근무 중인 모든 공무원이 컴퓨터를 한 대씩 가지고 있고, 민원인용 PC도 비치되어 있으니 거의 50여 대의 컴퓨터가 상시 가동되고 있는 것이다. 그리고 컴퓨터를 다루는 사람들은 IT 전문가가 아니라 노동법과 국가행정의 전문가다. 별의별 고장이 매일 수시로 발생한다는 뜻이다.

그런 곳에 컴퓨터를 잘 고치는 공익이 새로 들어왔으니 공무원들이 얼마나 기대를 많이 했을까. 온종일 컴퓨터를 고치러 불려 다녔다. 이곳에서 말하는 '컴퓨터 고장'은 연구실에서 말하는 고장과는 궤를 달리했다. 컴퓨터가 갑자기 켜지지 않는다고 해서 뛰어갔더니 플러그가 뽑혀 있었던 적도 있다. 모니터가 나오지 않는다고 해서 갔더니 모니터 전원이 꺼져 있었던 적도 있다. 이런 경우는 어느 단체나 회사를 가도 흔할 것이므로 더 상세하게 언급하지는 않겠다. 후.

관공서에 납품되는 컴퓨터에는 온갖 프로그램들이 기본으로 깔려 있다. 제조사가 어딘지도 다 파악할 수 없으니 그들끼리 서로 충돌을 일으킬 수도 있겠다는 걱정을 했다. 아니나 다를까 팀장님 컴퓨터에서 문서 보안 프로그램과 한컴오피스가 충돌해 매번 에러 메시지가 뜨는 사태가 벌어진 적이 있었다.

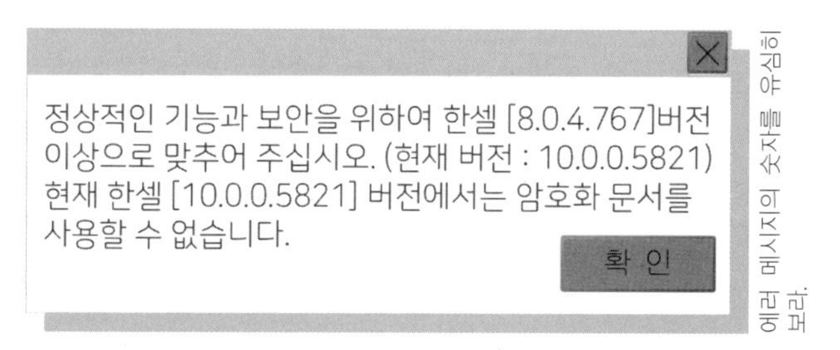

에러 메시지의 숫자를 유심히 보라.

"10.0.0.5821은 첫 자릿수가 1로 시작하네? 그러면 첫 자릿수가 8로 시작하는 8.0.4.767보다 구버전이구나!"

한셀은 관공서에서 엑셀 대신 사용하는 프로그램이다. 저 문서 보안 프로그램을 만든 업체에서는 한셀 버전이 한 자릿수일 경우에만 정상적으로 작동하도록 만들어 둔 것이다. 이 프로그램을 개발한 개발자는 버전을 체크하는 코드에서 버전 명 문자열의 맨 앞 한 글자만 조사해서 대소 비교하도록 만든 것 같았다. 아주 기초적인 실수다. 이 에러 때문에 한셀을 켤 때마다 에러 메시지가 출력된다. 관공서에서 스프레드시트를 사용하는 업무는 비중이 매우 크기 때문에 저 에러는 굉장히 공무원들을 성가시게 만들 여지가 있었다.

제조사에 전화했으나 내가 복무 중인 대구지방고용노동청 안동지청이 자사의 고객 리스트에 등재되어 있지 않으므로 문의를 접수할 수 없다는 답변이 돌아왔다. 노동청, 고용노동부, 고용노동청… 어떤 이름으로도 조회가 안 된단다.

"개발자한테 메일 한 통만 보내게 해 주면 안 될까요? 코드 한 줄만 수정하면 될 것 같은데…."

그 회사 콜센터 직원에게는 나의 메시지를 직접 개발자에게 전달해 줄 권한이 없었다. 부서 간 소통이므로 보고서를 작성하고, 고객명과 정확한 에러 메시지를 기재하여 문서로 넘겨야 한다고. 결국 이 문제는 팀장님께서 다른 지청으로 전출을 가시는 그날까지 고쳐지지 않았다. 컴퓨터를 포맷한 이후로는 이 문제가 발생하지 않게 되었지만, 참 답답

했다.

관공서용 프로그램이 윈도우 시스템과 충돌한 케이스도 있다. 관공서용 소프트웨어가 정기적으로 자동 업데이트되다 보니, 문제가 있는 코드가 하룻밤 새 전국의 관공서 컴퓨터에 배포되는 일도 있다. 또는 업무처리 포털의 백엔드[2] 쪽의 업데이트가 잘못되어 하룻밤 새 전국 관공서에 깔린 프론트[3] 쪽 요청들을 처리하지 못하게 되는 때도 있고.

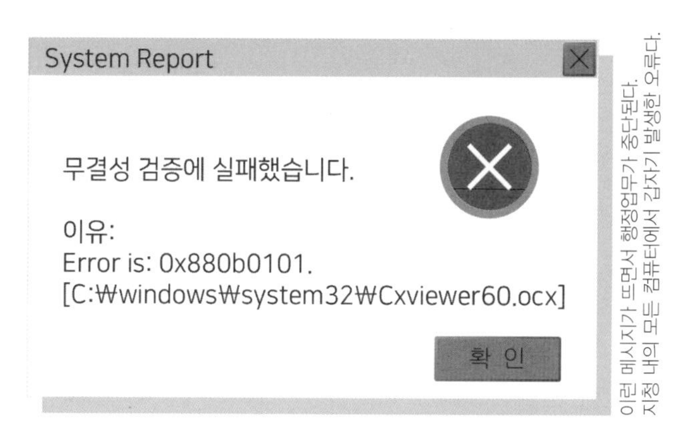

이런 메시지가 뜨면서 행정업무가 중단된다.
지청 내의 모든 컴퓨터에서 갑자기 발생한 오류다.

이 에러 같은 경우 하루아침에 발생하였고, 해결이 불가능했으며, 노동청 내 모든 컴퓨터에서 발견되었다. 덕분에 취업희망자를 위한 민원사무에 애로사항이 꽃폈고, 수많은 선량한 민원인들이 피해를 보게 되었다. 이 문제는 소프트웨어가 업데이트되며 조용히 해결되었다.

사용자의 경험 부족으로 인하여 대처하지 못하는 문제는 컴퓨터에 관심이 있는 사람 한두 명만 있으면 쉽게 해결 가능한 편이다. 하지만 관납

소프트웨어를 잘못 만들어서 발생하는 문제는 그렇지 않다.

정부에서는 무결성이 검증되지 않은 프로그램을 굳이 민간으로부터 비싼 가격에 납품받는 대신, 그 예산으로 전산직 전문 인력을 확충하는 것이 더욱 바람직하지 않을까? IT 인력이 전공을 살려 공직에 진출할 기회도 늘고, 관공서에서도 소프트웨어끼리 충돌하여 에러가 발생하는 문제를 줄일 수 있고.

복무지로 출근하여 거의 매일 컴퓨터를 고치다 보니 생각이 많아졌다. 관공서 컴퓨터는 국민의 고충을 해결하고 약자를 돕는 업무를 위해 가동되는 장비다. 관공서 컴퓨터가 고장 나면 그 피해는 고스란히 국민이 보게 된다. 나는 단순히 고장 난 기계를 고친 것이 아니라, 기댈 곳 없는 사람들이 억울함을 풀 수 있도록 도와주는 일을 하고 있었던 것이다. 마음가짐을 새로이 하니 기분이 묘했다. 더 많은 사람에게 도움을 주고 싶어졌다!

스스로에게 이렇게 최면을 걸었다. 이렇게라도 하지 않으면 내 상황이 너무나도 비관적이니까. 민간인 시절에는 스스로를 마치 한 마리 자유로운 나비처럼 생각했다. 가고 싶은 곳으로 날아가고, 달콤한 꿀을 먹고 살아가는 나비. 하지만 병역의 의무가 그 나비의 날개는 물론 더듬이와 다리까지 모두 끊어 냈다. 바닥에서 꿈틀거리면서도 절망하지 않으려면 스스로를 철저하게 설득할 필요가 있다.

마음이 꺾이지 않으면 어떤 속박 아래에서도 자유로울 수 있다. 나 스스로가 인정하기 전에는 비관적인 상황이란 있을 수 없다. 어떤 방식으로든 돌파구가 나타날 것이다.

노동청 공익과 성난 사람들

노동청은 노동과 관련된 행정업무를 수행하는 공공기관이다. 노동청에서 수행하는 업무는 그 범위가 굉장히 넓지만, 노동청을 제 발로 찾아오는 방문객 대부분은 약자의 입장에 서 있는 사람들이다.

본인의 의사와 상관없는 해고를 당해 실업급여를 받고자 하는 사람들, 혼자서는 취업이 어려워 정부의 도움을 받아 일자리를 구하려는 사람들, 그리고 임금이 체불되거나 최저시급에 미치지 못하는 적은 월급을 받는 상황을 신고하러 온 사람들. 당장 한두 푼이 아쉬운 사람들도 정말 많이 찾아오고, 억울함을 풀 길이 없어 잔뜩 격앙된 채로 방문하는 사람들도 많다. 노동청 컴퓨터가 고장 나 업무처리에 문제가 생기면, 공무원이 아니라 이분들이 피해를 보게 된다.

마냥 감정소모만 하는 것도 아니고, 그렇다고 동요가 없을 수가 없는 이상한 감정노동의 터. 그게 바로 노동청이다. 진상 민원인을 만나거나 황당한 전화를 받더라도 그들의 사정을 듣고 나면 그들의 행동이 이해가 가고, 화가 풀리기 시작하는 것이다. 콜센터 업무라도 보는 날이면 수시로 감정이 격앙됐다가 내려앉았다가 롤러코스터를 타게 된다.

노동청 민원인 중 일자리를 찾아 방문한 민원인들이 가장 쉽게 뜻하는 바를 이루는 편이다. 노동청에서는 구인·구직 활성화를 위한 '워크넷'이라는 플랫폼을 운영하고 있으며, 구직자들에게 무상 교육과 생활비 일부를 지원해 주는 '취업 성공 패키지'라는 사업도 진행하고 있다. 어두운 표정으로 찾아와 "일자리가 필요합니다"라고 말하는 민원인을 취업 성공 패키지 담당자에게 안내해 주면 그들은 대부분 밝고 기대에 부푼 표정으로 돌아간다.

실업급여 업무의 경우 실업 인정이라는 절차를 통과해야 하는데, 여기서 고배를 마시는 민원인들이 생각보다 꽤 많다. 본인의 의사로 사직서를 작성하고 퇴사한 경우 실업급여 혜택 대상이 아니기 때문이다. 한 달에 두세 번 정도는 소리를 지르다가 성이 난 채로 돌아가는 민원인들이 꼭 있다. 실업급여를 타는 데 성공한 민원인들은 마찬가지로 밝은 표정으로 돌아간다. 무시하지 못할 수준의 금액이 몇 달간 들어오기 때문이다.

이 외에는 신용등급이 낮은 서민들의 소액 부채 탕감을 도와주는 서민금융창구가 운영되고 있고, 노동청 업무 전반에 대한 상담을 받을 수 있는 민원실이 운영되고 있다. 사업주가 아닌 일반인이 노동청에서 방문할 만한 부서는 이 정도가 있다.

사람들이 노동청 하면 가장 먼저 떠올리는 업무인 근로조건과 관련된 사건의 해결도 빼놓을 수 없을 것이다. 가장 흔한 업무는 임금체불이나 퇴직금 미지급 등 돈을 떼인 근로자를 도와주는 경우다. 노동청에서는 중재를 시도하고, 중재가 잘 안되면 고발절차를 통해 사업주에게 처벌을 내리게 한다. 노동자는 근로복지공단을 통해 임금 일부를 미리 나랏돈으로 지급받거나 민사소송을 걸어 사업주에게 나머지 돈을 받을 수 있다.

그만큼 마음속에 억울함을 품고 노동청을 방문하는 사람들이 많다. 매번 억울함을 풀어 줄 수 있으면 좋으련만 공무원들도 속이 터지는 경우가 있다. 분명 민원인의 말을 들어 보면 굉장히 억울한 상황임에는 공감이 가지만 법적으로는 문제가 없는 사안인 경우가 없지 않다. 공직자 입장에서는 해 줄 수 있는 일이 없는 것이다. 이에 좌절하고 돌아가는 민원인도 있지만, 분을 가라앉히지 못해 이글거리는 사람도 있다.

10월 중순, 3~40대로 보이는 남성이 노동청에서 분신자살하겠다는 내용의 협박 메시지를 노동부에 보냈다. 남성의 얼굴이 찍힌 사진 두 장이 전국 노동청에 퍼졌고, 각 청은 대비책을 세우기 시작했다. 나는 1층에서 경비를 섰다.

"제가 또 한 부대를 지휘하던 중대장 훈련병 출신 사회복무요원 아닙니까. 군사훈련을 받은 특수요원의 경계근무 솜씨를 지켜보시죠."

유사시를 대비해 소화기 하나가 지급되었다.

"이걸로 어떻게 하라고요? 뒤에서 내리쳐서 기절시키면 되나요?"

"아니, 불붙으면 끄라고."

"몸에 불붙이기 전에 제압하는 게 낫지 않아요? 한번 불붙으면 아무리 빨리 꺼도 생명이 위험할 수도 있잖아요."

"… 뒤에서 내리치는 편이 더 낫겠다."

문제의 남성은 당일 오전 동대구역에서 마지막으로 목격되었다고 한다.

나는 이미 그때부터 맘을 놓고 있었다. 동대구역에서 안동시까지 오는 방법은 많지 않으며, 가성비도 별로다. 분신자살을 할 거면 사람이 엄청나게 많을 서울이나 본청이 있는 세종시로 가지 않겠는가? 그래야 언론에도 보도되고 사람들의 관심이 쏠려 억울함이 풀리지. 안동 같은 시골에서는 사건이 터져 봐야 지역신문에 나는 정도로 끝날 것이므로, 저렇게 마음에 독기를 품은 사람은 안동으로 올 리가 없다는 결론이었다. KTX를 타고 대도시로 갔겠거니 하며 오래간만에 공부나 해 볼 심산이었다.

그런데 지청의 미화원 어르신이 너무 무서워하셨다. 여기 불이 나면 어떡하지? 불붙은 사람을 못 구하면 어떡하지? 불붙은 채로 들이닥치면 어떡하지? 그래서 점점 내 마음도 무거워져 갔다. 본인이 억울한 사정이 있고, 그걸 해결할 방법이 없다고 해서 전혀 무관하고 선량한, 당사자의

사건에 전혀 개입조차 하지 않은 미화원 어르신까지 두려움에 떨게 만들어야 하는가? 우리 지청뿐 아니라 다른 지청에서도 긴장하고 있을 터다.

그전까지는 그 남성의 억울한 사연이 무엇이었을까 궁금했으나 이제는 순수하게 그에게 일말의 동정도 생기지 않았다. 억울한 민원인이 테러리스트로 재인식되는 순간이었다. 오후 2시쯤 경계태세가 해제되었다. 나는 다시 3층으로 올라와 여느 때처럼 우편물을 정리하고, 컴퓨터를 고치다가 퇴근했다.

한번은 노동청에서 집회가 벌어지기도 했다. K모 기업 하청업체 13개가 연합해 100여 명이 진행하는 것으로 시골치고는 꽤 규모가 있는 집회였다.

"아니 멀쩡한 기업체 청사를 두고 왜 노동청에서 시위하겠다는 걸까요?"
"회사 앞에서 시위하면 진짜로 해고당할 수도 있잖아."
"아…."

공무원들은 며칠 전부터 긴장했다. 시위대의 규모도 규모지만 노동청의 적극적인 대응 때문에 더 무서웠다. 남자 직원들을 어디에 어떻게 배치할지, 청사 앞 자바라(철제문)를 자물쇠로 잠가 두고 민원인은 확인 절차를 거쳐서 통과시키자는 구체적인 매뉴얼부터 4층 지청장실 문을 폐쇄하여 보안을 지키겠다는 이야기까지. 아, 정작 지청장님은 당일에 1층에 내려오셔서 시위를 구경하셨다.

시위예정일 출근길에 보니 경찰차 3대와 기대마(의경들이 탄 경찰버스) 1대가 와 있었다. 무력시위는 없기를 바라면서도 '여기서 적당히 잘 다치면 전역 판정 나는 거 아닌가?' 하는 쓸데없는 생각도 했다. 점잖은 척하지만 역시 아직 철이 없나 보다.

다행히 시위는 별문제 없이 평화적으로 진행됐다. 중간중간 화장실 사용을 원하는 시위대원을 인도해 화장실도 사용하게 해 줬다. 시위대도 노동청 직원들에게는 불만이 전혀 없는 상태였고 노동청에서도 최대한 협조해 주는 분위기 속에서 집회가 진행되었다. 최종적으로 시위대가 무슨 선언문 같은 것을 낭독하고 고발장을 들고 들어와 접수하는 것으로 시위가 마무리되었다.

나는 시위 진행 내내 1층에서 대기했다. 시위 현장에 휘말려 보는 것은 처음이지만 충돌 없이 무탈하게 진행되어 너무나도 다행이었다. 이래서 집회를 하는구나. 테러 협박을 가하는 것보다 훨씬 더 마음이 동한다.

아무쪼록 직업과 관련하여 마음속에 억울함을 간직한 사람들이 노동청을 직접적으로든 간접적으로든 이용하게 되는 경우가 더 많은 것 같다. 개인적인 생각으로는 대한민국의 행정관청 중 가장 서민들에게 실질적으로 도움이 되는 관청이 노동청이 아닐까 싶다.

비록 UN 산하의 국제노동기구에서도 인정한 강제노역을 수행하는 중이지만, 복무지가 노동청이라면 썩 나쁘지만은 않은 것 같다는 생각이 들었다. 적어도 국민의 편익을 위한 일을 할 수 있으니까. 많은 일을 겪

으며, 그간 나 자신밖에 모르는 이기적인 사람으로 25년을 살아왔으나 적어도 복무 중에는 그러지 말아야겠다는 결심을 했다.

그렇다. 복무를 시작하고 나서 생긴 버릇이다. 끊임없이 합리화를 하고 있었다. 스스로를 불쌍하게 여기기 시작하는 순간부터 정말로 비참해지니까. 그러므로 최대한 명분을 만들어 내 노예생활에 대한 당위성을 부여해야만 했다. 어떤 상황에서도 마음이 꺾이기 전까지는 내가 인생의 주도권을 쥘 수 있다.

이곳에서 나는 어떻게 세상에 이바지할 수 있을까 고민을 시작하려던 시점에 병무청에서 공문이 날아왔다.

노동청 공익과 병무청 합숙 교육

사회복무요원은 4주간의 군사훈련이 끝나고 대략 한 달에서 두 달이 지난 시점에 합숙 교육을 받는다. 충청북도 보은군 산자락에 병무청에서 운영하는 사회복무연수센터가 있는데, 전국 각지의 사회복무요원들이 여기에 모여서 교육을 받는다. 이 교육의 명칭은 '복무기본교육'이지만 아무도 그렇게 부르지 않는다. 소양교육이라는 예전 명칭이 아직 더 널리 쓰이고 있다.

여하튼 드디어 나에게도 이 교육을 위한 소집통지가 내려왔다. 월요일부터 금요일까지 합숙하며 교육을 받는다니, 생각만 해도 아찔하다. 심지어 연수원이 산속에 있어 교육 중에 누릴 수 있는 여가라고는 가벼운 운동 몇 가지와 밥을 먹는 것밖에는 없었다. 일주일이나 되는 긴 기간 동안 저녁 시간을 멍하니 날리고 싶지 않아 노트북과 연구 노트를 챙겼다. 기본적인 인사법이나 예절교육 등 불필요한 교육시간에는 그냥 연구노트를 펼칠 심산이었다.

2018년 9월 17일

월요일 아침, 일찍 일어나 충남까지 운전을 했다. 고속도로 휴게소를 들르며 아침 식사를 해결하니 마치 여행을 가는 것 같아 기분이 좋았다. 입대 이후 아직 한 번도 여행을 다녀오지 못했기에 더더욱 즐거웠다. 주말까지 껴서 마치 6박 7일짜리 휴가를 다녀오는 기분이었다. 복무지가 굉장히 편한 곳이긴 하지만, 그래도 매일 반복되는 일상은 견디기 힘들었다.

한 달 동안 같은 공간에서 잠을 잤던 훈련소 동기들도 여러 명 교육에 참석했다. 오랜만에 만난 동생들이 참 반가웠다. 숙소는 상당히 쾌적했지만, 산속이라 그런지 전파가 잘 잡히지 않았다. 통신이 자꾸만 끊어져 유튜브를 볼 수 없었다.

첫날 일정은 입소식으로 시작했다. 기관장으로 보이는 사람의 짧은 연설이 있었다. 제발 부탁이니 교육에서 있었던 일을 '디시인사이드 공익갤러리' 같은 공격적인 사이트에 올리지 말아 달라는 말씀도 하셨다. 여기에 참석한 요원들은 대다수가 강제노역에 대한 반감이 있으므로 통제가 수월하지 않은 것 같았다. 훈련소야 군대이므로 강압적인 통제가 가능하지만, 훈련소 수료 이후에는 민간인 신분이므로 더더욱. 나 역시 성실하게 교육에 임할 생각은 없었지만 적어도 고생하시는 관리직 공무원들을 생각해 최소한 문제는 일으키지 않기로 결심했다.

저녁 6시 이후로는 자유시간이 주어졌지만 놀거리가 전혀 없었다. 탁구장이나 축구장으로 뛰어가는 사람들도 있었지만 나는 별로 끌리지 않았다. 자고로 나는 '운동은 만병의 근원이다'라는 지론을 수년째 설파하고 있는 사람이다. 나처럼 운동에 관심이 없거나, 운동시설이 좁아 사용하지 못하는 사람들은 정말이지 시간을 보낼 곳이 부족했다. 많은 요원들은 마땅히 할 일이 없다며 담배만 계속 피워 댔다.

"형, 저 원래 금연한 지 반년 됐는데 여기 와서 하루에 한 갑씩 피우고 있어요. 미치겠어요."

"교육 끝나면 다시 끊을 수 있겠어?"

"아마 안 될 것 같은데요…."

복잡미묘한 심정에 말문이 막혔다. 도대체 이런 탁상행정이 왜 필요한 것일까.

차를 타고 번화가에 다녀오고 싶었지만, 그조차 여의치 않았다. 입구에서 열쇠를 빼앗겼을 뿐만 아니라 테트리스를 하듯이 차곡차곡 차를 주차하는 바람에 내 차가 빠져나가려면 뒤에 있는 다른 차량 5대를 이동주차해야만 하는 상황이었다.

나야 뭐, 연구노트도 들고 왔으니 큰 상관은 없었다. 산책을 좀 하다가 숙소에 들어가, 〈상상텃밭〉 카톡방을 열어 두고 연구를 하는 것으로 충분히 시간을 알차게 보낼 수 있었다. 나는 산속에 갇혀 있지만, 회사는 빠르게 돌아가고 있었으니까. 전파를 타고 전해지는 동료들의 열정에 덩달아 취하는 것이다.

예상대로 교육은 별로 영양가가 없었다. 국가에 대한 충성심을 주입하고, 사회복무요원이 복무지에서 사고를 치지 않도록 하는 것이 이 합숙교육의 요지였다. 굳이 사람을 충청도까지 불러서 진행할 내용은 전혀 아닌 것 같았다.

그래도 응급환자를 구조하는 방법에 대한 교육은 유익했던 것 같다. 그 외에 교육에서 가장 기억에 남는 유익한 정보는 정관수술에 대한 생생한 후기였다. 강사 한 분께서 작년에 수술을 받으셨는데, 아주 만족스러우셨다며 상세한 정보를 알려 주셨다. 소양교육 덕분에 어디 가서 정관수술을 고민 중인 사람과 정겨운 대화를 나눌 수 있는 얕은 지식을 확보했다. 아, 참 뿌듯하네. 충청도까지 온 보람이 있다. 젠장.

2018년 9월 21일

교육 마지막 날, 직원 한 분이 이런 말씀을 하셨다.

"여러분이 사회에서 어떤 일을 했었는지는 전혀 상관없습니다. 여러분은 2년 동안 사회의 가장 낮은 자리에서 국민을 위해 봉사하는 것입니다. 또 이런 기회가 아니면 언제 공직을 체험해 보겠습니까? 부디 보람과 자부심을 품고 복무하시기 바랍니다.”

그 뒤에도 긴 훈화 말씀이 이어졌지만 요약해 보자면 복무지에서 청소하고, 단정한 옷차림으로 민원인을 상대하고, 무거운 상자를 나르는 일들이 하나하나 모여 대한민국을 더욱 아름답게 만들어 나간다는 내용의 이야기였다. 당시 저 말을 들은 다른 요원들의 표정을 아직도 잊지 못하고 있다. 내 얼굴도 별반 좋지는 않았을 것 같다.

자기 차를 가져온 요원들은 대부분 밥을 먹지 않고 출발했지만, 나는 굳이 출발 전에 급식을 먹었다. 사회복무요원 월 급여는 너무나도 부족해, 불과 두 달 만에 나를 인색하고 구차하게 만들었다. 공짜 밥 한 끼에 기분이 상하는 속 좁은 사람이 된 것이다. 이 밥을 먹지 않고 출발하면 손해를 보는 것이라는 기분까지 들었다. 식사도 든든하게 했다. 후식까지 알뜰하게 챙겨 먹었다. 바이바이, 연수원! 다시는 보지 말자!

집에 가는 길에 포항에 들러 동생을 태워 가기로 했다. 동생은 포항에서 대학을 다니고 있는데, 마침 학교 안에 스마트팜이 새로 생겼다고 하기에 직접 눈으로 확인하고 싶었다. 충청남도 보은군에서 포항은 정말이지 멀었다. 다행인 점은 고속도로가 매우 한적했다는 것이다.

세 시간 이상 운전을 했던 것으로 기억한다. 도로를 시원하게 달리다 보니 기분이 차분하게 가라앉았다. 소양교육에서 있었던 일들이 떠올랐다. 마지막 날 들었던 이야기가 떠올랐다. 좀처럼 머릿속을 떠나지 않았다. 나도 모르게 입 밖으로 소리를 내어 중얼거렸다.

"여러분은 2년 동안 사회의 가장 낮은 자리에서 국민을 위해 봉사하는 겁니다…."

강사의 말에 따르면 내가 시골 노동청에서 화단에 물을 주고, A4용지 상자를 나르고, 컴퓨터를 고치는 일들이 모여 대한민국을 더 살기 좋은 곳으로 만든다고 했다. 그 철학에는 동의할 수 있었지만, 전혀 내키지 않았다.

실력을 연마하기 위해, 그리고 학위를 받기 위해 십 년 이상 쌓아 올린 노력이 국방의 의무라는 강제적인 압력에 의하여 무용지물이 되는 것이 무척이나 싫었다. 자존심이 많이 상했다. 나의 재능과 역량이, 나의 사회적 가치가 가진 효용성이 화단 청소라고 믿고 싶지는 않았다.

사회복무요원의 급여는 육군 병사와 동일하므로 당시 이등병과 같은 나의 월 기본급은 306,100원이었다. 연봉으로 환산하면 400만 원이 채 안 되는 돈이다. 일반적인 사회복무요원이 창출하는 가치가 일 년에 400만 원가량이라 생각하면 되겠다. 입대 전에는 1억 원이 넘는 연봉을 제시하며 나를 스카우트하려는 곳도 있었다. 다른 사회복무요원들과 마찬가지로 청소나 열심히 하다가 전역한다면 나의 사회적 가치가, 내가 창출하는 사회적 효용성이 96%나 감소한다는 뜻이리라. 정말 잠깐 분노했으나 어쩔 수 없다는 걸 잘 알았기에 바로 진정할 수 있었다.

많은 생각을 하다 보니 포항 근처까지 와 있었다. 문득 간식이 먹고 싶어져 휴게소에 들렀다. 화장실을 다녀와 간식 코너로 향했다. 소떡소떡을 들고 산책을 하며 잠시 행복한 시간을 보냈다. 기분이 좋아지니 자존감도 다시 스멀스멀 기어 올라왔다.

국가가 나의 사회적 지위를 박탈할 수는 있지만 내 정신까지 굴복시킬 수는 없다. 비록 행동이 자유롭지 못한 신분이지만, 마음이 꺾이지 않는 한 내 인생의 주도권은 내가 쥐고 있으니까. 아니, 지들이 뭔데 내 한계를 맘대로 정해? 열받네.

그래, 사회의 가장 낮은 자리에서 봉사 한번 해 보자. 단, 내 성에 차는 스케일로. 낭중지추囊中之錐라는 말의 핵심은 송곳이 튀어나온다는 데 있는 게 아니라, 송곳을 품을 역량이 안 되니까 주머니가 터져 버린다는 데 있는 거다. 2년간 나를 박봉으로 부려먹는 것은 좋아. 그런데 과연 이 나라가 그럴 그릇이 되는지 한번 두고 보자고. 날카로운 물체를 밧줄로 묶으려면 밧줄에 흠집 날 각오 정도는 해야지? 어디 내가 이기나 나라가 이기나 한번 실험해 보자.

소시지를 크게 베어 물었다.

"사회의 가장 낮은 자리에서 대한민국을 한번 흔들어 보자."

소스가 흘러 손등에 떨어졌다. 뜨겁고 끈적했다.

Chapter 2

요원이 작전을 시작합니다

노동청 공익과 궁상맞은 간식 시간

복무를 시작한 이후로는 오로지 괴로움만 느꼈다. 그중에서도 특히 경제적 궁핍은 견딜 수 없는 고통이었다. 한 달 월급 306,100원(1~3개월차 기준)으로 성인 한 명이 어떻게 생활하겠는가? 밥값을 줄이기 위해 갖은 노력을 했다. 노동청 근처 노점에서 붕어빵과 어묵을 먹으며 국물을 많이 마시면 2천 원으로 한 끼를 해결할 수 있었다. 간혹 공무원들끼리 간식을 나누어 먹고 있으면 거기에 끼어 배가 부르도록 먹으며 저녁 식사를 해결했다. 퇴근 후 〈상상텃밭〉 친구들의 자취방으로 빈대붙으러 가기도 많이 했고.

국가에서는 사회복무요원을 피부양자로 규정했다. 부모님으로부터 부양을 받으라는 이야기다. 부모님이 의식주를 모두 제공하니 한 달 30

만 원의 기본급이면 충분하다는 것이 대한민국의 입장이다. 병역의 의무로 발생하는 경제적 궁핍을 부양자에게 떠넘기다니. 부모 세대는 병역의 의무를 이중으로 지게 되는 것이다.

대체 이런 법리를 누가 설계한 것인지는 모르겠지만 그를 만날 기회가 생긴다면 먹다 남은 붕어빵으로 뺨을 찰싹 때려 주고 싶다. 아니, 붕어빵은 내가 먹어야 하니 붕어빵을 굽는 기계로 때려 주는 편이 더 나을 것 같다. 아니, 그냥 붕어빵 트럭으로 박아 버리면 어떨까?

그래도 물속에 가라앉은 돌멩이처럼 살다가 갑자기 커다란 목표를 세우고 나니 오랜만에 가슴이 뛰었다. 복무를 시작하고 처음으로 설레었다. 복무기간 2년을 그저 버리는 시간으로 생각했는데 마음을 고쳐먹기로 했다. 잘만 하면 누구보다도 재미있는 군생활을 할 수 있을지도 모른다. 국방부 시계는 원래 멈춰 있는 게 정상이지만 재미있는 일이 연달아 터진다면 시간이 빠르게 지나가지 않겠는가?

"오늘은 사치를 부려도 괜찮을 거야. 2년이나 되는 군생활에서 가장 중요한 결심을 한 날이잖아?"

기분이 너무 좋아져 큰맘 먹고 커피도 한 잔 구매했다. 나는 자기합리화의 달인이다. 능수능란한 언변으로 언제 어디서든지 자신을 속일 수 있다. 얼마 만에 내 돈 주고 사 먹는 아이스 아메리카노인가. 커피를 홀짝거리며 소떡소떡을 우물거리고 있자니 천국이 따로 없었다.

그런데 문득 걱정이 들었다. 하루 만에 간식비로 7천 원이나 쓰다니, 이래도 될까? 굳이 아메리카노를 마셨어야 했나? 캔커피랑 가격도 거의 10배나 차이가 나는데. 갑자기 속이 쓰렸다. 푸드 코트로 들어가 반쯤 남은 커피에 정수기 물을 받았다. 매혹적인 진한 갈색이 점점 옅어지며 볼품없는 색으로 변해 갔다. 그래도 생각보다는 향이 남아 있었다. 운전하는 내내 조금씩 홀짝이며 아껴 마셨다. 마지막엔 얼음까지 와작와작 씹어 먹었다.

"커피를 너무 진하게 마시면 위장에 좋지 않아."

한 방울의 기름이라도 아끼기 위해 연비 운전을 실천하다 보니 조금씩 흥분이 가라앉고 머리가 식기 시작했다. 무언가 중요한 결단을 내려야 한다면 먼저 마음가짐을 차분하게 가다듬어야 한다. 커피를 구매하기 전에도 그랬어야 했다. 냉정함을 잃지 않았더라면 4,500원이나 하는 커피를 구매하지 않았을 텐데. 오늘의 교훈을 길이길이 새기자.

다시 곱씹어 보니 나의 목표는 상당히 막연했다. 대한민국의 가장 낮은 자리에서 대한민국을 바꿔 보자는 결심을 했지만, 이는 결국 구체적으로 무엇을 할지는 전혀 결정하지 못한 것이나 다름없는 상태였다. 서둘러 결정할 필요는 전혀 없는 문제지만 내 성격이 워낙 급한 터라 빠르게 계획을 구체화하고 싶었다. 두루뭉술한 계획을 품은 채 견딜 수 있는 성격은 절대 못 된다.

적어도 이런 건방지고 원대한 목표를 품고 지내는 동안에는 내 마음이 꺾이지 않을 것 같았다. 열정이 타오르고 있을 때 인간은 놀라운 능력을 발휘한다. 나는 특히 뜨거울 때와 차가울 때의 온도차가 심한 사람이다. 이 열정이 오래 지속된다면 뭔가 터뜨려도 크게 터뜨릴 수 있을 것이다.

문득 노동청을 방문하는 민원인들이 떠올랐다. 국가로부터 보호받아야 하는 사람들. 약자의 입장에 선 사람들. 내가 무슨 일을 일으키건 간에 국민, 그중에서도 약자에게 도움이 되는 방향으로 일을 해 보고 싶어졌다. 가장 큰 원칙이 정해졌다. 마음이 편안해졌다. 조금씩 머릿속이 정돈되어 가는 기분은 언제 느껴도 짜릿하다.

"그런데 나는 힘이 전혀 없단 말이야."

사회복무요원은 아무런 힘이 없다. 운용할 수 있는 예산도 없고, 기안을 올릴 권한도 없으며, 당연한 이야기겠지만 부하 직원도 없다. 공무원 조직 내에서 행사할 수 있는 권한이라곤 전무하기 때문에 실질적으로 대한민국을 바꿔 나가는 것은 불가능해 보였다. 아주 불리한 게임이다. 하지만 그날따라 아이디어가 퐁퐁 샘솟았다. 아무래도 비싼 커피를 마신 덕분인 것 같았다.

"내부를 바꾸는 게 불가능하면, 밖에서 바꾸면 되지. 더 강한 힘으로."

나에게 힘이 없다면 나보다 힘이 더 강한 사람을 불러와 도움을 받으면 될 것이다. 대한민국에서 가장 힘이 강한 존재는 국민이므로, 국민을 움직일 수 있다면 못 할 것이 없을 것이다. 많은 사람에게 감동을 주어 사람들이 스스로 도움이 되는 방향으로 대한민국을 움직이게 만들어 버리자는 작전이다.

어느새 포항 IC에 도착했다. 여기서부터는 내비게이터 누님의 지시에 집중해야 하므로 더 구체적인 내용은 천천히 고민해 보기로 했다.

그렇게 아무런 성과 없이 두 달이 지났다. 일 년 중 가장 더운 시기에 입대했는데 어느새 아침이면 입김이 뽀얗게 올라오는 계절이 되었다. 대한민국 남성들은 모두 공감하겠지만, 국방부 시계는 움직이지 않는다. 체감상 5년은 지난 것 같은데! 정말 끔찍하지 않을 수 없다.

사실 일상을 벗어나 처음 가 보는 장소에서 일주일이나 머물렀기에 창의적인 생각이 퐁퐁 샘솟았던 것은 아닌가 싶었다. 매일 가는 장소, 매일 보는 사람들. 내 인생의 소중한 2년을 저당 잡은 노동청. 도전 따위는 존재할 수 없는 지독한 곳.

학창시절에는 친척이나 친구들에게 이렇게 말하고 다녔다.

"나는 공무원은 못 할 성격이야. 지겨워서 못 버틸걸?"

예전에는 막연한 말뿐이었지만 공공기관에서 4개월을 버티며 나는 공

직에 대한 아주 구체적이고 지독한 회의감을 느끼게 되었다. 그래, 내가 나를 정말 제대로 봤구나. 나는 공무원은 시켜 줘도 안 하고 싶다. 몇 년 버티다가 어느 날 갑자기 미쳐 버려서 비명을 지르며 사무실 집기를 몽땅 부수고 잠적해 버릴지도 모른다.

절차 안정이라는 대의로 포장한 경직된 세상. 성취감과 향상심을 충족시킬 방법 따위는 존재하지 않는 재능의 개미지옥. 뛰어난 젊은이들이 죄다 공직을 꿈꾸고 있는 세상이 참으로 안타깝다. 공무원 시험을 준비하는 사람들의 멱살을 잡고 소리치고 싶었다. 다시 한번 신중하게 생각해 보세요! 그곳에서 당신의 재능과 노력, 열정 따위는 당신을 절망에 빠뜨리는 족쇄에 지나지 않을 거예요! 꿈이 큰 사람일수록 더 큰 절망에 빠질 거라고요!

그 와중에 내 연봉은 400만 원이다. 아주 멋지군!

아마 당시 나는 우울증 내지는 번아웃 증후군을 앓고 있었을지도 모른다. 노동청에 출근해서 퇴근하기까지의 9시간 동안 나는 스스로가 죽은 사람처럼 느껴졌다. 내 하루 24시간 중 9시간은 존재하지 않는 시간이며, 나머지 시간 동안만 살아 있다고 생각했다. 그래서인지 노역 시간 중에는 연락도 잘 안 받았다.

어느 날 문득 이런 생각이 들었다. 남은 복무기간 내내 이런 상태로 지내야 한다면 내 인격과 지성에 회복 불가능한 손상이 남을지도 모르겠구나. 마음이 꺾이면 정말로 모든 것이 차례대로 무너질 수 있다. 일단 단

조로운 일상을 박살 낼 필요가 있겠다. 그래야만 다시 건강한 마음을 되찾을 수 있을 것 같았다.

뒷감당은 나중에 생각하고 일을 터뜨려 보기로 했다.

노동청 공익과 IT 블로그

아직 모든 계획이 막연했지만 확실한 부분도 있었다. 나의 첫 번째 목표는 공직 사회를 흔들어 놓을 수 있을 정도로 많은 사람의 마음을 동요시키는 것이고, 두 번째 목표는 그 힘을 이용해 대한민국을 움직이는 것이다. 그 중간과정도 모호하고, 대한민국을 구체적으로 어떤 방향으로 움직이면 좋을지 모든 것이 두루뭉술했다. 그래서 일단 대중의 지지를 확보하는 것을 첫 번째 목표로 잡았다. 그로스해킹Growth Hacking[4]을 사용할 때다.

그로스해킹을 제대로 활용하려면 콘텐츠가 필요하며, 사람들이 그로부터 재미를 느끼고 공감할 수 있어야 한다. 그러면 내가 가장 잘 생산할 수 있는 콘텐츠가 무엇일까? 가장 먼저 유튜브를 떠올렸다. 대학원 시절

스트레스를 풀기 위해 게임을 많이 했었고, 멋있게 나온 장면만 편집해서 유튜브에 올렸었다. 구독자도 몇백 명이나 된다. 맨땅에 헤딩하는 것에 비해서 쉽게 콘텐츠를 전파할 수 있어 보였다.

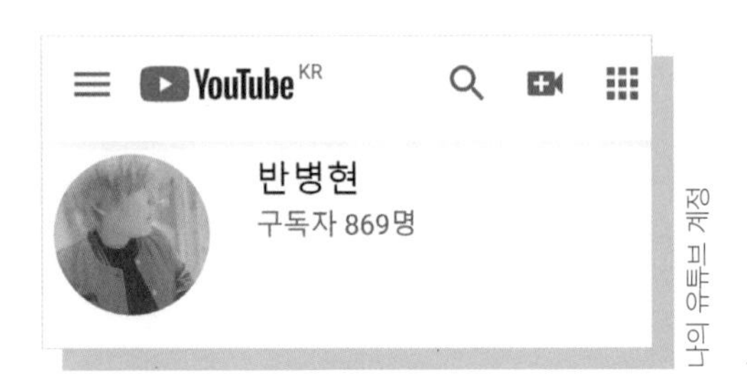

나의 유튜브 계정

하지만 문제가 있었다. 내 유튜브 채널은 주로 게임 관련 영상을 올리는 곳이었으며, 구독자 대부분은 게임을 좋아하는 젊은이들이다. 아무래도 이들은 게임 이외의 소재에는 흥미를 느끼지 못할 것 같았다. 그치. 내가 생각해도 게임영상 보려고 유튜브를 켰는데 자꾸 이상한 영상이 뜨면 굉장히 기분이 나쁠 것 같다. 사실상 내 목표를 달성하는 데 있어서 크게 도움이 되는 사람들은 아니라고 할 수 있다.

지루하고 고리타분할 수 있는 이야기를 진지하게 들어 줄 사람이 많으며, 이왕이면 사회적으로 영향력이 있는 사람들이 선호하는 매체가 필요했다. 그리고 그걸 내가 잘 생산할 수 있어야 한다.

"글뿐이네. 글을 써야 하나?"

남녀노소를 막론하고 대한민국 사람이라면 누구든지 글을 읽으니 글을 쓰기로 했다. 게다가 나에게는 공부로 성공한 사람들이 글을 더 많이 읽을 것이라는 짙은 편견이 있었다. 공무원, 특히 행정고시에 합격한 사람들은 정말로 공부로 성공한 사람이 아닌가?

더군다나 글은 조금 자신이 있었다. 초등학교 시절 겨울방학 숙제로 책을 한 권 만들어 간 적도 있다. 이 책과 비슷한 크기였다. 중학교 시절에는 인터넷에 무협소설을 연재했었는데 투데이 베스트를 찍고 출판사에서 연락이 오기도 했었다. 잠깐만, 출판?

그래, 글은 잘만 쓰면 책을 팔 수 있다. 책이 팔리면 돈을 벌 수 있다. 그로스해킹을 시도하다 보면 유명세와 인지도는 어느 정도 따라오게 되어 있으므로 책에 대한 홍보 효과 역시 나쁘지 않을 것 같았다.

"그러면 비싼 커피를 매일 마실 수 있겠는데? 혹시 한 달에 두세 번 정도는 소고기를 사 먹을 수도 있지 않을까? 출판사랑 미팅하면 공짜로 밥을 얻어먹을 수 있을지도 몰라."

훈련소에서 한 달, 공익생활을 4개월 반. 도합 170여 일 동안 자금난에 시달리다 보니 나의 경제관은 완전히 남루해져 있었다. 공짜 밥과 인세! 상상만 해도 입가에 미소가 그려졌다. 연봉 400만 원짜리 인생에 따스한 볕이 내려오는 것 같았다.

글을 쓰기로 했으니 이제는 두 가지만 더 결정하면 된다. 어떤 내용의 글을 쓸 건지, 그리고 그 글을 어디에 작성할 건지. 남들에게는 없지만, 나에게는 있는 경험이 무엇일까? 남들보다 내가 더 잘 쓸 수 있는 글은 어떤 글일까 고민했다.

우선 카이스트 석사라는 키워드를 적극적으로 활용하기로 했다. 몇 년간 등록금을 내면서 다녔는데 본전은 뽑아야 하지 않겠는가. 젊은 공학도의 이미지를 부각할 수 있는 방향이 무엇이 있을지 고민했다. 나에게는 있고 국어국문과를 나온 다른 작가들에게 없는 것. 공학 지식이다. 답이 금방 나왔다.

공학 지식을 뽐낼 수 있는 경험도 많긴 하다. 그런데 이왕이면 군복무를 하면서 겪은 이야기 위주로 풀어 보고 싶었다. 공학자가 연구소에서 기술을 활용하는 것은 전혀 신기할 것이 못 되지만, 군대와 관공서에서 실력을 발휘하는 것은 재미가 있을 것 같았다.

"공학 지식을 처음으로 활용했던 건 훈련소에서였는데."

육군훈련소 시절 생활관에 에어컨이 있었지만, 리모컨을 간부와 분대장(조교)들이 관리했기에 마음대로 작동시킬 수 없었다. 아, 저거 켤 수 있을 것 같은데. 안 어려울 것 같은데. 결국, 총기 제식훈련이 끝나고 돌아와 더위를 참지 못하고 그만 에어컨 뚜껑을 따 버렸다.

"중대장 훈련병님, 지금 뭐 하십니까?"

“아, 잘됐습니다. 오신 김에 거기 손톱깎이 좀 주워 줘 보십시오. 좋은 거 하려고 합니다. 분대장 오는지 망 좀 봐 주시고요.”

잠시 뚝딱거린 끝에 에어컨을 켤 수 있었다. 조심스럽게 에어컨 뚜껑을 다시 덮었다. 완전범죄였다. 남은 훈련기간 동안 많은 전우들을 행복으로 인도했다.

“복무 중에 이런 이야기 올리면 안 될 것 같아. 너무 위험해.”

결국, 정상적인 방향으로 기술을 활용한 이야기를 적기로 했다. 공익근무를 한 지 4개월째, 그동안 만든 게 많다. 예를 들면 현관에 카메라를 달아 두면 내가 출근할 때마다 내 얼굴을 인식해 자동으로 내 자리의 컴퓨터를 켜 주는 장치를 만든 적이 있었다. 이걸 실제로 노동청에 설치했다간 보안 문제로 인해 징계를 받을지도 몰라서 내 자취방에 설치해 두었다.

또 사람의 발소리를 인식해 트위터로 알람을 보내 주는 장치도 만들었다. 이걸 담당 주무관님 의자 밑에 안 보이게 설치해 두면, 자리에서 일어날 때마다 스마트폰으로 알람을 받아볼 수 있게 된다. 평소에는 딴짓하다가 알람이 뜰 때만 일하는 척을 하기 위해 만들었는데, 이걸 실제로 설치했다가 들키면 도저히 후폭풍을 감당할 수 없을 것 같아서 마찬가지로 내 자취방에 설치했다. 이제 내 자취방은 내가 퇴근하고 돌아오면 저절로 컴퓨터가 켜지고 밤에 발소리가 나면 트위터로 알람이 오는 최첨단 보안 구역이 되었다. 집에다 설치하니 하등 쓸모없는 기능들이다. 전기료가 아까워 사흘 뒤 몽땅 철거했다.

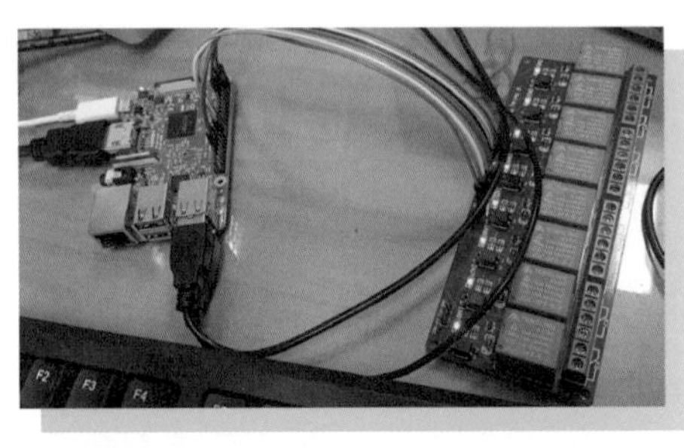

컴퓨터를 자동으로 켜 주는 장치를 만들던 중에 찍은 사진

평상시 내 책상에서 벌어지는 일들

처음에는 저런 것을 만들고 있으면 공무원분들이 굉장히 신기해했다. 다른 층에서 내려와 구경하고 가는 분도 계셨다. 그런데 빈도가 잦아지니 다들 면역이 되어서 내가 책상 위에서 전선을 자르건 회로를 만들건 별로 신기해하지도 않게 되었다. 다들 "쟤 또 이상한 거 만드네" 하고 마는 것이다.

이상한 짓도 꾸준하면 직업이 된다던데, 내 상태가 꼭 그랬다. 평소 하

던 습관대로 몇 달 지냈을 뿐인데 남들이 신기하게 생각할 만한 건덕지가 잔뜩 쌓여 있었다. 그래, 그냥 이걸로 글을 쓰면 될 것 같다. 대충 '공익근무요원이 이상한 걸 만드는 이야기'가 메인 테마인 IT 블로그 정도면 무난할 것 같았다.

연재처는 〈카카오〉에서 만든 〈브런치Brunch〉로 택했다. 브런치는 문학 플랫폼이면서도 IT 분야나 스타트업, 업무 노하우 등의 카테고리에도 공을 많이 들이고 있다. 또한, 통계 분석 도구가 굉장히 잘 갖추어져 있다고 입소문이 자자했다. 브런치에서 작가로 활동하려면 글을 몇 편 작성하거나 앞으로 어떤 글을 써 나갈 것인지 구체적인 계획을 제출하고 심사를 통과해야 한다.

두근거렸다. 출근길에는 우울하고 풀 죽어 있었는데, 이제는 기분이 많이 좋아졌다. 드디어 뭔가 구체적인 일을 시작할 수 있구나. 분명히 내 일상에는 다시 활력과 재미가 찾아올 것이다. 틀림없다.

너무 신나 하루 만에 다섯 편의 글을 작성해서 제출했다. 출간 경력이 있으면 심사가 수월하다고 해서 친구와 쓴 법률 서적인 『법대로 합시다』(지식과 감성#)의 정보도 함께 기재하여 제출했다. 3일이 지났다. 브런치에서 작가활동 승인이 나왔다. 좋았어!

사람들이 기억하기 쉽게 일종의 필명이나 브랜드명을 정하기로 했다. 코딩하는 공익. 그래, 어감 좋다. 내 신분과 내가 하는 일 모두 잘 녹아 있는 이름이다. 마음에 들었다. 2018년 11월 1일, 〈코딩하는 공익〉이라는 시리즈로 첫 작품 두 개를 세상에 내놓았다. 한 편은 일반인이 읽기 좋게 작성하였으며, 다른 하나는 IT를 전공한 기술자들이 읽기 좋게 작성해 보았다. 양쪽의 반응이 궁금했기 때문이다. 이 글의 반응을 보고 앞으로 기술적인 내용을 얼마나 섞을지 결정할 것이다.

좋다. 드디어 지루한 강제노역에 활기를 불어넣을 돌파구를 마련했다. 역시 마음이 꺾이지 않는 한 자유로울 방법이 있다. 적어도 활자 위에서 나는 자유로울 테니.

이때는 전혀 몰랐다. 일이 그렇게 쉽게만 풀리지 않으리라는 사실을. 그리고 상상도 못한 큰 시련을 겪게 될 것을.

해당 부분은 브런치에 게재되었던 글을 재구성한 부분입니다.

업무 자동화 스크립트 짜 주다가 국정원에 적발당하다

★ 국가정보원이 아니라 국가정보자원관리원에 적발당한 썰입니다.

필자는 노동청에서 근무 중인 공익이다. 공익근무요원에서 사회복무요원으로 명칭이 변경되었으나 아무도 이 용어는 사용하지 않는다. 필자도, 다른 동기들도, 공무원들도 모두 공익이라는 어감이 더 마음에 드는 것이다. 이러한 연유로 이 시리즈의 제목도 "코딩하는 공익"으로 결정했다.

필자는 석사과정을 조기 졸업하고 공익근무를 시작한 특이 케이스이다. 전문 연구요원을 하려면 쉽게 할 수 있었겠지만, 이런저런 욕심과 사정이 있어 공익이 되었다. 아마 취업이 그렇게 잘 된다는 인공지능 분야로 학위를 따고서 공익이 된 케이스는 필자가 국내 최초가 아닐까 하는 실없는 생각도 해 본다. 〈코딩하는 공익〉 시리즈는 필자가 공익근무 중에 개발자로서의 정체성을 감추지 못하여 겪었던 에피소드들을 풀어 보는 자리다. 경우에 따라서는 기술적인 설명문이 될 수도 있고, 또는 그냥 재미있는 이야기가 될 수도 있다.

때는 올해 7월 19일. 필자가 노동청에 배치된 지 딱 일주일이 되던 날이다. 필자의 담당 공무원은 엑셀 파일 두 개를 합쳐서 하나의 파일로 만들어 오라는 쉬운 과제를 줬다.

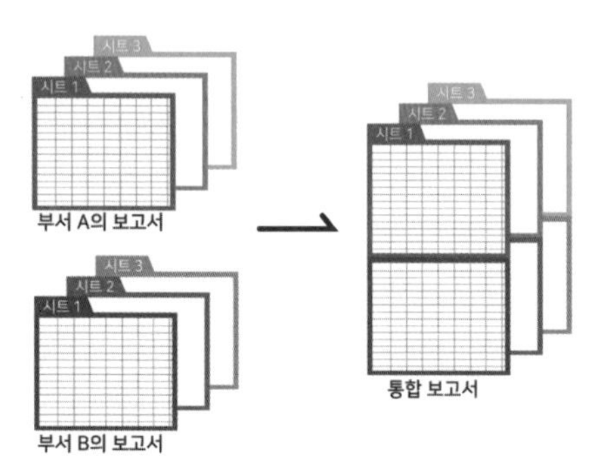

부서 A와 B에서 각각 올라온 보고서를 합쳐서 통합 보고서를 작성한다.

그런데 파일을 열어 보니 느낌이 싸했다. 그 두 개의 파일은 서로 다른 두 개의 부서에서 각각 공통 양식으로 작성한 엑셀 파일이고, 정기적으로 새로운 정보가 누적되어 있었다.

즉 이 두 개의 파일을 합치는 작업은 주기적으로 수행되어야 하는 업무일 것이며 그 일은 매번 필자가 처리하게 될 가능성이 커 보였다. 그래서 두 개의 엑셀 파일을 하나로 합쳐 주는 파이썬 스크립트를 작성했다. 잘 작동한다.

'내 담당 공무원은 문과 출신일 가능성이 클 것이며, 파이썬 스크립트를 실행해 본 경험이 한 번도 없으리라.'

합리적인 의심하에 더블 클릭만으로 바로 작동하도록 .bat 파일로 가공했다. 그런데 문제가 하나 있었다.

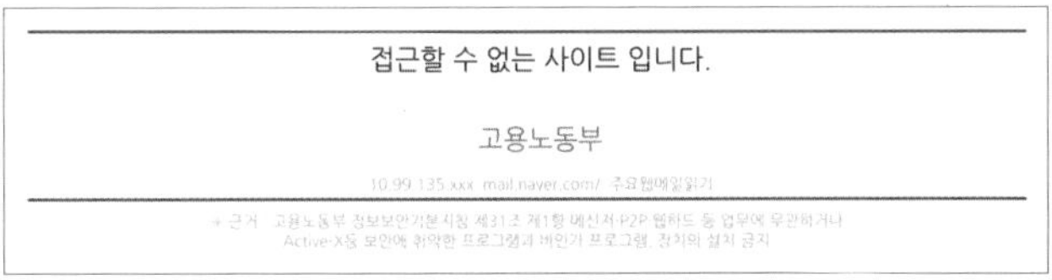

접근할 수 없는 사이트 입니다.

고용노동부

10.99.135.xxx mail.naver.com/ 주요웹메일읽기

※ 근거 : 고용노동부 정보보안기본지침 제31조 제1항 메신저·P2P 웹하드 등 업무에 무관하거나 Active-X등 보안에 취약한 프로그램과 비인가 프로그램, 장치의 설치 금지

노동청 컴퓨터로는 외부 메일에 접속할 수 없다. 이 외에 웹툰, 웹하드도 물론이다.
구글 드라이브나 드롭박스, 트렐로 등은 '온라인 오피스'라는 사유로 접속이 차단된다.

완성된 프로그램을 전해 줄 방법이 없었다. 보안 문제로 USB는 사용 불가능하고, 외부 메일이나 구글 드라이브 등도 모두 차단이 되어 접속이 불가능하다. 결국 고민 끝에 노동청 업무용 포털(다우리)의 메일로 전달했다.

전송된 프로그램은 담당 공무원의 PC에서 잘 작동했다. 다른 직원들도 신기해하며 와서 구경했다. 모든 게 잘 마무리되는 것 같아 보였다.

그런데 필자의 컴퓨터에 갑자기 문제가 생겼다. 잘 되던 인터넷이 갑자기 끊어진 것이다. 랜선도 잘 꽂혀 있는데 왜 그럴까? 머지않아 경고창이 하나 떠올랐다.

"비인가 프로그램을 이용한 통신 공격이 감지되어 IP를 차단합니다."

정확한 문구는 기억이 나지 않으나 저런 내용의 경고창이었다. 이 업무는 국가정보자원관리원에서 처리하고 있다는 안내와 함께 담당자 연락처가 적혀 있었다. 정말 어이가 없어서 당장 전화를 걸었다.

"귀하의 PC에서, 다우리 포털을 통하여 관공서 내 다른 PC로 비인가 소프트웨어를 이용한 공격이 감지되었습니다. .py 확장자를 가진 바이러스가 검출되었습니다. 혹시 데이터를 탈취하기 위해 바이러스를 보내셨나요?"

와. 관공서 내 PC는 검열을 당하는구나. 신기하다. 근데 너무 억울했다. 필자는 노동청의 공익근무요원이며, 그 .py 파일은 본인이 제작한 것으로, 공격을 위한 것이 아니라 엑셀 파일을 합쳐 주는 용도임을 설명했다. 당연히 안 믿어 주더라. 결국, 오후 내내 전화기를 붙들고 필요하면 코드를 한 줄 한 줄 설명해 주겠다고 사정사정한 끝에 담당 공무원이 이 파일이 바이러스가 아니라 엑셀 파일을 합치는 프로그램임을 믿어 주기로 했다.

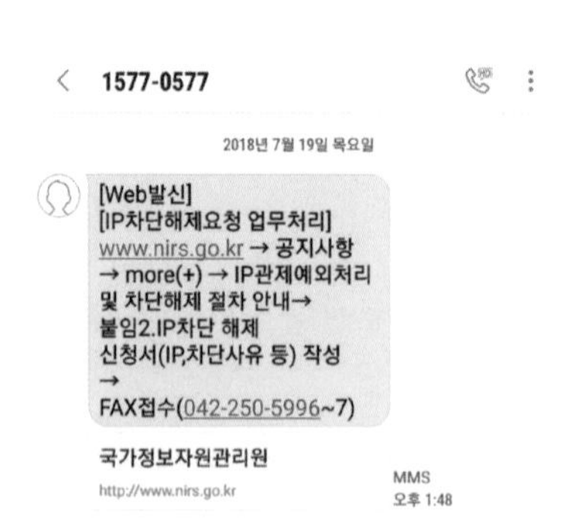

국정원 쪽 담당자님이 차단당한 IP를 해제하는 방법을 친절하게 문자로 전송해 주셨다.

붙임 3 IP 차단해제 신청서(표준양식)

IP 차단해제 신청서				
신청정보	기관/부서	○○○부 △△△과	신청일	2017.○○.○○
	신청자/직위	○○○ 주무관	연락처	02-○○○-○○○
신청내용	차단일시	'17.08.10.(월) 09:00 경 차단(인지시간)	차단 IP	1.1.1.1
	접근불가 홈페이지	중앙부처 홈페이지 지자체 홈페이지		
	차단 경위	- 웹쉘 업로드 또는 다운로드, 웹쉘 실행 - 관리자페이지 접근 노출, 취약 ID/PW 사용 노출 - 홈페이지 또는 게시물 위·변조 실행 - 통보된 점검대상 외 취약점 점검 또는 점검 미통보 - 개발자 작업행위의 공격 오인 등등 구체적 사실		
	신청 사유	- 기관 공통사용 NAT-IP로 업무 차질 - 관련 민간협회와 기관 재난업무 접근 불가 - 대국민 민원 발생 및 해소 필요 - 정상사용자의 우연한 취약요인 실행공격으로 오탐		
	재발 방지 대책	- 웹쉘 삭제 및 재설행 방지를 위해 긴급 점검 완료 - 관리자페이지 접근제한 설정, 복잡한 ID/PW로 변경 - 위·변조된 홈페이지 및 게시물 원복 수행 - 해당 취약점의 소스코드 수정 및 보안설정 수정 완료 - 실제 점검 전 사전 인지토록 반드시 통보하겠음 - IP 예외처리 신청 이후 대사 진행하겠음 - NAT-IP 미사용 또는 1:1로 설정된 NAT-IP 사용 - 점검자 재발방지 주의교육 실시 - 일반 작업은 원격접근을 통해 수행하겠음		

위와 같이 IP 차단해제를 신청합니다.

년 월 일

신청인 홍 길 동 (서명 또는 인)

국가정보자원관리원장 귀하

< 문의사항: 국가정보자원관리원 서비스데스크(☎1577-0577) >

IP 차단을 해제하기 위한 서류

IP 차단 해제 신청 방법을 문자메시지로 전달받고 신청서를 받아 보았다. 척 보기에도 공익 따위에게는 신청 권한이 없어 보이는 서류였다. 어쩔 수 있나. 조금 전에 자동화 프로그램을 전달받고 신이 나 있던 담당 공무원에게 자초지종을 설명하고, 혼나고 왔다.

"이 프로그램 그럼 계속 써도 되는 건 맞지? 불안한데?"

"네. 문제없대요."

관공서에서 보안을 중시한다는 점은 굉장히 바람직하고 신기했으나 업무를 위해 만든 프로그램이 이렇게 검열에 걸리니 기분이 이상했다. 나뿐만 아니라 IT 계열 출신 공익들은 다들 이런 서러움을 겪고 있지 않을까?

하루 동안의 촌극 끝에 IP 차단은 풀렸지만, 새로 발령받은 공익이 근무지에 배치받자마자 노동청 IP를 국가로부터 차단당하게 만들었다는 소식과 그 차단 사유가 담당 공무원에게 업무 자동화 프로그램을 만들어 전송하다가 걸렸기 때문이라는 소문이 빠르게 퍼져 나갔다. 결과적으로 "재가 컴퓨터를 잘한다던데?"라는 소문과 막 부려먹기 좋은 공익이라는 점 덕분에, 많은 주무관이 컴퓨터에 이상이 생기면 당연하다는 듯 나를 호출하고 있고, 이 글을 쓰기로 결심한 오늘에도 벌써 컴퓨터를 7대나 고치고 왔다.

훗날 알게 된 사실인데 노동청 컴퓨터에서도 Github[5]와 Slack[6]은 차단당하지 않는다. 담당자가 이 둘의 존재를 몰라서 그럴 것이다. 이 이후로는 절대로 코드를 그대로 전송하지 않고 필자가 그냥 돌려서 처리하고 있다.

그래도 하나 좋은 점이 있긴 하다. 업무 자동화 프로그램을 만들어 달라는 요청이 들어와도 이 사건을 언급하면 바로 부탁을 거절할 수 있다는 점이다.

꿀은 혼자 빨아야 맛있는 법이다.

크롤러를 이용해 우체국 등기우편을 자동으로 정리해 보자

필자는 노동청에서 사회복무요원으로 복무 중이다. 요즘은 주로 청에서 밖으로 나가는 우편물을 취급하고, 외부에서 청으로 보낸 우편물을 처리하는 업무를 수행 중이다.

노동청에는 많은 사람들이 방문한다. 억울하게 임금을 체불당한 사람이나 일자리를 알아보려는 사람들이 대부분이지만, 실업급여를 수령하고자 하는 사람들이나 서민금융업무를 위해 방문하는 사람도 많다. 심지어 나랏돈을 부정한 방법으로 수급받은 혐의나 임금체불 등으로 소환조사를 받는 용의자들도 방문한다. 생각보다 업무 범위도 넓고 정말 다양한 사람들이 찾아오는 곳이다.

그러다 보니 별의별 분쟁이 다 벌어진다. 민원인과 공무원이 대면해서 진행되는 경우는 그나마 해결이 용이하게 되는 것 같지만, 우편을 이용해 절차가 진행되는 경우, 머리가 아픈 일이 발생한다. 노동청에서 보낸 우편물을 민원인이 수신한 적이 없다고 잡아떼는 일도 있다. 그렇다고 이러한 주장을 매번 배척할 수도 없는 것이, 우체국에서 조회해 보니 정말로 민원인이 수신하지 못하고 반송된 경우도 있다. 분쟁이 생길 때마다 등기 조회서비스를 이용하는 방안도 있겠지만, 우체국은 최근 1년간의 등기우편에 대해서만 발송 기록 조회서비스를 제공한다.

"최근 1년간 노동청에서 발송된 모든 등기우편의 발송 내역을 조회하여 종이에 인쇄해 보관하자."

누군가 이런 명료하면서도 아름답지 못한 솔루션을 생각해 내 버렸고, 이 일은 필자에게 돌아왔다.

	A	B
3912	1701002	장
3913	1701002	장
3914	1701002	김
3915	1701002	권
3916	1701002	윤
3917	1701002	안
3918	1701002	김
3919	1701002	김

최근 1년간 노동청에서 발송된 등기우편물은 3,900건이 넘는다.

최근 1년치 우편물을 모두 정리하라니, 정말 생각만 해도 정신이 아득해진다. 등기우편의 발송 내역을 조회하여 인쇄하려면 아래와 같은 3단계의 절차를 거쳐야 한다.

① 우체국 홈페이지에 접속한다.

② 등기번호 13자리를 입력한다.

③ 검색 결과가 나오면 이를 인쇄한다.

근무시간 내내 이 일만 붙들고 있자니 너무 오랜 시간이 걸릴 것 같았다. 이건 사람이 직접 수행하기에 적합한 일이 아니다! 그래서 이 일을 대신 처리해 줄 크롤러[7]를 만들기로 결심하였다.

필자는 이전에 크롤러를 만들어 본 경험이 없었다. 하지만 당황할 필요는 전혀 없다. 대학원과 스타트업 생활을 하며 깨달은 지혜가 있기 때문이다. 그것은 바로 "파이썬과 함께라면 못 만들 것은 없다라는 마음가짐만 있다면 정말로 못 만들 것은 없다"라는 마음가짐이다.

그리고 구글신은 모든 것을 알고 계실 것이다. 망설임 없이 구글에 'Python crawler library'라는 키워드를 검색했고, 셀레니움Selenium이라는 라이브러리를 찬양하는 스택 오버플로[8]의 답변을 발견하게 되었다. 관심이 생겨 조금 더 검색해 보니 정말 괜찮아 보였다.

셀레니움의 기초적인 사용 방법은 구글에서 검색되는 여러 블로그를 통하여 공부했다. 생각보다 훨씬 사용하기 편해 보였다. 도구는 얼추 갖추어졌으니 작업만 시작하면 될 것 같다.

누구나 코딩을 할 때 습관이나 취향이 있을 것이다. 필자는 학부 시절, 생물정보학Bioinformatics 연구실에서 개별 연구를 진행하면서 생긴 습관이 하나 있다. 내가 배포할 기능을 전부 모듈화하는 것이다. 이쪽 필드에서는 잘 만든 라이브러리가 논문이 되기도 한다. 그러다 보니 핵심 기능은 코드 한 줄로 불러와서 사용할 수 있도록 구현하고, 메인 함수는 슈도코드[9]처럼 '이 작업을 수행하는 데 사용할 알고리즘' 자체만 전달이 잘 되도록 구현하는 습관이 생긴 것이다.

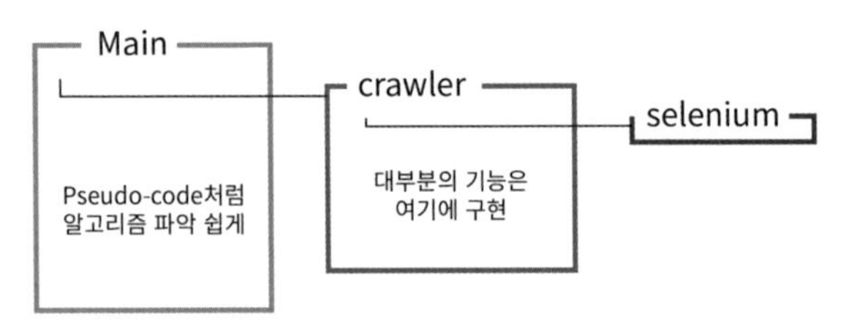

평소 하던 스타일로 프로그램을 한번 설계해 보았다.

이러한 스타일의 장점으로는 열심히 짠 코드를 제삼자가 다른 목적으로 변형하여 사용하기가 편하다는 점이다. 단점으로는 필자와 동일한 목적의 작업을 수행하고 싶은데 코드에 수정할 부분이나 추가하고 싶은 기능이 있을 경우, 많은 양의 코드를 읽어야 구조 전체가 눈에 들어온다는 점이 있다.

우체국에서 등기우편을 조회하려면 홈페이지 우측 검색창에 등기번호 13자리를 입력해야 한다. 고민하며 구글을 정처 없이 방황하던 끝에 아래 주소 뒤에 등기번호를 하이픈 없이 입력하면 자동으로 조회 페이지로 이동된다는 사실을 깨달았다.

조회 페이지: http://service.epost.go.kr/trace.RetrieveRegiPrclDeliv.postal?sid1=

등기번호는 엑셀 파일에 모두 정리해 두었다. 이 엑셀 파일을 열어서 등기번호를 불러오고, 위 URL을 통하여 배송 조회를 하는 크롤러를 만들면 된다.

post_crawler.py

crawler라는 이름의 클래스를 만들고, 대부분의 기능을 이 클래스의 메서드로 구현했다.

① Initiation 과정에서 셀레니움으로 크롬 드라이버를 불러와 창을 연다.

```
class crawler():
    def __init__(self):
        self.options = Options()
        #self.options.add_argument("headless")
        self.options.add_argument("window-size=848x1500")
        #self.options.add_argument("disable-gpu")
        self.driver = webdriver.Chrome(executable_path="chromedriver.exe", chrome_options=self.options)
        #self.driver.set_window_size(848,1500)
```

크롬 드라이버의 경로와 창 크기를 입력해 준다.

인쇄가 목적이라면 윈도우 사이즈가 A4용지의 비율과 비슷하도록 세팅해 주는 것이 좋다.

② 스크린샷을 저장하는 save_screenshot 함수를 만든다.

```
22      def save_screenshot(self, querry, out_dir):
23          url = make_url(querry)
24          self.driver.get(url)
25          self.driver.save_screenshot(out_dir + "/"+querry + ".png")
```

크롬 드라이버의 경로와 창 크기를 입력해 준다.

③ 외부에서 크롤러를 킬kill할 수 있게 다듬어 준다.

```
27      def kill(self):
28          self.driver.quit()
```

크롤러의 종료를 위한 코드다.

main.py

① crawler를 불러온다.

② 엑셀 파일을 읽어 와 등기번호를 메모리에 올린다.

③ 스크린샷이 저장될 디렉터리를 확인하여 이미 작업이 끝난 등기번호는 메모리에서 제거한다.

④ 아래 작업을 반복한다.

ㄱ. 등기번호를 우체국에서 조회한다.

ㄴ. 페이지가 로딩되면 스크린샷을 뜬다.

ㄷ. 스크린샷을 저장한다.

크롤러가 돌아가는 과정(동영상)

간단하게 구현해서 한번 돌려 봤다. 잘 돌아간다.

오전에 코드를 돌려 두고 점심을 먹고 오니 작업이 끝나 있었다. 3,900장의 종이를 프린터로 인쇄하는 것은 또 다른 문제였다. 인쇄에만 3시간가량이 들었다. 용지를 다 쓰면 새로운 A4용지 박스를 까서 충전해야 했기 때문에 자리를 뜰 수도 없었다. 뭐 어찌 됐든 이 작업은 퇴근을 한 시간가량 남기고 하루 만에 끝낼 수 있었다.

하지만 생각지도 못한 문제가 또 있었다. 우체국에서는 수취인의 신변 보호를 위하여 이름 일부를 마스킹한다. 예를 들어 '반병현'이라는 사람이 '상상텃밭'이라는 회사에 등기우편을 보내면 아래와 같이 표기되는 것이다.

발신인 반*현　　　　수신인 상*텃밭

이렇게 실명 일부가 가려질 경우 민원인이 본인이 아니라 다른 사람이라고 주장할 여지가 있다. 따라서 마스킹을 모두 해제하여 기록을 다시 정리할 필요가 있었다. 그런데 이 과정이 정말 골치가 아프다.

기본정보 | 마스킹(*)해제조회 | ① 제한표시에대한 근거

등기번호	보내는분/발송날짜	받는분/수신날짜	취급구분	배달결과

조회 페이지에서 마스킹 해제 조회 버튼을 누르고

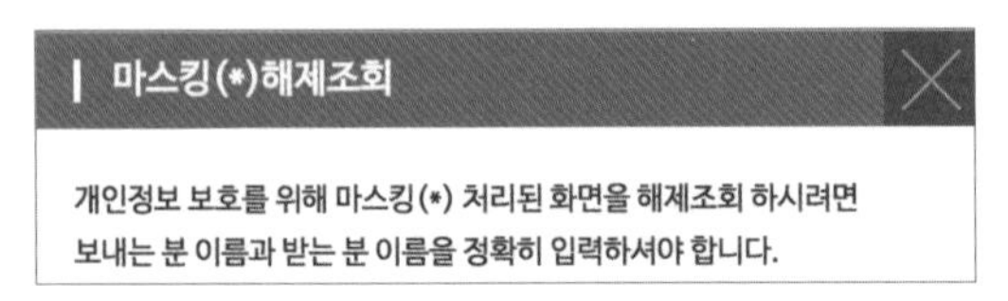

마스킹(*)해제조회
개인정보 보호를 위해 마스킹(*) 처리된 화면을 해제조회 하시려면
보내는 분 이름과 받는 분 이름을 정확히 입력하셔야 합니다.

팝업창에서 발신인과 수신인의 이름을 정확히 입력해야 한다. 한 가지 다행이라면 이름 전체를 입력할 필요는 없고 *표시로 가려진 두 번째 글자 하나만 입력하면 된다.

와 이건 진짜 손으로 해야 하는 것 아닌가? 일단 양이 너무 많아서 못 하겠으며, 우편은 매일 쌓이기 때문에 이 일은 끝이 없을 거라고 우겨 봤지만, 턱도 없더라. 공익의 근무시간은 하루 8시간이니까 8시간 내내 하면 반년 안에 끝날 일이라는 말씀을 반박할 수 없었다.

그래서 불쌍한 공익은 삐뚤어지기로 결심하고 post_crawler.py에 매크로를 추가로 구현해 보기로 했다. 파이썬과 함께라면 못 만들 것은 없다라는 마음가짐만 있다면 못 만들 것은 없지 않은가. 필요한 기능은 아래와 같다.

① 마스킹을 풀어 주는 함수가 있다고 가정하고, 마스킹이 풀리면 스크린샷을 저장하는 메서드

② 클릭, 타이핑, 팝업창 인식 함수가 모두 있다고 가정하고, 마스킹을 풀어 주는 메서드

③ 클릭 기능을 구현하는 함수

④ 타이핑 기능을 구현하는 함수

⑤ 화면의 특정 픽셀의 RGB 값을 구해 주는 함수

⑥ 팝업창 로딩 여부를 감지하여 대기하는 함수

⑦ 팝업창 로딩 여부를 감지하여 대기를 중지하는 함수

⑧ 페이지에 에러가 발생하면 이 쿼리를 죽이는 함수

크롤러도 이번이 첫 구현이었고, 윈도우 GUI[10]에서 입출력을 주는 기능도 구현해 본 적이 없었지만, 대학원 시절 아무것도 모르는 상태에서 과제 때문에 딥러닝 논문을 코드로 구현해 가야 했던 나날들에 비하면 쉬운 일이다. 우선 위에서부터 차례대로 구현해 갔다.

다행히 파이썬에는 윈도우와 소통하기 위한 win32api, win32con, win32gui라는 라이브러리가 있다고 구글신께서 알려주셨다. 아아… 구글신이시여….

```
30 def save_screenshot_withhout_masking(self, querry, out_dir, key1, key2):
31     url = make_url(querry)
32     self.driver.get(url)
33     if not self.unlock_masking(key1, key2):
34         return False
35     redbox_based_awake()
36     self.driver.save_screenshot(out_dir + "/"+querry + ".png")
37     return True
```

마스킹을 풀어 주는 함수가 있다고 가정하고,
마스킹이 풀리면 스크린샷을 저장하는 메서드를 만들었다.

key1은 발신인 명의의 마스킹 키가 된다. 예를 들어 반병현이 반*현으로 암호화되었다면, '병'이라는 문자에 해당한다. key2는 수신인 명의의 마스킹 키다. 개인정보 인증 창에서 key1과 key2를 입력하면 마스킹이 풀리게 되어 수신인과 발신인의 실명을 조회할 수 있다. 마스킹 해제 기능이 호출된 뒤에는 팝업창의 로딩이 끝날 때까지 기다리는 redbox_based_awake() 함수를 호출하고 스크린샷을 저장한다.

```
39 def unlock_masking(self, key1, key2):
40     button_location = (650, 170)
41     time.sleep(3)
42     key1_location = (185, 235)
43     key2_location = (185, 263)
44     popup_ok_location = (210, 310)
45 
46     click(button_location)
47     redbox_based_sleep()
48     click(key1_location)
49     type_in(key1)
50     click(key2_location)
51     type_in(key2)
52     time.sleep(0.1)
53     click(popup_ok_location)
54     if kill_error_page():
55         return False
56     return True
```

마스킹을 풀어 주는 함수

만약 마스킹 해제가 실패할 경우 실패했음을 알리고 작업을 종료한다.

마스킹 해제 버튼이 화면상에 위치하는 좌표를 button_location이라는 튜플로 지정했다. key1_location과 key2_location은 각각 발신인과 수신인의 마스킹 키를 입력하는 입력 칸의 좌표이며 popup_ok_location은 팝업창의 '확인' 버튼의 좌표다.

흐름은 굉장히 간단하다.

① 마스킹 해제 버튼을 클릭한다.

② 화면이 로딩될 때까지 기다린다.

③ 로딩이 완료되면 발신인 마스킹 키 입력창을 클릭하고

④ 해당 자리에 발신인의 마스킹 키를 입력한다.

⑤ 수신인 키 입력 창도 클릭하고,

⑥ 수신인 마스킹 키를 입력한다.

⑦ 노동청 공익용 컴퓨터 성능상의 문제인지 뭔지 입력 후 잠시 멈추는 경우가 있어 0.1초를 대기해 준 다음,

⑧ 팝업창의 확인 버튼을 눌러 준다.

⑨ 에러가 뜨면 '마스킹 해제 실패' 메시지를 리턴한다.

```
59 def click(location):
60     x, y = location
61     win32api.SetCursorPos(location)
62     win32api.mouse_event(win32con.MOUSEEVENTF_LEFTDOWN, x, y, 0, 0)
63     win32api.mouse_event(win32con.MOUSEEVENTF_LEFTUP, x, y, 0, 0)
```

클릭 구현

클릭은 간단하게 구현했다. 좌표를 튜플로 입력받고, 그 좌표에 '마우스 왼쪽 버튼 누름', '마우스 왼쪽 버튼 뗌' 이벤트를 각각 발생시킨다.

```
66 def type_in(string):
67     command = 'echo ' + string.strip() + '| clip'
68     os.system(command)
69     win32api.keybd_event(0x11, 0, 0x00, 0)
70     win32api.keybd_event(0x56, 0, 0x00, 0)
71     win32api.keybd_event(0x11, 0, 0x02, 0)
72     win32api.keybd_event(0x56, 0, 0x02, 0)
```

타이핑 구현

타이핑은 고민을 좀 했다. 영문자 같으면 쉽게 되겠지만 내가 쓰는 셸은 한글을 넣은 코드는 돌아가지도 않았고 한글 자모를 분해해 준다는 라이브러리는 설치가 아예 안 됐다.

고민 끝에 아래와 같은 방식으로 처리했다.

① 입력받은 문자열을 클립보드에 넣는다.

② Ctrl 키와 V 키를 누르는 이벤트를 발생시킨다.

③ Ctrl 키와 V 키를 떼는 이벤트를 발생시킨다.

한글뿐만 아니라 한문이나 특수문자도 잘 처리된다.

그 외의 기능은 get_color 함수를 구현하고 이를 활용해서 대부분 처리했다.

```python
def get_color(location):
    x, y = location
    return hex(win32gui.GetPixel(win32gui.GetDC(
        win32gui.GetActiveWindow()), x, y))
```

윈도우상의 x, y 좌표의 픽셀의 '색'을 탐지하고 16진수로 변환하여 리턴하는 함수

특정 좌표의 색이 빨간색인지 아닌지, 특정 구역에 회색 박스가 생겼는지 등등을 간단한 조건문으로 처리하여 나머지 기능을 구현했다.

아슬아슬하게 퇴근 5분 전에 코드를 완성할 수 있었고, 그냥 돌려 두고 퇴근했다. 다음 날 출근하여 보니 당연히 모든 작업이 끝나 있었다. 같은 층에 근무하는 다른 공무원분들이 너무 신기해해서 내심 뿌듯했다.

어휴. 하마터면 하루 8시간씩 반년 동안 열심히 일할 뻔했다.

★ 이 글에서 사용된 소스코드는 깃허브에 모두 공개되어 있습니다.

(https://github.com/needleworm/post_crawler)

노동청 공익과 첫 번째 바이럴 루프

2018년 11월 1일

점심 무렵 두 편의 글을 올렸다. 퇴근 시간까지 기다리며 지켜보니 대충 두 글을 합쳐서 조회수가 180회 정도 나왔다. 아무런 인지도도 없는 크리에이터가 생산한 콘텐츠다 보니 별다른 반응을 끌지 못한 것이다. 그 흔한 좋아요도 하나 안 찍혔다. 괜히 슬펐다. 흑. 안 되는데. 마음이 꺾이면 안 되는데.

그 와중에 브런치는 참 대단했다. 새로이 올라온 글이라 잠깐 노출되었을 것인데 그사이에 조회수가 180회나 발생한 것을 보면 동시접속자 수가 꽤 높은 편인 것 같았다. 브런치 메인에 한 번 글이 걸리게 된다면 홍보 효과가 대단할 것 같았다. 그로스해킹을 적용하기에 최고의 환경

이다.

퇴근길에 그로스해킹을 위한 첫 삽을 떴다. 유동 인구가 많은 유머사이트 중에서 가장 정치적인 성향이 옅으며 선정적인 자료가 적게 올라오는 곳을 하나 골랐다. 그리고 거기에 글을 올렸다. 정확하게는 기억이 안 나는데 〈국정원에 걸린 공익 썰〉 따위의 제목이었던 것 같다. 브런치에 올렸던 첫 번째 글의 전문을 캡쳐해 올리고 하단에 출처를 표기했다. 이 게시물에 공감한 사람들 중 일부는 링크를 클릭해 보리라는 기대였다.

저녁을 먹으며 설레는 맘으로 새로고침을 계속 눌렀다. 댓글 몇 개와 비추천 몇 개가 달렸다. 수영을 다녀와서 다시 새로고침을 눌렀다. 별 반응이 없었다. 그대로 묻혔다. 슬펐다. 역시 처음 해 보는 분야다 보니 적응이 쉽지 않구나. 다음을 기약하기로 했다.

집에 와서 자려고 누웠다. 별생각 없이 새로고침을 눌렀다. 추천이 몇 개 더 늘어 있었고 댓글도 조금 늘어나 있었다. 벌써 자정이 다 되어 간다. 내일도 출근하려면 얼른 자야지.

"그래도 내 글 재미있게 읽어 주는 사람이 있어서 다행이야."

눈꺼풀이 무거웠다. 이불을 덮고 잠을 청했다. 그리고 몇 분 지나지 않아서 바로 깨 버렸다. 스마트폰이 계속 울리고 있었다. 상황이 잘 판단되지 않았다. 무슨 일인가 싶어 보니 브런치 앱에서 알람이 오고 있었다. 내 글에 좋아요가 찍히고, 나를 구독하는 독자가 늘어날 때마다 알람이 오도록 되어 있었다. 그 사실도 그때 처음 알았다.

혹시나 싶어 지겹도록 확인했던 유머사이트에 들어가 새로고침을 눌렀다. 댓글 알람이 수십 개가 쌓여 있었다. 추천이 하나씩 누적되다 보니 밤 11시가 조금 덜 된 무렵에 인기 게시물이 되어 사이트 메인 화면에 걸렸다. 그리고 한 시간도 되지 않아 2만 명이 넘는 사람이 그 게시물을 열람했다. 플랫폼이 이렇게 무섭구나. 단순히 사람이 많이 모이기만 해도 강력한 힘이 생긴다. 그들 중 내 글에 공감한 사람들이 브런치 링크를 타고 들어와 구독을 누르고, 댓글을 달고, 좋아요를 누르고 있었다.

"첫 삽을 상당히 잘 뜬 것 같은데?"

짧은 시간 동안 사람들이 유입되는 것을 보고 있으니 너무 신기했다. 밤 11시부터 자정까지 불과 한 시간 지났을 뿐인데 브런치 조회수가 2,400회를 넘기고 있었다. 유머사이트 게시물 조회수는 2만 7천 회 근처였다. 브런치의 분석 툴을 켜 봤다. 독자가 어느 사이트에서 어떤 링크를 타고 내 게시물에 들어왔는지 기록을 모두 볼 수 있다. 이상하게도 유머사이트를 통한 유입은 30회 정도밖에 되지 않았다. 이상하다, 이 사람들이 그럼 어디서 유입되고 있는 거지?

통계 툴에서 SNS 탭을 열어 보았다. 이게 뭐람. 트위터에서 2천 회가 넘는 유입이 있었다. 도대체 트위터에서 무슨 일이 벌어지고 있는 거지?

갑자기 호기심이 일었다. 이 현상이 너무 재미있었다. 더군다나 이 현

상의 주인공이 바로 내가 아닌가? 당장 트위터 앱을 설치했다. 7년 전에 회원가입만 해 두고 사용하고 있지 않던 아이디를 찾아내 로그인을 했다. 안녕, 트위터! 7년 만이로군요! 어디서부터 유입의 흔적을 찾아야 할지 막막해서 검색창에 '공익'이라 입력했다. 수백 개의 게시물이 내 이야기를 하고 있었다. 그리고 머지않아 그 파동의 근원을 찾을 수 있었다.

모든 파동의 시작점

트위터에서 인지도가 높은 이용자 한 명이 내가 쓴 글을 읽고 깊은 감명을 받았나 보다. 그래서 감사하게도 원 글의 출처를 기재한 채로 트위터에 메시지를 올렸고, 이 트윗을 다른 사용자들 수천 명이 리트윗하고 있었다. 리트윗은 다른 사람의 게시물을 자신의 지인에게도 전파하는 기능이다. 트위터 특유의 그물과도 같은 연결망을 타고 내 이야기가 빠르게 퍼지고 있었던 것이다. 그 과정에서 내 브런치로 유입되어 들어오는 조회수가 발생했던 것이고.

상황이 참 흥미로워서 좀 더 둘러봤다. 주로 사람들의 반응은 세 가지

중 하나였다. 재미있다, 저 공익이 잘했다 잘못했다. 아니 대체 왜 이런 일을 두고 싸우고 있는 걸까?

자칭 공무원이라는 사람이 열심히 내 욕을 하고 있었다. 저런 시스템을 새로이 만들어 두면 유지보수 문제가 발생하므로 잘못된 행위라는 것이 주 논점이었다. 이를 옹호하는 사람과 반박하는 사람이 한데 뒤엉켜 아주 뜨거운 전쟁터가 만들어졌다. 역시, 이래서 SNS는 인생의 낭비라고 하는 거구나.

그 공무원의 게시물을 리트윗하면서 싸움을 걸었다. 노이즈 마케팅도 마케팅 아닌가? 이왕 이슈가 된 김에 조회수나 한껏 빨아들여 보기로 했다. 내 논리는 간단했다. 내가 소집해제(전역)한 이후에는 관공서에서 내가 만든 프로그램을 정당하게 사용할 권리 자체가 없으므로 유지보수는 고민할 사항이 아니다. 비용을 지불하며 유지보수 하든지, 다시 공무원이 일일이 손으로 작업하던 시절로 돌아가면 될 문제니까. 애초에 저 자칭 공무원의 주장은 내 저작물을 관공서가 불법적으로 계속해서 사용하

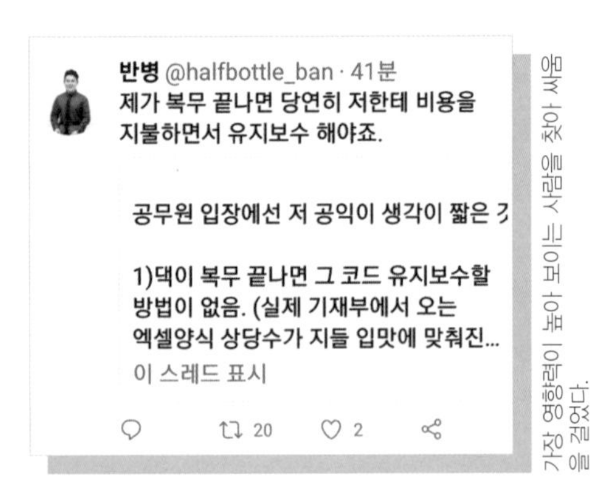

가장 영향력이 높아 보이는 사람을 찾아 싸움을 걸었다.

는 상황을 전제로 한 것이기 때문에 많은 트위터 사용자들로부터 질타를 받았다.

그 사람은 몇 마디 더 반박을 시도했으나 이내 조용해졌다. 그 과정에서 내 트위터 계정을 팔로우하는 사람이 700명이나 생겼다. 순식간에 말이다. 트위터를 조금 더 둘러봤다. 재미있는 게시물이 정말 많았다.

카고컬트cargo cult(화물신앙)에 현 상황을 빗댄 트윗

카고컬트에 빗대어 이 상황을 표현한 유저도 있었다. 반면 바닥에 마법진을 그리고 체크남방과 맥북을 제물로 바쳐 공대생 강령술을 해야 하는 것이 아니냐는 오컬트적인 이야기도 있었다. 트위터가 인생의 낭비임이 틀림없기는 한 것 같다. 어느새 새벽 2시가 되었다. 아 출근해야 하는데, 큰일이다.

잠들기 전에 브런치를 확인해 봤다. 조회수가 8천 회가량 찍혀 있었다. 자정부터 새벽 2시까지 유입된 조회수가 말이다. 불과 세 시간 동안

1만 명이 넘는 사람들이 순식간에 모여들었다. 이게 말로만 듣고, 소문으로만 듣고, 그리고 책에서만 보던 바이럴 마케팅이구나. 이렇게 모여든 관심을 잘 활용하여 점점 더 키워 나가는 것이 그로스해킹의 본질일 것이다. 너무 신기하고 설렜다. 다음 날을 기약하며 가까스로 잠자리에 들었다.

일과시간 내내 브런치 앱에서 알람이 왔다. 많은 구독자가 비정상적으로 빠르게 늘어나고 있었다. 점심시간을 틈타 브런치를 열어 봤고 깜짝 놀랐다. 전부 트위터에서 들어온 줄 알았는데 의외로 트위터는 한나절 동안 2천 건의 유입밖에 없었다. 새벽 동안 반짝 타올랐다가 순식간에 식어 버린 것이다.

반면 외부 사이트에서 내 글의 링크를 클릭해서 들어온 수가 4천 건이나 되었다. 깜짝 놀라 상세보기를 했는데, 어제 내가 올린 유머사이트를 비롯해 27개의 사이트에서 각각 유입이 있었다. 그 사이트들을 하나하나 들어가 봤다. 어제 내가 올린 게시물을 다른 사이트에서 퍼 갔다. 그리고 그걸 또다시 다른 사이트가 퍼 가는 식으로 하루 만에 여러 유머사이트에 내 이야기가 퍼진 것이다.

그 와중에 페이스북에서도 4천 건의 조회수 유입이 있었다. 트위터와 유머사이트에서 내 글을 접한 많은 사람이 이걸 또다시 페이스북으로 퍼 간 것이다. 그중에서는 당연히 인플루언서도 있었고, 팔로워가 많은 페이지도 있었다. 정말로 도처에서 온갖 방법을 통해 내 이야기가 퍼져 나

가고 있었으며, 많은 사람이 내 브런치로 들어와 글을 읽고 있었다.

유입 경로를 다시 한번 분석했다. 유머사이트 중에서 게시물 조회수가 표시되는 사이트는 전부 체크했던 것 같다. 마케팅 용어에서는 전환율이라는 개념이 있다. 어떤 광고를 접한 사람이, 광고주가 원하는 행동을 취하는 비율 정도로 생각하면 된다. 쇼핑몰에 들어온 사람이 100명인데 그중 한 사람이 물건을 구매했다면 전환율은 1%다. 내 게시물의 경우 전환율이 2%가량 되었다. 게시물 조회수가 1만 명이면 그중 실제로 내 브런치 링크를 클릭해 들어오는 사람이 200명가량 된다는 뜻이다.

이 숫자가 굉장히 중요하다. 열 개 이상 사이트에서 일관되게 2% 근처의 전환율을 보였으므로, 바꿔 말하면 내 브런치 조회수에 50을 곱하면 내 글을 읽은 사람의 숫자를 추측할 수 있다. 이틀간 대략 2만 5천여 명이 내 브런치를 방문했으니 실제로 내 글은 125만 명에게 도달했다고 보면 된다. 불과 20여 시간 만에 말이다.

돈 한 푼 안 들이고, 백만 명이 넘는 사람들에게 하루 만에 뜻을 전달할 수 있다니. 정말 대단한 기법이다. 이 순간부터 나는 바이럴 마케팅과 그로스해킹의 신봉자가 되었다. 이거면 정말로 할 수 있을 것 같았다. 공직 사회를 흔들어 놓을 만큼 많은 사람의 뜻을 모으는 일이 불가능하지 않아 보였다.

내가 공부한 이론대로라면 가장 사람들의 관심이 뜨거울 때 후속타를 날려야 한다. 하지만 안타깝게도 나는 전신마취가 필요한 수술을 앞두고 있었기에 일단 이쯤에서 이슈 키우는 일을 멈추고 사람들의 반응이나 관찰하기로 했다.

2018년 11월 6일

수술을 무사히 마쳤다. 병실에 누워서 열심히 스마트폰을 들여다봤다. 사람들의 뜨거운 관심은 4일 정도가 지나면 식어 버리더라. 좋은 것을 배웠다. 역시 한번 실전을 겪어 봐야 이론을 현실에 더 잘 적용할 수 있지 않겠는가? 한동안 몸 상태를 회복하는 데 철저한 노력을 기울이기로 했다. 항상 강건한 마음가짐을 잃지 말아야 하겠지만 건강한 육신이 우선이니까.

노동청 공익과
첫 번째 인터뷰

2018년 11월 13일

수술이 끝나고 지금까지 거의 아무것도 하지 않고 지냈다. 조금 무리하면 수술 부위가 터져서 피가 콸콸 쏟아져 내리는 바람에 그저 휴식, 또 휴식이었다. 병가를 쓰고 일주일가량 푹 쉴 수 있으면 좋았겠지만 딱 입원일 3일만큼만 병가를 준다는데 어떡하겠는가.

지난 여름 삼중 추돌 교통사고의 가운데 끼는 큰 사고를 당했는데도, 병가는 딱 3일 받았다. 부러진 곳이 없었기에 망정이지. 퇴원 후에도 한참 통원 치료를 받았다. 참고로 당시 조수석에 탔던 동승자는 2주간 병원 신세를 졌다. 참 공익에게 병가 주는 데 인색하다. 몸이 아파서 군대도 못 간 사람인데, 아플 때 좀 여유롭게 쉬게 해 주면 안 되나. 그래도 다행히 근무 중에 출혈이 터지면 응급실은 보내 주더라.

하긴 복리후생이 달달하면 강제노역이 아니지. 역사적으로 강제노역은 인권유린과 부당임금이 곁들여져야 매운맛이 제대로 살아나는 법이다. 반년만 일찍 태어났으면 연예인 병역비리가 터지기 이전이라 군면제를 받았을 텐데. 아버지! 반년만 일찍 프러포즈하시지 그러셨어요!

극심한 통증에 모르핀 계열 진통제를 삼키며 노동청에 앉아있기를 10일째. 페이스북 메신저를 통해서 갑자기 연락이 왔다.

안녕하세요. 〈마이크로소프트웨어〉 오세용 기자입니다. 브런치 글을 보고 연락드렸습니다.

IT 분야의 유서 깊은 잡지사에서 이번 사건과 관련해 취재 요청과 기고 요청이 들어왔다. 아프기도 하고 내가 시골에 있기도 해서 거절하려 했는데 이메일로도 인터뷰를 진행할 수 있다고 해서 수락했다. 기고 요청은 거절했다. 진지한 인터뷰를 생각했는데 질문이 하나같이 짓궂고 유쾌했다. 굉장히 즐거운 시간이었다.

2일 뒤인 11월 15일에 내 인터뷰가 인터넷을 통해 공개되었다. 브런치 유입이 며칠간 잠깐 증가했다. 그냥 그러고 말 줄 알았다. 이 인터뷰 이후 내가 쓴 글에 대한 진위 논란이 종식되었다. 내 글을 읽으며 저게 사실 다 꾸며 낸 이야기가 아니냐며 핏대를 세우는 사람들이 적지 않았는데, 덕분에 악플을 덜 받게 되었다.

그런데 인터뷰의 파급력이 여기서 끝나지 않았다. 조작이 아니라 사실임이 증명된 사건에 대중이 얼마나 높은 관심을 가지는지 그때까지는 몰랐다.

노동청 공익과 광기의 네티즌들

2018년 11월 28일 오전

이제 몸이 많이 회복되어 진통제를 먹지 않아도 일상생활이 가능해졌다. 먹고 싶은 음식도 먹을 수 있다. 신난다! 기운을 차린 기념으로 다시 그로스해킹을 시작하고 싶어졌다. 오랜만에 머리 굴릴 생각을 하니 즐거움을 감출 수가 없었다.

컴퓨터 앞에 앉아 키보드를 잡았다. 지금 내 기분을 천천히 글로 옮기자.

내가 글을 쓰는 방법은 상당히 충동에 의존하는, 프로답지 못한 방식이다. 글을 쓰고 싶어지면 생각에 잠긴다. 그리고 내 안에 가득 차올라 출렁거리는 지금의 감정을 글 위로 쏟아 내는 것이다. 따라서 그날의 기분에 따라 글의 분위기가 크게 달라지곤 한다.

노동청에서 근무하며 겪은 특이한 컴퓨터 고장 사건에 대한 글을 썼다. 그날 쓴 글은 정말이지 맛이 없었다. 아, 지금 내 기분이 무겁고 차분하구나. 글을 쓰면 평소에는 모르고 지나쳤을 자신의 모습을 자주 마주한다. 아무튼, 생각보다 재밌는 글이 나오지 않아 실망스러웠다. 그로스해킹을 하려면 사람들이 공감할 수 있는 콘텐츠가 필요하다. 사람들은 대부분 유쾌하고 즐거운 콘텐츠를 선호한다는 편견을 갖고 있었기에 이 글이 마음에 들지 않았다.

"아무리 생각해도 예전에 쓴 글이 재밌을 것 같은데. 그냥 그걸로 올리자."

이번엔 〈크롤러를 이용해 우체국 등기우편을 자동으로 정리해 보자〉를 활용해 보기로 했다. 지난번 바이럴 루프가 돌아가는 과정에서 사람들이 어떤 점에 열광했는지 다시 곱씹어 보았다.

"우선 카이스트에서 인공지능으로 석사학위를 받은 사람이 공익이 되었다는 것 자체가 굉장히 사람들의 눈길을 끌었어. 요즘 인공지능 전공자들이 돈을 많이 번다고 소문이 나 있잖아? 여기서 사람들이 일차적으로 흥미를 느꼈을 거야."

그렇다면 이번에도 학위와 대학 이름을 강조하는 것이 좋을 것 같다.

아무리 내용이 재미있어도 많은 사람의 눈길을 끌지 못한다면 소용이 없지 않겠는가.

"내 글을 읽고 사람들이 느낀 감정은 무엇이었을까?"

아이스 커피를 한 모금 입에 머금었다. 노동청에서 챙겨 온 인스턴트 커피다. 지난번에 비싼 커피를 마시고 액땜을 했으니 다시 그런 실수를 반복하지는 않으리라. 팔짱을 낀 채로 의자에 편안하게 기대어 눈을 감았다. 내 글에 달렸던 댓글들을 떠올려 봤다. 이 사건을 그저 재미있는 이야기로 여기고 웃어넘긴 사람들이 대부분이었지만, 내 글에서 분노를 느낀 사람들도 많았다.

"도대체 왜 사람들이 내 글을 읽고서 정부를 욕하는 걸까?"

이해가 되지 않았다. 몇몇 사람들은 내 실수로 노동청 IP가 차단당한 사건을 마치 정부의 잘못으로 생각하고 분노하고 있었다. 도대체 왜?

"인터넷 유머사이트를 자주 사용하는 사람들은 기본적으로 대한민국 정부에 대한 불만이 있는 것 아닐까? 그래서 조금이라도 여지가 생기면 비난을 참지 못하는 거고. 이 집단적인 광기를 잘하면 나한테 유리하게 이용할 수 있을 것 같은데? 한 번만 더 실험해 보자."

지난번에 사용했던 유머사이트로 들어가 다시 글을 올렸다. 지난번에 댓글들을 읽어 보니 이 사이트의 사용자들은 비속어가 섞인 표현에 거부감을 크게 느끼지 않는 것 같았다. 그래서 제목을 '존나 멋있는 공익.ssul'이라고 지었다. 안타깝고 자조적인 이야기지만 인터넷에서는 '공익'이라는 키워드가 일종의 멸칭으로 사용되고 있다. 그만큼 이미지가 나쁘기에 '공익'과 '멋있다'는 수식어가 만나는 것 자체만으로 역설적인 재미를 끌어낼 수 있을 것으로 생각했다. 뒤에 붙인 .ssul이라는 표기는 '이 게시물의 내용은 썰(이야기)입니다'라는 뜻이다.

마찬가지로 브런치의 글을 캡처해서 첨부했다. 정부에 대한 반감을 일으킬 만한 표현은 전혀 사용하지 않았으며, 이 썰의 주인공인 카이스트 출신 공익을 칭찬하는 문구와 함께 내 브런치 주소를 남겼다.

만약 사람들이 이 게시물을 읽고 나를 칭찬한다면, 사람들은 그저 재미있는 이야기와 이 이야기를 게시판에 업로드한 유저의 의견에 공감하는 경향이 있다고 해석할 수 있을 것이다. 하지만 이번에도 사람들이 정부 욕을 한다면 정말로 국가에 대한 불신이 팽배하게 퍼져 있다고 생각해도 될 것이다.

게시 버튼을 눌렀다. 조회수가 빠르게 올라간다. 순식간에 조회수가 3천 회가 되었다. 댓글도 많이 달렸다. 추천수가 순식간에 20개를 넘어가더니 사이트 메인에 걸렸다. 훨씬 더 많은 댓글과 추천이 들어오기 시작했다. 밥을 차려 먹고 설거지를 마치고 오니 조회수가 2만 회를 넘겼다. 이 정도면 댓글도 많이 쌓였을 것이다.

사람들의 반응은 내 상상 이상이었다. 아니, 광기 그 자체나 다름없었다. 거의 8할이 넘어가는 댓글들이 대한민국 정부와 공직 사회의 무능함을 비판하느라 정신이 없었다. 상당히 비이성적인 반응이 대부분이었다.

'공익이 하루 만에 하는 걸 공무원은 반년이 걸린다'라면서 글의 논지를 반대로 뒤집은 댓글들이 많았고 여기에 추천도 꽤 많이 달려 있었다. '공무원이 반년 걸릴 걸 공익이 하루 만에 끝냈다'라는 내용의 댓글은 거의 없었다. 둘 중 하나다. 카이스트 석사라는 키워드가 가진 이미지가 공익이라는 키워드가 가진 부정적인 이미지에 밀렸거나, 그만큼 사람들이 정부에 대한 불신과 불만으로 똘똘 뭉쳐 있다는 뜻이거나. 어느 쪽이건 간에 이 집단적인 광기에 조금 충격을 받았다.

지난번처럼 브런치 앱에서는 계속해서 새로운 알람이 뜨고 있었다. 조회수도 꽤 많이 나왔고, 괜찮은 결과였다. 이번 게시물 역시 여러 유머사이트로 퍼져 나가고 있었다. 한 가지 의문이 또다시 들었다.

"본문에 코드도 많고 어려운 용어도 많은데, 이게 대중한테 먹힌다고?"

고개를 갸우뚱했다. 브런치의 통계 툴을 켜서 내 글로 유입되고 있는 거의 모든 게시물을 클릭해 봤다. 몇몇 커뮤니티들에서 답을 찾을 수 있었다. 대부분 게시물에 이런 댓글이 있었다.

ㄴ무슨 이야기인지 하나도 모르겠지만 너무 멋있어.

그 밑에는 이런 댓글들도 있었다.

ㄴ음. 나는 다 알아들었어. 아무튼 알아들었어. 질문은 하지 마.
ㄴ나도 알아들었음. 그러니까 카이스트 출신 코딩이 공익으로 일을 빨리 했다는 거지?

글 내용 중 대부분을 이해하지 못했다는 사실을 자조적이면서도 재미있게 표현한 댓글들이 많이 보였다. 아하. 코드를 설명하는 부분을 제외한 나머지, 특히 앞부분에서 사람들의 감정을 자극하는 데 성공했던 것 같다. 이미 깊이 공감하고 있는 글에서 어려운 기술적 이야기가 나온 것이니 크게 반감이 없었던 것 같고, 조금 더 읽다 보니 다시 기술적이지 않고 재미있는 이야기가 이어져 사람들이 좋아했던 것 같다. 묘하게 현학적인 충동을 부추기는 데에도 성공한 것 같았고.

그 와중에 이 이야기가 실화인지 조작된 이야기인지에 대한 격렬한 논쟁이 여기저기서 벌어지고 있었다. '이런 일이 현실에서 일어날 리가 없다', '카이스트 석사는 병역특례를 하지 공익을 가지 않는다'는 댓글들이 보였는데, 그런 곳이면 어김없이 〈마이크로소프트웨어〉와의 인터뷰 링크가 달려 있었다. 인터뷰가 힘을 발휘하고 있었다. 덕분에 이 공익이 실존 인물이며 이 일련의 사건들이 모두 진실이라는 점이 증명되었다. 이 사실을 알게 된 사람들은 더욱 뜨겁게 열광했다.

여러모로 이번 글은 대중의 취향을 확실하게 자극한 것 같았다. 이번에 형성된 바이럴 루프는 거의 30일 동안이나 끊어지지 않았다.

이번에도 전환율을 계산했다. 유머사이트 게시물의 조회수와 그 사이트를 통해 내 브런치로 유입된 사람의 비율을 구하는 것이다. 마찬가지로 2%가량의 수치가 나왔다. 그러면 저번처럼 내 브런치의 조회수에 50을 곱하면 실제로 내 글을 읽은 사람의 숫자를 구할 수 있다. 대충 만 칠천 명 정도가 유입되었으니 실제로는 저녁 시간 동안 85만 명 정도가 내 글을 읽은 것이다. 짜릿하다.

내일은 노동청 앞에서 대규모 시위가 예정되어 있다. 일찍 잠들지 못하면 굉장히 피곤할 것이다. 앞으로 어떻게 하면 이 바이럴 루프의 규모를 키워 나가며 전국적인 파급력을 발휘할 수 있을까? 고민은 나중으로 미루기로 했다.

다음 날 출근하니 약간의 소란이 있었다.

"병현 씨, 노동부 본부에서 전화 왔어요."

"아니 거기서 왜요?"

"몰라, 빨리 다시 걸어 봐. 여기 전화번호 있어요."

어떤 상황에서도 마음이 꺾이지 않으면 돌파구가 생긴다고 했다. 하지

만 이 소식은 내 마음을 꺾어 버리기 충분했다. 노동부 본부 아래에 대구 지방노동청이 있고, 그 아래에 대구지방노동청 안동지청이 있다. 안동 노동청은 본부의 2단계 산하기관이다. 군인으로 치면 사단 본부에서 중대에 바로 전화를 걸어 막내 이등병을 찾은 상황이다. 무서웠다.

Chapter 3

낭중지추, 군생활 풀리는 소리

생각보다 파급력이 너무 컸다

2018년 11월 28일

오늘 갑작스레 전화가 왔다.

"안녕하세요, 글 재밌게 봤습니다. 고용노동부 근로기준과 사무관 ○○○입니다."

아, 징계 먹는구나. 내부 사정을 너무 적나라하게 글로 적은 것이 잘못인가? 온갖 생각이 머리를 스치고 지나갔다. 다행히 징계 건은 아니었고, 필자가 썼던 글을 읽고서 노동부에 업무 자동화 도입을 추진해 볼까 하여 전화를 주셨다고 했다.

"알아봤는데, 복무 중이신 분에게 용역을 드리거나 하는 건 힘들 것 같고요. 저희가 직접 개발을 해야 하더라고요. 사회복무요원 업무 범위도 아니지만, 부탁을 좀 드리겠습니다. 어떤 부분을 자동화하면 현장에서 도움이 될지 혹시 의견을 좀 주실 수 있으신가요?"

물론 도와드려야지요.

필자가 개발을 직접 하지 않는다면 이 정도야 얼마든지 도와드릴 수 있는 일이다. 노동청에서 몇 달 근무하면서 노동청 업무가 국민들에게 얼마나 중요한지 깨닫게 되었다. 노동청의 자잘한 업무들이 자동화되어 그만큼 많은 민원인이 혜택을 누릴 수 있다면 기꺼이 도와드려야지. 그동안 고민했던 건들을 아낌없이 풀었다. 바이 바이, 소재들! 이제 코딩하는 공익 시리즈는 뭘로 연재하지?

사무관님께 보냈던 이메일 전문을 첨부한다.

안녕하십니까, 사무관님.

방금 유선상으로 말씀 나누었던 사회복무요원 반병현입니다. 복무한 기간이 길지 않아 많은 아이디어는 없습니다만 정리해 보도록 하겠습니다. 아울러 앞으로도 주변 주무관님들과 상의하여 자동화하면 좋을 사무가 있다면 종종 전달해 드리도록 하겠습니다. 제가 구현하려고 계획하였던 것들이나, 구체적으로 구현 방법이 나와 있는 것들을 우선하여 설명드리도록 하겠습니다.

1. 한글 OCR(Optical Character Recognition)[11]

사진이나 스캔된 문서, 또는 전자팩스로 수신한 문서를 한글 텍스트 문서로 변환하는 프로그램이 현장에서 가장 필요합니다. 노동청에 보급된 복합기 중에는 고속 스캔 기능을 탑재하여 수백 장의 문서를 몇 분 만에 스캔할 수 있는 제품들도 있으나, 종이로 받은 문서를 데이터화하는 작업은 많은 주무관님들이 수작업으로 진행하고 있습니다.

CNN(Convolutional neural network)[12] 기반의 인공지능을 여러 개 사용하여 아래 작업을 순차적으로 수행하도록 하면 이미지를 워드 파일로 손쉽게 변환할 수 있을 것입니다.

① 문서를 분석한 뒤, 텍스트에 해당하는 영역만 인식하여 글자를 한 글자 한 글자 분리. 그림이나 표에 해당하는 경우에는 이미지 형태로 크롭crop.

② 분리된 글자를 분석하여 몇 가지 종류로 분류함.
ex) 숫자, 알파벳 대문자, 알파벳 소문자, 자음만 있는 경우, 문장 부호, 받침이 없는 글자, 받침이 있는 글자, 겹받침이 있는 글자 등

③ 각 종류에 맞는 CNN classifier를 이용하여 글자를 개별 인식.

④ 후처리 과정에서 글자를 조합하여 하나로 합치고, ①에서 분리한 이미지를 삽입하여 워드 파일 복원.

2. 온나라[13] 크롤러

온나라에서 특정 종류의 업무를 한꺼번에 조회하여, 첨부파일의 내용물을 불러오거나 관련된 업체명을 엑셀 파일로 정리할 수 있는 크롤러가 필요합니다.

연말이나 감사 시즌 직전에 주무관님들이 수작업으로 이를 수행하는데, 많은 시간과 노력을 요하는 작업임에도 단순한 반복 작업이라 자동화가 용이할 것으로 생각합니다.

외부 프로그램으로 작동시키는 것이 보안에 문제가 된다면 온나라 백엔드에 이 기능을 내장해서 데이터베이스에서 바로 데이터를 정리해 내려받을 수 있도록 웹에서 구현해도 좋을 것 같습니다.

3. 전자팩스 자동 분류

감사 시즌에 있었던 일인데, 몇 년치 수신 팩스를 모두 점검하여 '미처리'로 분류된 팩스를 하나하나 열어 보고, 중복된 팩스나 화질이 흐려 식별할 수 없는 경우는 따로 정리해 내는 작업을 했습니다. 이 과정에서 혹여나 미처리된 채로 누락된 팩스 건은 없었는지 확인하는 작업도 들어갔습니다.

이 또한 간단한 반복 작업이므로 가벼운 CNN AI를 두세 개 정도 섞어 가며 반복 작업을 시키면 수월하게 처리할 수 있는 업무로 사료됩니다.

4. 토너 잔량 자동관리

지청 내에서 사용되는 프린터 기종이 여러 종류다 보니, 매번 토너를 충분히 주문해 두어도 선호 기종의 토너가 빠르게 바닥이 납니다. 그러다 보니 토너가 다 떨어졌는데 재고가 없어, 주문을 넣고 배송이 오기까지 며칠간 업무에 지장이 생겨 불편을 겪는 주무관님들이 여럿 계셨습니다.

프린터의 토너 잔량은 연결된 PC에서 손쉽게 획득 가능한 정보이므로 청 내의 비품관리 부서에서 어떤 기종의 토너를 얼마나 주문해야 하는지, 당장 재고를 채워 넣어야 되는 물품은 어떤 것이 있는지를 쉽게 관리할 수 있으므로 업무공백을 줄일 수 있을 것으로 생각됩니다.

5. 데이터 백업 소프트웨어

10월부터 지청의 PC 교체 작업이 있었는데, 이 과정에서 데이터를 새 컴퓨터로 옮기는 데 많은 애로사항이 있었습니다. 보안 문제로 USB를 함부로 사용할 수도 없는 데다가, GPKI 공인인증서를 옮기는 과정에서 많은 주무관님들이 불편을 겪었습니다.

오래된 컴퓨터의 하드디스크 드라이브를 분리하여 새 컴퓨터에 꽂아 데이터를 옮기는 작업을 해 드렸는데요, 이 부분을 자동화하여 컴퓨터를 분해하지 않고도 백업할 수 있는 프로그램이 필요할 것 같습니다.

6. 보안점검부 자동관리

현재 보안점검부는 수기로 관리되고 있어, 실제로 당직 근무자가 점검부에 기재된 시각에 순찰을 돌았는지 확인이 어렵고, 매일 전 층의 보안 점검부를 수거하여 담당 팀장님의 수기 결재를 받아야 하는 불편이 있습니다.

노동청 당직용 앱을 배포하고, 각 층별로 부착된 QR코드를 찍는 것으로 보안점검부 작성을 대체하면 당직 근무자가 실제로 몇 시 몇 분에 어떤 부서에서 순찰을 돌고 있었는지, 조기 퇴청하지는 않았는지 여부를 확실하고 정확하게 관리할 수 있으며, 결재 또한 익일에 결재 담당자의 앱으로 데이터를 보내 결제하도록 하면 손쉽게 운영할 수 있을 것입니다.

아울러 스마트폰과 같은 경우, 화면에 서명을 하기 굉장히 용이한 도구입니다. 직접 손가락으로 화면에 서명할 수 있도록 앱을 제작하면 전자서명의 신뢰도 또한 확보할 수 있습니다.

7. 등기우편 조회

우체국에서는 공공기관이나 기업과 제휴하여 API[14]를 공개하고 있습니다. 등기우편을 자동으로 조회하여 PDF로 캡처를 뜨고, 이걸 계속해서 데이터베이스에 쌓아 주는 소프트웨어가 필요합니다.

제가 다른 주무관님들의 업무 범위까지 소상히 알고 있지는 못하므로 제가 말씀드리지 못한 부분에서 작업의 어려움을 겪고 계시는 분들도 많이 계시리라 생각합니다.

감사합니다.

사회복무요원

반병현 배상

이 중에 얼마나 실현될지는 솔직히 잘 모르겠다.

하지만 뿌듯했다. 한낱 공익근무요원이 쓴 두 편의 글이 정부기관을 움직였다.

부디 앞으로 점점 더 많은 업무가 자동화되어 민원인들에게 그 혜택이 돌아가기를 바란다.

노동청 공익과 물 들어올 때 노 젓기

생각보다 너무 빨리 기회가 찾아왔다. 내 글이 인터넷에서 이슈를 계속해서 일으키고, 그다음 언론이 주목해 뉴스 기사가 나온 뒤에야 관공서에서 연락이 올 줄 알았다. 하지만 불과 두 번째 바이럴 루프가 돌아가자마자 고용노동부 본부에서 연락이 온 것이다. 여기서 한 가지 깨달은 교훈이 있다.

"높으신 분들도 근무시간에 유머사이트를 보는구나!"

사람 사는 모습은 어디를 가나 똑같나 보다.

사무관님께서 좋은 의도로 요청해 주셨기에 내가 직접 만들어 보려던

아이디어들을 보내 드렸다. 저것들을 직접 만들어 보려 했는데. '대한민국 관공서에는 이런 비효율이 있습니다! 그런데 제가 그걸 이렇게 해결해 봤습니다! 콰하하하! 멋지죠!' 하는 글을 연재하려고 했는데. 조금 아쉬우면서도 내 목표를 이루는 데 도움이 되는 일이니 기꺼웠다.

하지만 좋은 건 좋은 거고, 내가 글 소재를 잃어버린 건 다른 문제다. 글로 대한민국을 바꾸고 싶으면 굉장히 좋은 글을 써야 할 것이며, 그런 글을 쓰려면 좋은 소재가 있어야 한다. 좋은 소재라. 고민할 것도 없었다.

코딩하는 공익에게 자문을 구하는 높으신 분들. 이보다 더 좋은 소재는 없을 것이다. 앞으로 나에게 도움을 요청하는 공무원분들이 무수히 많을 것이다. 어차피 공익 신분이라 돈도 받을 수 없는데 글 소재라도 건지기로 했다.

"세상에 공짜는 없잖아요, 사무관님. 훗."

앞으로는 실시간으로 높으신 분들과 내가 만나며 대한민국을 조금씩 좋은 곳으로 바꿔나가는 이야기를 연재할 수 있을 것이다. 대중의 이목을 끌기에도 좋고, 언론들도 아주 좋아할 것 같았다. 심지어 병무청에서도. 설마 내가 대한민국 발전에 이바지한다는데 발목을 잡겠는가? 이런 글을 계속 올리는 중에 병무청에서 태클이 들어오면 여론전으로 몰고 가기에도 쉬울 것이다.

"나중에 책을 쓰면 잘 팔리겠지? 몇 푼 안 되는 인세도 그렇게 달콤하던데. 전국적인 규모로 사건을 터뜨린 다음 후기를 담은 책을 쓰면 잘 팔리지 않을까? 그러면 맥심커피 말고 스타벅스 커피를 매일 먹어도 될 만큼 돈을 벌 수 있을 거야. 후후후."

비열한 미소가 입가에서 사라질 생각을 하지 않았다.

바로 브런치에 글을 올렸다. 그리고 이 글을 유머사이트에 올렸다. 〈한날 공익이 글 두 편으로 정부기관을 움직이다〉라는 거창한 제목으로. 당연히 난리가 났다.

이틀 뒤, 노동부 본부에서 전화가 한 통 더 왔다. 이번에는 서기관(4급)이었다.

규정상 공익은 일비가 없어서요

2018년 11월 30일

"병현 씨, 본부에 뭐 보낸 거 있어요?"

지난주 금요일. KT 시위대와의 충돌을 대비해 경비를 서는 중 공무원 한 명이 3층에서 헐레벌떡 내려오셨다. 본부에서 왜 전화가 왔는가. 지방청 공무원에게는 굉장히 낯설고 궁금한 일이었을 것이다. 당사자인 필자도 당황스러운데 어련할까.

한번 실없는 생각을 해 봤다. 공익근무지를 군대에 비유하자면 담당 공무원은 소대장, 소장님은 중대장, 지청장님은 대대장쯤 될 것 같다. 안동지청의 모체인 대구청 청장님은 사단장쯤 될까? 필자가 복무를 시작한 지 반년 정도 되었으니 육군이었다면 일병 계급장을 달고 있었을 것이다. 지청장님과 본부 사무관이 5급 공무원으로 급수가 같으니, 육군본부 또는 연대 소속이면서 대대장과 계급이 비슷한 장교가 다이렉트로 소대에 전화를 걸어 "거기 ××× 일병 좀 바꿔 주십시오" 하고 요청한 것과 비슷한 상황이 아닌가?

그런데 이번에는 사무관이 아니라 서기관(4급)이었다. 아, 그럼 대대장보다 높은 사람으로부터 일병 나부랭이를 바꿔 달라고 전화가 온 상황이구나. 그러니까, 공무원들은 일병 나부랭이가 직속상관들 다 제치고 육군본부에 마음의 편지라도 보낸 상황으로 이해한 것 같았다. 그것도 기관장보다 높은 급의 사람이 전화를 걸 만큼 심각한 내용으로. 군필자들은 이게 얼마나 등골이 오싹해지는 상황인지 이해할 것이다.

"뒤집어질 만하네…."

"네?"

"아, 아니에요. 본부에서 요청해서 이메일 보낸 게 있어요. 혹시 어떤 분이세요?"

필자가 잘못을 저질러서 본부에서 연락을 준 게 아니라는 인상을 주기 위해 애썼다. 연락 주신 분의 성함과 전화번호가 적힌 포스트잇을 건네받고 잠시 망설이다가 뭐 별일 있겠느냐는 마음에 전화를 걸었다.

전날 통화했던 분과는 다른 분이었다. 브런치 글을 재밌게 봤으며, 전날 내가 보낸 이메일을 부서 사람들과 돌려 봤다고 한다. OCR은 장기간 준비를 해 왔으며 마침 그날 바로 발주를 넣었다고 한다. 어쨌든 한번 같이 만나 논의하는 자리를 만들고 싶어 연락을 주셨다는 얘기였다. 혹시 세종시에 있는 노동부 본청으로 출장을 올 수 있는지 여쭤보시기에 필자는 월요일에라도 당장 다녀올 수 있으니 지청과 협의만 원만하게 진행해 주십사 부탁드렸다.

"아, 그런데 혹시 출장비는 나오나요?"

"네, 물론이죠. 나올 겁니다. 혹시 복무 관리하시는 담당 공무원님이 누구신가요?"

함께 경비를 서고 있던 담당 공무원님께도 상황을 전달해 드렸다.

"본부에서 자문을 요청해서 출장을 다녀와야 할 것 같아요."

"자문? 아 너 전에 IP 차단 먹은 거 기록 보고 부르는 건가? 나도 가야 해?"

공익 한 명 출장 보내는 게 그렇게 여러 사람 손이 가는 일인지 그때는 몰랐다.

"공짜로 일하면 안 되지. 대가는 받아야지."

"어… 공익이라서 외주를 받거나 하는 건 불법인 것 같아요. 경제활동을 하면 안 되다 보니…."

"그러면 이걸 네가 만들어서 전국 노동청에 납품하면 금액이 얼마나 돼?"

"글쎄요? 납품까지 하면… 2, 30억 할까요? 잘 모르겠습니다."

"음 알겠다. 너 본부에서 근무지 옮기라고 하면 어떡할래?"

"공익 월급으로는 타지살이 못 한다고 답변드리려고요."

"알겠다. 잘 다녀오렴."

평소와 같이 4층 창고에서 화장실용 휴지 박스를 꺼내서 1층에 내려보내 주고, 택배 박스를 창고에 집어넣고 있었다. 그러는 사이 본부에서 공문도 만들어 내려보내고, 안동지청에서도 이런저런 절차를 밟았던 것 같다. 그런데 문제가 하나 생겼다.

"병현 씨, 혹시 차 끌고 갈 거야?"

"그럴 생각입니다."

"그런데 문제가 있어. 공익은 교통비를 실비로 지급하게 되어 있어서 이게 규정이 되게 이상하거든?"

"맞아요. 아마 왕복 고속버스 티켓비만큼만 지급이 될 수도 있어요."

"차를 가져가면 실비 계산이 어떻게 들어가지? 출장가는 날 기름값이랑 차 연비랑 이동 거리 다 구해서 계산해야 하나?"

"글쎄요? 톨비는 확실히 지원될 텐데…."

그 모습을 지켜보던 7급 주무관님이 한마디 거드신다.

“출장가면 일비 나오잖아? 그러면 그걸로 밥 사 먹고 기름값 메꿔도 조금 남지 않아?”

“규정상 공익은 일비가 없어서요.”

“어? 정말이야?”

“약간 적자 봐도 되니까 자차 몰고 다녀올게요.”

“공무원이랑 같이 가면 비용을 공무원 앞으로 처리하면 돼서 적자는 안 볼 텐데, 같이 가 줄까?”

“어… 아니요, 괜찮습니다. 혼자 다녀올게요.”

애초에 병무청에서는 공익이 타지로 출장가는 사례 자체를 생각을 못한 것인지, 아니면 예산이 없어서 그러는지. 어쩌겠는가. 역시 UN이 인정한 강제노역답다. 링컨 대통령님, 한반도에는 아직 노예제도가 폐지되지 않았습니다. 저도 좀 해방시켜 주세요!

그리고 적자 보더라도 혼자 움직이는 게 편하다.

사정을 어렴풋이 전해 들은 주무관님들이 호기심 반, 걱정 반으로 많이들 찾아오셨다. 그들의 우려는 아래와 같이 요약되었다.

① 절대로 열정페이를 하지 마라. 공익 월급으로 힘든 거 부려먹으려고 하면 병무청에 신고해라.

② 본부에서 너를 데려가려고 하면 어떻게 할 거냐?

본인이 퇴직하고 회사를 차려 줄 테니 본인 이름으로 외주를 받자고 농담을 던지는 주무관님도 계셨다. 필자는 이쁨받는 공익 쪽에 속했던 것 같다.

아무튼, 뜻밖의 사건이 터진 날에도 어김없이 노동청에는 퇴근 시간이 찾아왔다.

다음 주에 출근하면 꼭 썰을 들려 달라는 인사를 받으며 퇴청했다. 그 길로 필자는 부산으로 내려갔다.

2018년 12월 2일

일요일 저녁. 나는 깊은 고민에 싸여 있었다. 출장이 결정되기 훨씬 전에 부산행 왕복 차편을 예매해 두었기 때문이다. 일단 일요일 밤늦은 시간에 안동으로 도착한 뒤 집에서 하룻밤을 자고 아침 일찍 세종시로 출발할까, 아니면 터미널에 도착하자마자 밤 운전을 해서 세종으로 출발하고 세종시에서 하룻밤을 자는 게 나을까. 어차피 집에 가도 바로 잠들 수 있는 것도 아닐 테니 10시쯤 운전대를 잡았다.

나는 운전할 때 물을 많이 먹는다. 운전석에서 손 닿는 곳에 항상 생수 페트병이 있고, 트렁크에도 생수를 한 박스씩 넣고 다닌다. 잠을 깨기 위한 목적도 있지만 물을 목으로 넘기는 촉감이 너무 좋아서이다. 그러다 보니 장거리를 뛸 때는 거의 모든 휴게소에 들르는 버릇이 생겼다. 화장실을 자주 가고 싶어져서.

아니나 다를까 서안동 IC에서 고속도로로 올라오자마자 신호가 왔다. 바로 안동휴게소에 차를 세웠다.

브런치에 글을 연재하고 난 뒤부터 SNS에서 거의 수시로 알람이 온다. 10분 조금 넘게 운전했는데 그사이에 페이스북 친구요청이 세 건이나 와 있어 정말 깜짝 놀랐다. 그리고 정말로 뜻밖의 일정이 생겼다. B모 투자회사의 Y모 심사역님이 페이스북 친구요청을 주셨다. 친구요청을 승낙하자마자 속전속결로 대화가 진행되더니 그분의 회사에 방문하기로 일정이 잡혔다. 복무 중에 투자회사 미팅도 가고. 재미있는 군생활이다.

잠을 쫓기 위해 큰 소리로 음악을 틀고 신나게 밟았다. 그런데 2차선 고속도로만 타면 풀리지 않는 의문이 생긴다. 왜 화물차는 앞서가는 화물차를 추월하려고 애쓰는 걸까? 무거운 짐이 실려 있어 시속 90km도 못 올리면서, 속도도 고만고만해 보이는 다른 화물차를 앞지르기 위해 1차선을 1분가량 가로막는다. 이런 상황이 오면 추월을 시도하는 화물차를 응원할 수밖에 없다. 얼른 추월하고 2차선으로 빠져 주세요!

차선이 두 개뿐인데 화물차 두 대가 앞을 떡 막고 있으니 자연스레 아장아장 달리는 자동차들의 행렬이 생겨난다. 운전 중에 물을 계속 마시는 습관을 고쳐야 하나 진지하게 고민하며, 대전에 도착하자마자 일단 카이스트로 향했다. 불쑥 처들어가 재워 달라고 할 사람도 가장 많고, 무엇보다도 화장실이 너무 급했기 때문이다!

밤이 되면 대부분 건물이 잠긴다. 카드키가 있어야만 안으로 들어갈 수 있다. 그래서 필자가 대학원 생활을 했던 정문술 빌딩으로 달려갔다. 이곳도 카드키로 잠겨 있었지만, 바이오및뇌공학과 고인물이라면 어떻게 카드키를 안 찍고 건물 내부로 들어갈 수 있는지 다들 알고 있었다.

자정이 넘은 시간이었는데 대부분의 연구실에 불이 환하게 밝혀져 있었다. 필자가 대학원 생활을 했던 SBIE 연구실도 마찬가지. 전국의 대학원생들, 파이팅이다.

2018년 12월 3일

B 투자회사는 카이스트와 그리 멀지 않은 곳에 있다. 접근성이 좋다 보니 자연스레 카이스트 학생 창업가들 사이에서 평판이 빠르게 퍼졌던 점도 분명 있을 것 같다. 많은 VC[Venture Capital]들이 서울에 본사를 두는 것으로 알고 있는데 여기는 본사가 대전에 있다. 카이스트의 우수한 테크 스타트업들을 가까운 곳에서 지켜보고 데려가기 위해서가 아닐까? 여하튼, 동문 네 명이 합석한 자리는 정말이지 너무나 즐거웠다. 자연스럽게 〈상상텃밭〉 얘기가 나왔다.

"고등학교 동창들끼리 창업하면 어떤 게 장점이에요?"

"한여름에 일하다가 더우면 팬티만 입고 일해도 돼요."

“그건 별로 안 보고 싶은데.”

“그게 단점입니다. 한여름에 일하다 더우면 다른 멤버가 팬티만 입고 일 하는 걸 봐야 해요.”

10시에 월간회의가 있어 서울에서 내려오는 심사역님도 계신다고 들었는데, 그런 중요한 행사가 있음에도 10시가 넘어서까지 세 분께서 함께 자리해 주셔서 더욱 감사했다.

‘코딩하는 공익’의 이름에 걸맞은 일도 했다. B 투자회사에서도 자동화하면 좋을 내부 업무가 있었던 것이다. 현재는 CSV나 엑셀에 기재된 포트폴리오사 정보를 일일이 ppt의 공통 규격에 맞춰서 심사역들이 타이핑을 하고 있었다고 한다.

“CSS[15]로 구현하면 되지 않아요?”

“아, 맞네요?”

휴, 커피값은 했다.

대전에서 세종까지는 크게 먼 거리가 아니었다. 대중교통으로 대전에서 세종을 출퇴근하라면 무리가 있겠으나 자차 보유자는 충분히 커버칠 수 있을 것 같았다.

필자는 오전에 이뇨 작용을 활발히 일으키는 커피를 한 사발 얻어먹고서도 운전 중에 물을 마시는 습관을 내려놓지 못했다. 이미 필자의 방광은 위험 상태였다. 정말, 차에 실어 둔 물부터 다 갖다 버려야 하나? 아니지,

물을 버리면 아깝지. 회사에 갖다 두고 근무 중에 아무나 먹으라고 할까?

쓸데없는 생각을 하다 보니 정부청사가 보였다. 아, 드디어 도착했다. 죽을 것 같다.

세종으로 아예 옮기실 생각은 없으세요?

2018년 12월 3일

대전 정부청사는 입구에서 경비를 서고 있는 경비원이나 의경에게 용무를 설명해야 부지 내로 입장할 수 있다. 경우에 따라서는 이름과 방문 목적을 메모하기도 한다. 건물 입구에서는 신분증을 맡기고 금속탐지기를 통과해야 입장할 수 있다. 그걸로도 부족해 방문객을 인솔해 줄 담당 공무원 한 명이 내려와 방문객을 직접 데리고 목적 부서까지 데리고 가야 하는 시스템이다.

세종 청사도 크게 다르지 않을 것으로 생각했다. 필자는 깊은 걱정에 빠졌다. 만약에 게이트를 통과해야지만 화장실에 방문할 수 있는 구조면 어떻게 하지? 인솔 공무원이 내려올 때까지 화장실을 갈 수 없는 건가? 반드시 차에 쌓여 있는 생수병들을 처분해야겠다 결심했다. 정말로 다행히 세종 청사는 게이트 입장 없이 이용 가능한 화장실이 있었다!

한껏 홀가분해진 마음으로 게이트에 신분증을 제출하고 방문 목적을 설명했다. 몇 분 뒤, 조 사무관님과 첫 만남을 가질 수 있었다. 시골 출신 공익은 파란색 후드티에 빨간색 청사 방문증을 대롱대롱 목에 걸고서 처음 뵙는 사무관님을 졸졸 따라갔다.

'고용서비스 기반과'는 11-2동 5층에 있었다. 문은 언제나 열려 있는 것 같았다. 안으로 들어가자마자 화이트보드와 회의용 테이블, 그리고 커다란 모니터가 눈에 들어왔다. 그리고 그 뒤쪽으로 개인 책상이 배치되어 있었다. 회의를 굉장히 자주 하고, 의견 교류를 중요시하는 부서 같아 보였다. 그래, 첫인상은 관공서의 행정부서라기보다는 대학원의 드라이 랩(실험이 아니라, 컴퓨팅과 이론 연구가 주로 이루어지는 연구실) 같은 분위기였다.

커피를 한 잔 대접받으며 고용서비스 기반과에서 어떤 일을 하는지 간략하게 설명을 들었다. 입구 쪽 벽에는 벽 전체를 덮을 크기의 커다란 인쇄물이 붙어 있었다. 이 부서에서 하는 업무를 마인드맵과 유사한 형태로 체계적으로 도식화한 그림이 인쇄되어 있었으며, 작은 글씨가 적힌 포스트잇들이 여기저기 붙어 있었다.

그 아래에는 책꽂이가 있었는데, 정말 깜짝 놀라고 말았다. SQL[16]이나 데이터베이스 등 IT 관련 도서가 대부분이었고 군데군데 통계나 머신러닝 관련 책도 있었다. 쉽게 말해 〈네이버 랩스〉 책꽂이에 꽂혀 있으면 어울릴 만한 IT 계열 전문도서들이 관공서 책꽂이에 꽂혀 있는 것이다! 심지어 대학원생조차 어려워하는 책도 한 권 봤다. 두 눈으로 분명히 봤다.

이 정도의 책을 돌려 보는 부서면 필자가 도와줄 게 없는 것 아닌가?

이윽고 부서의 다른 분들도 함께 테이블에 둘러앉아 서로를 소개하기 시작했다. 김 서기관님은 SI 업체에서 엔지니어로 일하시다가 행정고시를 본 케이스라고 하셨다. 조 사무관님은 백엔드 보안 쪽으로 현업에 종사하시다가 오셨고 양 주무관님은 통계 전문가시다. 현장의 목소리를 듣기 위해 현장 경력 10년 차 팀장 출신인 분도 계셨다.

"저보다 IT 잘 아실 거 같은데요?"라는 말이 턱 끝까지 올라왔다가 다시 내려갔다. 집에 가고 싶었다. 공무원 세계에 이렇게 전문성이 깊은 인력이 있다는 사실도 놀라웠는데, 그런 인재들로 똘똘 뭉친 개별 부서가 있다는 점 또한 믿기지 않았다.

잠시 이야기를 나누었고 뒤늦게 이 사무관님이 합류하셨다. 필자에게 맨 처음 전화를 주셨던 분이시고 고용서비스 기반과가 아닌 '근로기준정책과'에서 일하고 계셨다. 자칭 '업무 자동화에 미쳐 있는 사람'이시라고.

"그런데 왜 전문연(전문연구요원)을 안 하고 공익을 하셨어요?"

"전문연을 하게 되면 여유가 없어질 것 같아서요. 대학원 생활의 연장 아니겠습니까. 대학입시에 카이스트 생활, 고시 생활에 대학원까지. 저는 벌써 남들이 평생 할 공부량의 두 배는 달성한 것 같아요. 더는 공부하기 싫어요."

"아, 그렇군요. 저희가 사업장을 입력하면 주소지랑 상세 정보를 띄워 주는 서비스도 만들었는데 〈상상텃밭〉을 한번 쳐 볼까요? 〈상상텃밭〉은 어디에 있나요?"

"안동시 송천동입니다."

그런데 그 시스템에서 〈상상텃밭〉이 조회되지 않았다.

"어… 고용보험 가입되어 있는 사업장이죠?"

"네. 법인 설립하자마자 가입했죠."

"이상하다… 왜 안 뜨지? 이럴 리가 없는데?"

그제야 마음이 좀 놓였다. 집에 안 가도 될 것 같았다.

식사 후에 알게 된 사실인데, 법인 명의가 너무 길어서 검색에 안 잡혔던 것 같다. 회사 풀네임이 〈농업회사법인 상상텃밭 주식회사〉인데, 8글자 이상 입력하니 정상적으로 뜨더라. (사무관님 안도의 한숨 쉬시는 거 분명히 들었다!) 〈상상텃밭〉 사업장 위치와 이것저것 부가적인 정보가 잘 조회됐다. 여기에 몇 가지 정보만 더 얹으면 아주 편리한 시스템이 될 것 같았다.

맛있는 밥을 먹으며 많은 이야기를 나누었다. 너무 맛있는 한우를 대접받았다. 사람이 사심 없이 사 줄 수 있는 음식은 돼지고기가 마지노선이라던데. 혹시…?

"반 요원님… 반 선생님… 어… 어떻게 불러야 좋을까요?"

"편하신 대로 불러 주세요."

지청에선 다들 반말인데. 말을 높여 주시는 것만 해도 충분히 감동하고 있었다.

"저희 브런치 글이랑 페이스북 글 전부 읽었어요. 인터넷에서는 노동청 공익보다는 카이스트 공익이라는 이름으로 더 유명하던데요?"

"단톡방에서 다 같이 글 돌려 보면서 우리가 데려오자! 데려와서 CNN 가르쳐 달라고 하자! 이러고 난리였어요. 그래서 어떤 분인가 궁금하기도 해서 뵙고 싶었고요."

"『법대로 합시다』 e북도 읽었어요. 내용이 상당히 전문적이던데요. 리걸 마인드라는 게 정말 있구나 하는 걸 느꼈어요."

e북이 5,850원에 팔리고 있으니, 585원을 부가세로 납부하시고 2,047원만큼 출판사의 영업 이익에 기여하셨으며 965.25원만큼을 필자의 기타 소득으로 잡아 주셨구나. 사랑합니다 독자님. 역시 인세는 정말이지 달콤하다. 불로소득의 짜릿한 맛이라니.

"세종으로 아예 옮기실 생각은 없으세요?"

"공익은 법적 신분이 피부양자예요. 부모님 집에 얹혀사는 게 애초에 전제되어 있거든요. 그래서 타지살이는 무리입니다."

"하긴 세종시 월세도 비싸고…."

"공익 월급으로는 월세만 내도 적자예요."

"아쉽네요. 그래도 세종으로 오시면 안동에서 하시는 일보다 더 재밌고 보람찬 일을 하실 수 있을 텐데."

"그래도 괜찮은 게 안동에서는 딱 시급 받는 것만큼만 일을 하는 것 같아요. 제 시급이 얼마쯤 될까요? 1,600원쯤 되려나?"

"그럼 혹시 일주일, 한 달 이렇게 출장오시는 건 가능해요?"

"어… 장기간은 힘들 것 같은데요. 지낼 곳도 없고요."

"양 주무관이 본인이 남자였으면 본인 집에 재우면 된다고 했는데 아쉽네요."

출장오기 전 서무관님이 하셨던 말씀이 떠올랐다.

"병현 씨, 거기 분들 상당히 몸이 달아 있는 것 같았어. 분명 이번 한 번 부르는 걸로 안 끝날 거야. 밀고 당기기를 좀 해야 하는 거 아닌지 몰라. 열정페이 하고 오면 안 돼. 일만 많아지면 병현 씨가 힘들어."

옆에 계셨던 다른 주무관님도 뭐라 말씀하셨는데… 뭐였더라?

간신히 기억해 냈다.

"그래. 그러니까 술 한번 크게 사야지?"

괜히 떠올렸다.

노동부 고용서비스 기반과에서 진행 중인 놀라운 계획과, 필자가 제안했던 업무 자동화 방안에 관한 이야기, 그리고 앞으로 어떻게 필자가 이들과 힘을 합쳐 일하게 될지를 순서대로 이야기해 보도록 하겠다.

이곳에서는 노동자와 기업을 매칭해 주는 시스템을 만들고 있었다. 노동자가 이력이나 자격, 원하는 직무 등을 자연어 형태로 입력하면 시스템이 이를 파싱[17]하고, word2vec워드 투 벡터[18] 기법에 기반한 머신러닝으로 이를 NCS 직무분류[19]의 확률분포로 변환한다. 노동자가 입력하는 피쳐는 최대 100여 개인 것 같고 NCS는 900여 종이다.

노동자가 자신에게 익숙한 형태로 간략한 자기소개서를 작성하면 관련된 직무능력과 관련된 직종이 좌라락 뜬다. '클라이밍', '시청', '교육'이라고 간략하게 입력하면 클라이밍과 관련해 시청에서 교육 관련 업무를 수행할 수 있는 직업목록이 좌라락 뜨는 것이다.

이게 끝이 아니었다. 기업에서 채용공고를 낼 때도 간단한 체크 몇 번을 하는 것으로, NCS 직무분류에 기반해 관련 전문성, 세분화된 업무 목록, 업무별로 어떤 일을 수행해야 하는지 등이 체계적으로 정리된 표준 채용공고가 저절로 완성되는 것이다. 〈워크넷〉이나 〈알바몬〉 등을 들어가 보면 대부분의 사업주가 채용공고를 정말 성의 없이 낸다. 대체 무슨 일을 하는 직원이 필요하다는 건지 이해도 못 하게 적혀 있는 데다가 그마저도 열 글자 내외로 적혀 있는 경우도 허다하다.

"이 표준 채용공고를 강제로 사용하도록 하면 구직자들에게 정말 큰 도움이 되겠네요?"

"그렇죠. 그리고 기업의 요구와 구직자의 특성을 매칭하기도 쉬워지므로 적절한 인재를 적절한 기업에 추천해 줄 수도 있게 됩니다."

"대단합니다."

"이걸 〈사람인〉이나 뭐 그런 커다란 구인·구직 업체 사람들 불러서 설명했는데요. 돈 주고 만들어 놓은 거 다들 쓰면 좋으니까요. 근데 이게 너무 앞서 나간 거라서 감당이 안 될 것 같다고 하더군요."

"그렇군요."

"기업에서는 수익성을 보고 프로그램을 개발하겠지만 정부는 아니거든요. 이런 걸 만들어 두고 보급할 수 있으면 시장에 사람의 직무능력을 보고 채용하는 분위기가 형성될 수 있을 거예요."

놀랐다. 멋있다. 진짜 멋있다.

5급 공무원부터 힘이 세진다는 막연한 말만 들었지, 체감을 못 하고 있었는데 이제 이해가 됐다. 일반 공무원과는 달리 정말로 사회에 파급력이 있는 기획안을 만들고 실행할 능력이 있는 것이었다.

"근데 순수한 머신러닝을 갖다 넣기에는 문제가 있어요. 지금 안동시의 중소기업을 대상으로 경리직을 채용한 데이터를 뽑으면 대부분이 젊은 여성으로 나올 거예요. 이걸 학습시키면 인공지능도 똑같은 결론을 내리겠죠. 이건 공정한 결과는 아니잖아요? 합리성을 보장하면서 데이터도 따라가는 방법은 없을까요?"

왜 없겠습니까. 그 생각에 동의합니다. 없다고 하더라도 만들어야죠.

"워크넷 이용을 어려워하는 민원인도 많아요. 특히나 학력이 낮은 민원인들은 회원가입도 힘들어하는 경우가 있습니다. 그럼 옆에 붙어서 일을 도와줘야 하는데, 3~40분은 걸리거든요."

"전국 노동청 중에 부천이 시범 운영센터예요. 새 정책이 나오면 여기서 실험해 보고 괜찮으면 전국으로 확장하죠. 이번에 부천센터에서 실업급여 수급자를 대상으로 필수 교육시간을 채우는 대신, 실업급여 신청하러 온 민원인들에게 신청 방법을 알려 주는 봉사활동을 하면 교육시간 채운 것으로 인정해 주는 정책을 해 봤거든요. 그랬더니 온라인 실업급여 신청 성공률이 30%대에서 70%대로 올랐어요."

"와… 대박이네요? 공공행정에 애자일Agile[20]을 도입하다니."

"네. UX[21]를 어떻게 개선하더라도 문제는 생기거든요. 여기 지청 말 듣고 이렇게 바꾸면 저기 지청에서 항의 들어오고. 그래서 누군가 옆에 붙어 있는 게 더 실효성 있을 거예요."

"병현 씨, 실업급여를 타 먹기 위해 구직의사가 없으면서도 워크넷에 이력서를 등록하는 사람들이 있습니다. 그래서 면접하자고 전화해도 잠수 타고 그러는데요. 머신러닝으로 이런 사람들을 걸러 낼 수는 없을까요?"

"현실적으로 불가능할 것 같습니다. 워크넷에는 사용자의 최근 로그인 시간이나 채용공고를 몇 건 열어 봤는지 같은 정보가 전부 데이터베이스에 쌓이죠?"

"네, 그렇습니다."

"그러면 차라리 최근에 로그인했고, 활동기록이 활발한 사용자를 상위 노출하면 어떨까요? 진짜 절실한 구직자면 하루에도 열 번씩 워크넷에 들어올 테니까요."

"아… 그게 훨씬 간단하고 실효성이 있을 것 같네요. 혹시 이런 것도 가능할까요? 노동부에서는 지원금이 굉장히 많이 나가거든요. 일자리 안정자금 같은 거요. 그런데 가끔 보면 허위 정보를 신고해서 이런 지원금을 타 먹으려는 사업주가 있어요. 세무서에 신고된 근로자와 노동부에 신고된 근로자가 다른 경우죠. 업무 공조가 안 되고 보안 문제상 서로 교류가 안 되다 보니 잡기가 힘들거든요. 혹시 지원 문서만 보고 인공지능으로 이걸 감별할 수 있나요?"

"혹시 허위 지원자는 패턴이 있나요?"

"저희가 노동자 수를 확보 가능한 루트가 5개 정도 있는데, 그렇게 입수한 정보에 비해서 재직자 수가 낮게 기재되어 있어요."

통계 기법으로 검증 가능한 부분이다. 다만 표본수가 너무 적어서 문제였다.

“저는 빅데이터만 다뤘기에 표본 수가 28개 밑일 때 성립하는 기법은 잘 모르겠습니다. 그리고 서류상 재직자가 대폭 줄었으면 높은 신뢰도로 적발이 가능하지만, 살짝 줄어들면 신뢰도도 함께 떨어집니다. 정규분포에서 여기 색칠된 면적만큼의 신뢰도로 배척할 수 있어요.”

“보내 주신 이메일 읽고서 OCR의 필요성에 많이 공감했습니다.”

고용서비스 기반과에서도 OCR을 도입하기 위해 장기간 노력해 왔다고 한다. 아무리 개선 의지가 있어도 예산을 확보하는 것은 별개의 문제다. 전쟁과도 같은 일이라고 한다.

“근로개선과 주무관님들 모아 놓고, 자동화하면 좋을 업무가 뭐가 있냐고 여쭤봐도 잘 모르시거든요. 근데 이렇게 스캔한 걸 읽어 주는 프로그램이 생기면 어떤 게 좋을까요? 라고 여쭤봤더니 그제야 말씀을 하세요. 무슨 서식을 지금까지는 공무원이 눈으로 읽고 손으로 타이핑해서 프로그램에 입력하고 있었더라고요. 이걸 자동화할 수 있을 거라곤 현장에서는 상상도 못 하시는 거죠. 그렇게 해서 자동화가 가능하다고 찾아낸 서식이 지금 많지도 않아요. 두 개예요."

현장에서는 엄청 많은 종류의 서식이 사용되고 있고, 가끔 민원인들이 자기 나름의 서식을 만들어 와서 서류를 제출하는 경우도 있다 보니, 서식을 학습시키는 모델은 구현하기 힘들 것 같았다.

"낙서해도 되는 종이 있나요? 최대한 서식처럼 생긴 거면 좋아요."

양 주무관님께서 서식 샘플을 가져오셨고, 어떻게 하면 하나의 OCR AI로 글로벌한 서식을 실무에서 인식할 수 있는지 알려 드렸다. 인터넷에서는 이게 가장 도입이 불가능할 거라는 반응이었는데, 실제 전문가들은 오래전부터 OCR을 준비해 왔다. 거들먹거리며 저런 건 손으로 해야 한다던 자칭 전문가들의 예상이 빗나가다니. 참 통쾌하구나.

그 외에도 필자가 보냈던 이메일의 다른 아이디어들도 검토를 거의 끝내 두셨다. 요약하자면 아래와 같다.

온나라 크롤러는 노동부가 아니라 행안부 권한이라서 불가능하지만, 팩스 같은 경우는 노동부에 권한이 있다. 토너 잔량 인식은 네트워크 프린터 같으면 쉬운데 로컬 프린터는 구현이 쉽진 않을 것 같다. 데이터 백업은 이미 NAS[22]가 있다. 근데 이게 한 대에 30만 원인데 지청에서 자산취득비를 써서 구매할 의향이 있을지 모르겠다. 보안점검부는 보안상 안 될 것 같고 우체국 같은 경우는 API도 있다고 하니 쉽게 될 것 같다. 노동청에서 나가는 모든 우편은 손으로 등기번호를 입력하는 일이 없도록 해야 한다.

"저희는 현장에서 등기우편을 하나하나 분류하고 있는지도 몰랐어요."

"위에서는 자동화를 하고 싶은데 현장에서 뭐 때문에 고생인지 이야기를 안 해 줘요."

"전에 워크넷 개선 아이디어에 상금을 걸었는데, 뭐 그딴 데 상금을 거느냐고 전화 와서 엄청 화내는 사람도 있었어요."

아직 대한민국에 아이디어에 돈 쓰는 걸 세금 낭비라 생각하는 사람들이 있다는 게 그저 놀라울 따름이다. 이러니 아무리 개선 의지와 열정 있는 사람들이 고생해도 현장이 안 바뀌는 거다.

"일주일이나 한 달 출장이 곤란하시면, 하루씩 출장을 와 주시거나, 이메일로 저희가 자료를 보내 드릴 테니 검토해 주시는 정도로 도와주실 수 있으신가요?"

"어… 그런데 제 전공 분야를 벗어날 때는 도움을 못 드릴 수도 있어요."

"네, 그건 괜찮습니다."

"인공지능 전공한 사람이 옆에서 이건 된다, 이건 원래 안 되는 거다라고 한마디씩만 해 줘도 됩니다. 저희는 그걸 모르니까요."

"이번 OCR도 그렇고 업체가 중간보고 하면, 같이 검토 좀 도와주시면 좋겠습니다. 전공자가 아니면 봐도 잘 모를 수 있어서요."

그래서 가끔 출장도 가고, 이메일로 의견도 주고받고. 정말로 자문을 하는 형태로 도움을 드리게 될 것 같았다.

"이번에 맥북 프로 샀어요! 병현 씨는 노트북 뭐 쓰세요?"

"저도 맥북 프로 썼는데 저번 주에 팔았어요."

"아, 다른 거 사시게요?"

"아니요. 밥값이 모자라서요."

"아…."

공익은 가난하다. 개발자가 생활고를 이기지 못하고 맥북을 팔았으니, 이는 미용사가 가위를 판 것과 같고, 요리사가 식칼을 판 것과 같다. 병역의 의무가 내 마음을 꺾는 데는 실패했을지언정 내 잔고에 위협을 가하는 데는 가볍게 성공했다. 연봉 400만 원에 경제활동 금지라니, 이게 말이 되는 처사인가? 정해진 노역 시간을 채우고 퇴근한 뒤에도 경제활동을 하면 안 된다니.

애초에 이번 출장을 승낙한 것은 안동지청에 매일 출근하는 게 너무 지겨웠기 때문이다. 앞으로 남은 공익생활이 심심하지는 않을 것 같다. 단, 이렇게 머리를 많이 써야 하는 업무가 반복된다면 열심히 가라(?)칠 거다. 필자는 시급 1,600원어치 이상 일할 생각이 없으므로!

이렇게 국가 발전에 이바지하는 공익이 있는데, 병무청에서는 포상휴가도 안 주고 뭐 하는지!

노동청 공익과 먹음직한 떡밥

2018년 12월 3일

노동부 출장기를 글로 옮겨 첫 번째 편을 올렸다. 이제는 내가 하지 않아도 독자들이 내 글을 캡처해 유머사이트에 퍼 나르고 있었다. 아무 짓도 하지 않았는데 브런치에 몇만 건씩 조회수가 찍혔다.

퇴근 후 수영장 샤워실에서 머리를 감았다. 하얀 거품이 몽글몽글 머리에 맺혀 있는 것이 크리스마스 트리에 얹힌 솜같이 느껴져서 기분이 좋아졌다.

"슬슬 언론에서 연락이 올 때가 됐는데 말이야."

'코딩하는 공익'이라는 이름을 지어 두고 일을 시작하기를 정말 잘했다. 이렇게 브랜딩이 잘 된 아이콘에 스토리까지 기승전결 완벽하지 않은가? 일상 자체가 비정상적이니 그저 일기를 쓰듯 있었던 일을 글로 옮기기만 해도 남들이 신기해하는 것이다.

"남들한테 이상한 놈이라는 소리 듣는 짓도 26년을 꾸준히 하니 자산이 되는구먼."

거품을 모두 헹궈 냈다. 수영복을 입으며 생각했다. 오늘 수영 강습 시간에는 언론에서 연락 오면 뭐라고 대답하면 좋을지를 고민해 보자고. 야심 찬 표정으로 샤워실 문을 나섰다. 그리고 너무 힘들어서 아무 생각도 할 수 없었다. 평영은 나의 원수. 강사님, 너무하신 것 아닙니까!

간신히 한 시간을 버티고 헉헉대며 풀장에서 기어 나왔다. 아무런 생각도 할 수 없었다. 그저 일 초라도 빨리 쉬고 싶다는 생각으로 대충 샤워를 하고 옷을 입었다. 수영장을 나서면서 휴대전화를 확인해 봤다. 페이스북 메시지가 와 있었다.

안녕하세요, SBS의 남○○ PD입니다.

〈스브스뉴스〉라는 프로그램에서 내 이야기를 다루고 싶다는 이야기였다. 처음 컨택 온 언론사가 SBS라서 깜짝 놀랐다. PD님과 연락을 주고받으며 인터뷰 영상을 준비했다. 언론사의 인터뷰나 영상, 기사들이 하루아침에 뚝딱 하고 완성되는 게 아니라는 걸 처음 알았다.

내가 섭외를 수락하자 PD님께서 이틀 뒤에 질문지를 먼저 보내 주셨다. 이 질문지에 대한 답변을 드렸고, 일주일 뒤인 12월 10일 월요일에 화상 인터뷰를 하기로 했다. PD님과 카톡을 주고받다 보니 언론인들이 어떤 부분을 좋아하는지 조금 감이 왔다. 노동부 출장기 2편부터는 그런 점을 조금 더 반영했다.

2018년 12월 6일

드디어 노동부 출장기를 모두 글로 옮겼다. 사람들을 애달게 만들고 싶었기에 조금만 압축하면 한 편으로도 쓸 수 있었던 내용을 세 편으로 펼쳐서 하루에 한 편씩 업로드했다. 원래는 네 편으로 기획했었는데 독촉이 하도 많이 와서 세 편으로 마무리했다.

그리고 매번 하던 대로, 유머사이트를 방문했다. 이번에는 최근 글 한 편만 올리는 게 아니라 처음부터 지금까지 있었던 일을 모두 요약했다. 평소의 점잖은 말투는 버리고, 유머사이트 사용자들이 주로 사용하는 말투를 따라서.

유머사이트

humor.co.kr

| 카이스트 석사 출신 공익 사건 정리 |

어떤 공익이 국정원에 적발당한 썰을 올렸음.

3줄 요약

1. 카이스트에서 인공지능 석사학위까지 마친 공익이
2. 엑셀 파일 합쳐 주는 스크립트를 만들어 공무원에게 보냈는데
3. 국정원이 공격 행위로 오인해서 IP 차단함.

"꿀은 혼자 빨아야 맛있는 법이다."

출처: https://brunch.co.kr/@needleworm/5

이때부터 뭔가 범상치 않았다.

⋮

내가 직접 내 자랑을 하면서 글을 작성해야 했기에 낯이 무척이나 뜨거워졌다. 하지만 사람들을 선동하다시피 하면서 공감대를 형성하는 데 이 이상의 방법이 없었다.

아무런 권력도 없는 공익이 나라를 바꾸려면 국민을 내 편으로 만들어야 한다. 그러기 위해서는 이 이야기가 최대한 이슈가 되어 퍼져 나가 언론인의 눈에 들어야 한다. 그래야 전국적인 파급력을 발휘할 수 있으니까.

사람들이 이 글을 읽고 주인공의 특이한 캐릭터성에 한 번, 비현실적인 스토리에 다시 한 번 마음을 빼앗기기를 원했다. 글을 업로드했고, 반응을 확인하지 않은 채 수영을 하러 갔다. 여기에 사람들이 열광하지 않을 수가 없다. SNS에서도 반응이 좋았다. 〈마이크로소프트웨어〉 오세용 기자님은 페이스북에 내 글을 공유하며 이런 코멘트를 남겼다.

솔직히 반칙이다.

이런 연재 아이템이라니. 이건 시나리오로 만들어서 드라마 연재해야 한다.

기술, 스타트업, 공익, 청년, 정부 등 굉장히 다양한 사람들을 만족시킬 수 있는 드라마가 나올 것 같다.

유머사이트에 정리글을 올리고 친구들과 저녁을 먹었다. 식사 도중 휴대전화가 울렸다. 이번에도 페이스북 메신저로 연락이 왔다.

안녕하세요, 〈주간경향〉의 백○○ 기자입니다.

치킨을 뜯으며 페이스북 메신저를 통해 느릿느릿 답장을 보냈다. 인터뷰는 한 시간 만에 속전속결로 끝났다.

"기사는 다음 주쯤 나갈 겁니다."

역시 인터뷰를 한 시간 만에 해도 기사라는 게 그렇게 당일에 뿅 올라오는 건 아닌가 보다. 하긴, 글도 써야 하고 회사 내부에서 결재도 받아야 할 테니.

이불 속에 누워서 유머사이트 반응을 살펴봤다. 이미 퍼질 대로 퍼졌고 네이버 메인에도 걸렸다. 30여 개 사이트에서 6만여 명의 사람들이 들어왔다. 전환율을 2%로 잡고 나눠 보면 오늘 오후부터 자정까지만 300만 명이 내 이야기를 접했다는 뜻이다.

"우리나라가 진짜 좁기는 좁구나."

태어나서 마케팅을 처음 해 보는 나도 이 정도 실적을 올리는데, 자본이 있는 사람들이 전 국민에게 자기 생각을 노출시키는 것은 얼마나 쉬운 일일까. 여론 조작이라는 게 전혀 어려운 일이 아닐 것 같다는 생각마저 들었다. 하긴, 내가 하는 것도 사실 '여론 조성'이잖아.

사람들 반응은 무서우리만큼 처음과 똑같았다. 나를 칭찬하는 극소수, 공무원을 욕하는 대다수. 그런데 하나 달라진 점은, 고용노동부 본부 공무원들을 향한 칭찬의 목소리가 크다는 점이었다. 내 글에서 이분들이 일종의 조력자 내지는 최종목표에 가까운 존재로 비치고 있었기 때문인 것 같다. '시골에 있는 유능한 청년을 발굴해 조언을 구하려 하다니, 생각이 열려 있는 사람들이다!'라는 평가가 대부분이었다.

아직 과장 자리도 공석인 신생 부서 이미지를 이렇게까지 좋게 만들었으니 출연료는 드린 셈이다. 3개월 뒤의 이야기지만, 〈중앙일보〉에서 이 부서의 홍보를 위한 기사가 나갔는데, 이때도 함께 출연해 홍보를 도와드렸다. 이 정도면 그날 얻어먹은 한우값도 한 것 같다.

힘든 수영도 안 하고 배부르게 치킨도 먹어서 일찍 잠들 수 있었다.

2018년 12월 7일

온종일 구글에 내 이름 석 자를 검색했다. 남초 사이트에서는 공무원을 향한 비방의 목소리가 더 컸지만, 여초 사이트에서는 내 칭찬이 더 많았다. 댓글들을 읽으며 자존감을 회복했다. 더, 더 칭찬해 주세요! 좀 더!

다음 글을 어떻게 적으면 좋을지 고민하다 보니 하루가 다 갔다. 브런치 앱의 알람은 진작에 꺼 뒀다. 조회수는 점점 불어나고 있었고 구독자도 계속 늘어났다. 저녁까지 대충 3만 명의 독자가 새로 유입되었다. 그러니 150만 명의 새로운 사람들이 여기저기서 내 이야기를 접했다는 뜻이겠지.

브런치를 통한 문의도 들어왔다. 고용노동부 산하의 근로복지공단과 협업을 하는 〈한국경영원〉이라는 회사에서 온 외주 요청이었다. 인터넷 페이지를 자동으로 불러와 정보를 수집하는 프로그램을 개발해 달라는 부탁이었는데 아쉽게도 복무 중에 돈을 벌 수는 없는 노릇이니 카이스트 동문 스타트업 대표님께 연결해 드렸다. 페이스북 친구요청도 계속 들어왔다. 트위터와 페이스북 팔로워가 600명을 넘었다.

조금씩 입소문을 타고 있는 게 느껴졌다. 그만큼 내 글을 읽고 깊게 공감한 사람들이 많았다는 뜻이리라. 내 글이 전달하는 메시지는 충분하다고 생각한다. 노출만 시키면 된다.

그날 밤 역시 이불 속에 누워서 인터넷에 내 이름을 검색해 보고 있었다. 사람들의 반응을 지켜보다가, 그들이 가려워하는 부분을 살살 긁어주는 글을 쓰면 반응이 좋으므로. 페이스북 메시지가 또 들어왔다. 이 늦은 시간에? 메시지를 확인하고 또다시 깜짝 놀랐다.

병현 님, 안녕하세요? 저는 〈동아일보〉의 조○○ 기자라고 합니다.

드디어 대형 언론사에서 연락이 왔다. 기자님이 현재 해외에 나가 계셔서 귀국하시는 대로 인터뷰를 진행하기로 했다. 사실상 가장 어려운 관문이라 생각했는데.

11월 28일 바이럴 루프를 만든 지 딱 10일째였다. 단기간에 유명세를 확 잡아끄는 데 성공했다는 증거다. 그리고 덕분에 별로 이목을 집중시킬 필요가 없는 곳에서도 나를 예의주시하고 있었던 모양이다.

병무청에서 이번 일로 나를 압박하기 시작했다. 공익이 가장 적으로 돌리면 안 되는 기관이 나를 향해 칼을 뽑은 것이다.

Chapter 4

창타출두조, 군생활 꼬이는 소리

노동청 공익과
병무청의 첫 번째 경고

2018년 12월 7일 오후 5시

"병현아, 잠깐 이리 와 볼래?"

퇴근이 한 시간밖에 남지 않아 미리 가방을 싸고 설레발을 치고 있었는데 담당 공무원이 굳은 표정으로 내려왔다. 무슨 일일까. 일단 분위기가 무거우니 별말 없이 졸졸 따라갔다. 3층 구석에 마련된 소회의실에서 그는 입을 열었다.

"병현아 병무청에서 전화가 왔는데, 너 블로그에 글 쓰는 거 있어?"

"네."

"병무청에서 네가 쓴 글이 문제가 있대. 이게 사회복무요원 품위유지 의무 위반인 것 같다고 하던데?"

"네? 품위유지요?"

이게 무슨 소리인가. 품위유지의무 위반?

"응. 국가를 비난하는 걸로 비칠 수 있어서 블로그 글을 모두 내리라고 하더라."

정신이 멍해졌다. 어느 부분이 국가에 대한 비난인지 도무지 감이 오지 않았다. 물론 내 글을 읽은 사람 중 대부분이 국가와 공직 사회에 대한 불만을 토로했지만, 그건 국민들의 보편적인 여론이지 내가 신경 쓸 문제가 아니다.

"전에 여기 방문하셨던 병무청의 김×× 복무지도관이 전화한 거예요?"

"응 맞아. 그런데 내가 그 블로그 읽어 봤거든? 코딩하는 공익. 내 생각에는 이거 문제없어 보이거든. 어떻게 보면 그냥 블로그에 일기를 쓴 거잖아. 나는 터치 안 하고 싶어."

"일단 알겠습니다. 제가 병무청이랑 전화해 볼게요."

"그래."

한숨이 나왔다. 전에 이 병무청 공무원이 안동노동청에 시찰을 왔을 때 생계 곤란으로 인한 겸직허가 문의를 했었다. 이 사람의 답변이 참으로 걸작이었다.

"반병현 요원이 학벌도 있고 하니 추후에 돈을 많이 벌 거라는 점을 어필해서 은행으로부터 대출을 받을 수는 없나요?"

테이블 위에 올려져 있던 도자기 화분으로 눈앞의 이 철없는 공무원의 해맑은 웃음을 무참히 부숴 버리고 싶은 충동을 간신히 억눌렀다. 나는 온화한 사람인데 그의 앞에서는 흥분을 조절하기가 힘들어진다. 마음을 다스리는 데는 도가 텄다고 생각했지만 아니었다. 덕분에 겸손을 배웠다. 의도적으로 사람을 화나게 하며 즐기는 건가? 처음 신병 교육대대에서 만났을 때부터 지금까지 도무지 마음에 드는 구석이 없는 사람이다.

담당 공무원을 올려 보내고 전화를 걸었다.

"수고하십니다. 대구지방노동청 안동지청의 반병현 요원입니다."

"아, 반가워요."

"거두절미하고 블로그 게시물 건 관련해서 연락드렸습니다. 이게 품위유지의무 위반 소지가 있다고요?"

"그렇죠. 사회복무요원이 국가를 비난하는 내용의 글을 퍼뜨리면 문제가 됩니다. 안 그래도 사회복무요원의 이미지가 지금 전국적으로 좋

지 않아요. 여기서 좋은 이미지를 쌓아 가야 하는데 그렇게 국가를 비난하면 안 되죠. 이건 징계를 받을 수도 있는 사안이에요."

"아, 그렇군요. 제 글 읽어 보시긴 한 거죠? 어느 부분에 국가를 비난하는 내용이 있었습니까?"

굉장히 기분이 날카로운 상태였기에 부드러운 말투가 나오지를 않았다.

"거기 글 일부에 사회복무제도를 ILO 협약 위반이라고 표현한 부분 있잖습니까. 이건 문제가 됩니다."

국제노동기구ILO는 UN 산하의 조직이고, 이곳에서 대한민국의 사회복무제도를 강제징용으로 봤다. 이 부분을 지적했는데 그게 문제였나 보다.

"그러면 그 부분만 수정하겠습니다. 그러면 문제가 없는 거죠?"

"어 그러니까, 어 그 사회복무요원이 국가전산망의 문제를 지적하는 것도 좋지 않고요. 그러면 노동부에서도 싫어할 거고요."

"제 글 읽어 보신 거 맞아요? 노동부에서는 엄청 좋아했습니다. 저를 세종시로 초빙해서 자문까지 요청했고, 앞으로도 많은 도움을 부탁한다고 했어요. 〈중앙일보〉를 통해 기사도 내보내겠다는데요?"

"아니 블로그 글은 또 국가를 비난하는 내용이니까."

"읽어 보시긴 한 거 맞아요? 노동부 가서 자문하고 온 이야기도 블로그에 올렸는데요. 지금 여론이 어떤지 아십니까? 사회복무요원의 품위를 바로 세우면 바로 세웠지, 전혀 품위를 깎아내리는 것으로는 생각이 안 되는데요. 언론에서도 잘했다고 난리고요. 이런 사례가 있으면 병무청에서 발굴해서 포상을 줘야죠."

이번에도 흥분을 삭이는 데 실패했다. 이 사람과 연관되면 항상 그렇다. 포상 이야기를 하니 그쪽에서도 적잖이 당황했는지 한동안 말이 없었다.

"아무튼, ILO 언급한 부분만 수정하면 문제가 없는 거죠?"

"그 외에도 국가에 대한 비방이나 품위를 해치는 부분은 문제가 됩니다."

"제 글 중에서 구체적으로 어디요?"

"어 그건 이제 반병현 요원이 잘 판단하면 되겠지요?"

"네, 그러면 제 판단하에 그런 부분을 검열하면 문제가 없는 것 맞습니까?"

"뭐 그렇죠."

"알겠습니다. 수고하십시오."

전화기를 바닥에 던져 버리고 싶었지만, 아직 할부가 1년 넘게 남아 있

어서 참았다. 까라면 까야지 뭐 어떻게 하겠는가. 3층으로 다시 올라가 문제가 있어 보이는 표현을 순화시키고 퇴근했다. 아, 물론 통화 내용은 모두 녹음했다.

침착하자. 마음이 꺾이면 안 된다. 평상심을 되찾기 위해 애썼다. 4천 원이나 하는 비싼 커피도 한 잔 사 마셨다. 역시 자본은 위대하다. 화가 모두 풀리고 헤픈 미소를 짓기까지 5분밖에 안 걸렸다.

노동청 공익과 언론사 인터뷰들

언론사 인터뷰는 생각보다 많은 시간이 필요했다. 〈IT 조선〉 인터뷰는 이메일을 주고받으며 이틀에 걸쳐서 진행했고, 〈주간경향〉의 인터뷰는 페이스북 메신저를 통해 대략 한 시간가량 채팅을 하는 것으로 끝났다. 그런데 큰 언론사는 기사에 들이는 공이 아주 달랐다.

SBS와 〈동아일보〉는 양측 모두 다양한 사진을 요구했다. 평소에 셀카를 찍는 성격이 아닌 데다가, 20대 중반의 남성이 동료 공무원들과 함께 사진을 찍는 일이 일어날 리도 없으므로 굉장히 난처했다.

"제가 노동청 와서 찍은 사진이 거의 없는데, 학창시절 사진은 안 될까요?"

"이게 매체 특성상 사진이 풍성해야 재미있게 나올 텐데요. 혹시 재밌게 찍은 사진들인가요?"

"어… 일단 재밌는 거 위주로 보내 드릴게요."

노동청에서 셀카를 몇 장 급조했다. 얼굴도 본 적 없는 선임에게 물려받은 제복도 꺼내 입어 봤다. 곰팡내 같은 것이 퀴퀴하게 올라왔다. 이걸 입고 셀카를 찍자니 너무 부끄러워 창고에서 문을 걸어 잠그고 혼자 사진을 여러 장 찍었다.

"평소에 셀카를 찍어 본 적이 있어야 말이지."

셀카를 찍는 행위가 이렇게도 어려운 것이라는 사실을 몸소 느끼며 전전긍긍했다. 종일 셀카를 찍으면서도 질리지 않는 여자 후배들이 너무 신기했다. 그것도 그냥 셀카면 안 된다. 신문사와 방송국에서 요구한 사진은 '열심히 일하는 것처럼 보이는 사진'이었으니. 스마트폰을 벽에 고정해 두고, 이리저리 자세를 잡으며 타이머를 이용해 사진을 찍었다. 수십 장을 찍었지만 하나같이 어색했다.

"이래서 사진사를 쓰는구나. 모두가 스마트폰을 들고 다니는 시대에도 사진관이 장사가 되는 이유를 알겠어."

우여곡절 끝에 여러 장의 사진을 보내 드렸으나 "다른 사진은 없나요?" 하는 대답이 돌아왔다. 셀카 찍는 게 석사학위 디펜스보다 어려웠다.

〈동아일보〉에서는 요구하는 설문의 분량도 상당했다. A4용지 두 페이지에 달하는 질문을 받았고, 내 답변까지 더해지니 그 분량은 대충 A4용지 5장으로 불어났다. 그 내용 전부가 기사화되는 것은 아니고 그중에서도 괜찮은 내용을 또 선별해서 한 편의 기사가 완성되는 것이다.

"기자라는 직업도 정말 힘든 일이구나. 세상에 쉬운 일은 역시 없어."

물론 이슈거리를 그대로 짜깁기해서 내보내는 기자들도 있겠지만 적어도 이분들은 프로였다. 원고가 완성되어도 바로 기사가 공개되는 것도 아니었다. 인터뷰가 끝나고 일주일 뒤에 기사가 공개된다고 했다. 아무래도 〈동아일보〉의 경우 신문 본지에 나갈 기사고, 한 번 인쇄하면 수정이 불가능하니 바로 기사가 올라가지 않을 것이다. 기자님이 작성한 기사를 또 윗사람들이 검수하고 컨펌이 나기까지 시간이 필요하지 않겠는가.

SBS의 경우 PD님이 젊은 분이라 그런지 편하게 카톡으로 소통했다. 다만 우편 자동화 프로그램이 돌아가는 화면의 캡처본을 요청하셔서 그걸 만들어 드리느라 조금 고생을 했다. PD님도 열정이 아주 대단했다.

"병현 님, 안녕하세요! 혹시 공익근무요원 유니폼 입은 사진은 혹시 없

을까요?"

"네, 없습니다. 찍어 드릴게요."

"저 필요한 부분이 조금 더 있는데요, 혹시 코딩하시면서 찍으신 사진 같은 건 없을까요?"

"찾아보겠습니다. 대학원 시절 사진이 있을 것 같아요."

"병현 님, 제가 기사를 찾다가 병현 님께서 예전에 카이스트 총장님과 말춤을 춘 영상을 유튜브에서 발견했는데요! 이거를 좀 사용해도 될까요?"

"아 네, 맘껏 쓰셔도 됩니다."

"병현 님, 안녕하세요! 혹시 본인 사진 중에 좀 고화질 사진이 있나요? 멋있게 나온 사진이면 좋을 것 같아요. 가령 프로필 사진이나!"

"잠시만요. 하나같이 머리카락 색이 정상적이질 못해서…. 찾아보고 보내 드릴게요."

"네네, 감사합니다. 정 없으면 염색하신 사진도 괜찮을 것 같아요!"

"머리카락 색을 떠나서 정상적인 사진 자체가 잘 없네요. 하나 찍어 오겠습니다. 조금만 기다려 주세요!"

"병현 님, 안녕하세요! 저희가 썸네일 용으로 약간 공익 느낌이 나는 사진이 필요할 것 같아요. 혹시 근무하시면서 얼굴이 크게 나오게 찍힌 사진은 없으실까요?"

"옷 갈아입고 한 장 찍어 볼게요."

"혹시 이런 사진이면 될까요?"

"앗, 혹시 필터 없이 괜찮으실까요?"

"아, 혹시 누끼 따서(배경을 제거해서) 쓰실 건가요?"

"네, 조금만 더 가까이에서 찍어 주세요!"

"네, 그러면 단색 배경에서 찍어 볼게요."

"병현 님, 혹시 마지막 부탁일 것 같은데요 혹시 글에 헤드라인에 쓰셨던 바질 사진을 좀 구할 수 있을까요?"

"잠시만요."

아무래도 글보다 시각적 요소가 더 중요한 영상매체다 보니 PD님께서 필요로 하시는 사진이 많았다. 그래도 요구가 구체적이라서 준비하기가 편했다. 정말 전문가들이 일하는 방식은 언제 봐도 존경스럽다.

"저는 재미있게 영상이 나왔는데 사람들 반응이 어떨지는 잘 모르겠네요. 공대생들만 웃을 수 있는 그런 콘텐츠를 만든 건 아닌가 하고 있습니다."

"제가 공돌이라 그런지 기대감이 더 커지는걸요? 친구들이랑 보면 정말 재미있을 것 같아요."

"사실 저도 공돌이입니다. SBS 〈스브스뉴스〉 유튜브에 영상 나오면 널리 널리 알려 주세요!"

"네, 동네방네 소문내고 다닐게요."

"아마 그게 제 계약 연장에 도움이…."

"앗!"

마지막까지도 유쾌하신 분이었다.

2018년 12월 12일

〈주간경향〉에서 인터뷰했던 기사가 올라왔다. 기사를 페이스북에 스크랩하고 가족들에게 카톡으로 전달했다. 인터뷰 자체가 단기간에 진행되어서 그런지 기자님과 주고받았던 내용이 대부분 수록되어 있었다. 이 기사가 파급력이 있어야 할 텐데. 최대한 많은 사람들이 기사를 접하고 내 생각에 동조해 줘야 나라를 바꿀 수 있다.

브런치에 글을 올리고 이 글을 유머사이트에 퍼뜨리는 것은 내 노력으로 달성할 수 있는 영역이지만 언론을 통한 전파는 내가 손을 댈 수 있는 부분이 전혀 없다. 그래서 긴장이 되었고, 걱정도 많이 되었다.

"이번 기사가 잘 안돼도 대형 언론사 두 개가 있으니까."

기자님께는 죄송한 말이지만 〈주간경향〉 기사가 노출이 잘 안 되더라도 SBS와 〈동아일보〉가 있으니까 어떻게든 될 것 같았다. 특히 〈동아일보〉는 종이신문에도 인쇄될 것이고, 관공서에도 많이 들어갈 테니 기대가 컸다.

2018년 12월 13일

점심을 먹기 위해 패딩을 걸치고 밖으로 나왔다. 강제징용해 놓고 밥은 한 끼만 주는 게 정말 이해가 안 된다. 하루 식대로 5천 원이 나오는데, 이 돈으로 하루 세 끼 식사를 해결하는 것은 절대 불가능하다. 점심만 먹는다고 쳐도 요즘 물가에 이 돈으로 식당을 갈 수는 없지 않은가. 물론 병무청은 아침저녁은 집에서 부모님이 해 주시는 밥을 먹으라는 입장이다. 앞서 얘기했지만, 국방의 의무를 부모 세대에게까지 이중으로 지우는 끔찍한 제도다.

다행히 노동청 근처에 붕어빵 포장마차가 있다. 붕어빵 2천 원어치를 그 자리에서 먹고 오뎅 국물을 석 잔이나 마셨다. 배가 어느 정도 찼다. 점심을 먹고 돌아와 노동청 1층 로비에 대충 앉았다.

참 가난한 관공서인 게 느껴진다. 민원인이 많은 시간대인데도 로비 조명이 대부분 꺼져 있다. 절전, 중요하지. 그런데 이렇게 불 꺼 놓는다고 몇 푼이나 아낄 수 있겠나. 어차피 관공서에서 발생하는 대부분 비용은 공무원들 월급과 연금이다. 조명 켜는 데 들어가는 전기를 아끼기보다는 공무원들이 받아 가는 돈에 걸맞게 더 많은 일을 처리할 수 있도록

체계를 바꾸는 게 경제적인 효용성이 더 크지 않은가.

하루빨리 대한민국을 바꿔야 한다. 근데 그 전에 누가 따뜻한 아메리카노 한 잔만 사 주면 좋겠다. 오뎅 국물도 맛있긴 하지만 식으면 먹지 못하지 않은가. 커피는 식어도 홀짝거릴 수 있다. 최근에는 식은 커피에 차가운 물을 타서 마시기도 한다. 궁상맞아 보이지만 어쩔 수 없다. 내가 최저시급만 받을 수 있었어도 이렇게 살 필요는 없을 텐데.

대한민국이 바뀌는 게 빠를까, 내 전역이 빠를까? 역사적으로 봤을 때 국방부 시계는 영원히 멈춰 있다. 따라서 추세 외삽법[23]에 따르면 내 전역은 영원히 오지 않을 거라 추론할 수 있다. 따라서 대한민국이 바뀌는 게 더 빠를 것이다.

한창 쓸데없는 생각을 하느라 지성을 낭비하고 있는데 전화가 울렸다.

병무청이었다.

노동청 공익과 병무청의 두 번째 경고

"여보세요."

"네. 반병현 요원 맞죠? 병무청 복무지도관입니다."

"네, 안녕하세요. 반갑습니다."

"네. 다름이 아니고 블로그 글을 다 내려야겠습니다."

"네? 그거는 국가를 비방하는 표현을 다 수정한 걸로 끝난 거 아닌가요?"

"아니요, 그래도 이런 게 알려져서 좋을 게 없습니다. 사회복무요원들 이미지가 엄청나게 실추된 사건들이 최근에 있었잖아요. 그런데 오늘 기사까지 나왔잖아요."

"기사요? 〈주간경향〉이요?"

"신문사는 기억이 잘 안 나요. 하여튼 품행을 단정히 유지해 주셔야겠

습니다."

"아니, 제가 하는 일은 품행이 단정치 않다는 이야기입니까?"

"사회복무요원 품위유지의무 위반으로 판단되면 징계를 드릴 수밖에 없습니다."

"하, 징계요?"

"누군가 이를 문제 삼아서 국민신문고에 민원을 넣는다든지 하면 복무 연장 등의 징계를 받을 수 있습니다."

이거 완전 협박 아닌가?

하지만 신분상 병무청에 개길 수는 없다. 까라면 까야지.

"네, 그러면 글 모두 내리겠습니다."

"잘 생각했어요. 병무청에서는 매년 문학 공모전을 하고 있으니 거기에 글을 제출해 보세요."

이 사람은 항상 불난 집에 부채질하는 멘트를 날린다. 일부러 저러는 게 틀림없다.

막상 브런치 글을 내리려고 하니 정말 슬펐다. 예술을 하는 사람에게 작품이란 자식과도 같은 존재가 아닌가. 자기 손으로 쓴 글을 내리기 위해 휴대전화를 들고 있는 내 모습이 마치 직접 낳은 아기의 목을 조르는 부모가 된 기분이라 고통스러웠다.

"아마 나는 대한민국에서 최단기간 내에 검열당한 작가가 아닐까."

내 글을 재미있게 읽어 주고 응원의 메시지를 남겨 주던 독자분들께도 죄송했다. 이 프로젝트를 왜 시작했나 후회되기 시작했다. 그냥 나 혼자 잘 먹고 잘 살면 되는 건데. 대한민국을 더 살기 좋은 곳으로 바꿔서 뭘 어쩌겠다고. 낭중지추는 무슨, 창타출두조槍打出頭鳥다.

이래서 다들 군생활 중에는 아무것도 하지 말라고 하는 거구나. 1층 구석 숙직실에 들어가서 조금 오래 울었다.

그러다 문득 병무청 직원이 언급한 문학 공모전에 대한 생각이 떠올랐다. 바로 전화를 걸었다.

"네. 병무청 복무지도관입니다."

"아까 말씀하신 문학 공모전 혹시 상금 줍니까?"

"네? 어 조금?"

"제가 밥 사 먹을 돈이 없거든요? 제 애국심을 보여 드리겠습니다."

"아? 네?"

바로 체제에 순응했다. 지금 당장은 불합리 앞에 마음이 꺾이더라도 상관없었다. 자존심이 밥을 먹여 주지는 않으니 말이다.

절필

안녕하세요,

〈코딩하는 공익〉을 연재하고 있는 사회복무요원 반병현입니다.

그간 제 글을 재미있게 읽어 주신 여러분께 정말로 감사드립니다. 어느새 구독자가 900명이나 되었네요.

글을 연재하는 과정에서 많은 일이 있었습니다. 바이럴 루프도 몇 번 돌아가고, 인터뷰도 하고. 노동부에서 움직이기도 했지요. 언론에서 연락도 많이 받았습니다. 제 글을 읽어 주신 분들도 굉장히 많습니다. 브런치 조회수와 외부로 퍼 날라진 글들의 조회수를 다 더하면 100만이 넘어가요. 이거 지표를 열심히 분석하고 있었는데 프로젝트 자체가 종결됐으니 그만 분석해도 될 것 같네요.

사회복무요원으로 복무하다 보면 소양교육이라고 하는 5일간의 합숙 교육을 받게 됩니다. 교육 중에 강사님이 칠판에 사회복무요원의 시급을 계산해서 적어 주시며, “최저시급에 미치지 못하지만, 여러분은 2년간 가장 낮은 자리에서 국민을 위해 봉사하는 것입니다”라고 말씀해 주셨습니다. 그런데 사회복무요원이 평범하게 복무해 봐야 많은 국민에게 혜택을 돌아가게 하기는 힘듭니다.

가장 낮은 자리에 있는 사람이 가장 많은 국민들에게 혜택이 돌아가도록 봉사하려면 어떻게 해야 할까?

오랜 시간 고민했습니다. 노동청에서 근무하다 보면 정말로 억울한 상황에 처한 민원인들이 많거든요. 그런데 한 사람의 공무원이 처리해야 할 사건 개수가 너무나도 많습니다. 사건 처리만 하면 될 게 아니라 서류 작업도 해야 하죠.

공익 한 명이 박스를 잘 운반하고, 청사를 열심히 청소하는 것은 직접적으로 많은 국민들의 처우 개선에 기여하기 힘듭니다. 하지만 그런 업무는 기본적으로 처리하면서도 국가행정에 ‘업무 자동화’라는 작은 공을 쏘아 올릴 수 있다면 이야기는 달라질 것이라 생각했습니다.

‘노동청에 찾아오는 민원인 중에는 약자가 많다. 한 명의 공무원이 일주일에 한 개의 민원이라도 더 처리할 수 있다면 일 년이면 수십만 명의 민원인이 억울함을 풀 수 있게 된다. 만약 하루에 한 개의 민원을 더 처리할 수 있다면? 아무리 적게 잡아도 지금보다 백만 명 이상 더 많은 사회적 약자들이 억울함을 풀고 혜택을 누릴 수 있다.’ 이게 제가 내린 결론이었습니다.

결과적으로 이 프로젝트는 성공했다고 봅니다. 노동부 본청에 계시던 열정 가득한 부서에 현장의 목소리를 직접 전달할 기회가 되었으니까요. 수년 안에 여러 업무가 자동화될 것이며, 그만큼 공무원 한 명이 민원인을 상대하는 데 쏟을 수 있는 시간이 더욱 늘어날 것입니다. 노동력 부족으로 해소되지 못한 채 쌓여 있던 민원 서류가 더 빨리 처리될 것입니다.

'가장 낮은 자리에서 가장 많은 국민들에게 봉사'하는 제 나름대로의 방법론이 성공한 것이죠. 더욱 빠르게 파급효과를 보기 위해 이 과정을 거의 실시간으로 글로 옮겼습니다. 덕분에 '고용노동부에는 굉장히 능력과 열정이 뛰어난 IT 부서가 있다'라는 점이나, 그들이 '학벌이나 성별이 아니라 직무능력에 기반하여 노동자와 기업을 매칭해 주는 새로운 시스템을 만들고 있다'라는 이야기 등을 제 글에 실어서 퍼뜨릴 수도 있었습니다.

그런데 노동청 공익은 노동부 소속이 아닙니다. 병무청 소속의 파견직원 같은 신분이죠. 그러다 보니 저는 노동부보다 병무청 말을 더 잘 들을 수밖에 없습니다. 그런데 양쪽이 온도차가 너무 커요.

제게 문제가 생길까 걱정되셨는지 복무지도관님이 두 차례나 전화를 주셨어요. 전화 주신 복무지도관님과는 글을 일부 수정하는 것으로 합의를 보긴 했지만, 병무청의 다른 직원들 눈에는 다르게 비칠 수 있겠죠. 아직까지는 없었지만 누군가 제 글 내용에 대해 민원을 넣을 수도 있고요. 사회복무요원 신분으로 너무 유명해져서 좋을 게 없다는 말에 저도 동의합니다. 누군가는 저를 질투할 수도 있고, 제게 원한을 품었던 사람들이 제가 복무 중임을 빌미로 저를 공격할 수도 있잖아요. 그러다 정식 경고를 받으면 복무연장이 될 수도 있는데 최대한 안전하게 가는 게 최고 아니겠습니까.

그래서 〈코딩하는 공익〉 매거진의 글 대부분 또는 전부를 비공개로 전환합니다.

제가 소집해제하는 2020년 4월 중순에 본 글들은 다시 공개될 예정입니다. 그때까지 〈코딩하는 공익〉 매거진에는 복무와 상관없는 IT 기술 관련 게시물들을 게재하거나, 더는 글을 올리지 않거나 할 것 같네요. 다만 글쓰기 자체는 계속할 것 같습니다. 글은 제 인생의 낙이거든요. 저처럼 글 쓰는 걸 업이 아니라 취미로 하는 사람에게 글이란 시간이 지나 돌아보면 어느새 수북하게 쌓여 있는 존재입니다.

〈코딩하는 공익〉 매거진을 보고 매력을 느끼신 출판 관계자들이 몇 분 계십니다. 소집해제가 2020년 4월이니 5월 초쯤 출판을 하고 싶은 마음이 커요. 연재분에는 빠졌던 이야기나 조기 종결되며 글로 쓰지 못했던 내용을 잔뜩 담아서요. 공익 신분이라 계약금도 0원으로 고정이니 편집자가 어떤 사람인지와 계약 조건 딱 두 가지만 생각하고 먼저 연락 주신 분들께 우선순위를 두고 차례로 이야기를 진행하고 있습니다.

앞으로도 〈뻘글들〉 매거진이나 〈실패하는 스타트업〉 매거진에는 글을 계속 쓸 거예요. 그리고 〈상상텃밭〉 때문에 갑작스럽게 귀농하면서 겪었던 에피소드들도 새로운 매거진에서 종종 올라올 겁니다.

그래도 정말 다행입니다. 공무원 업무 자동화에 긍정적인 영향력을 행사한 뒤에 연락이 왔으니까요. 그리고 앞으로는 한 명이라도 더 많은 민원인의 억울함을 푸는 데 도움이 되기를 마음속으로만 바라며, 박스 나르고 화단에 물 주고 편지봉투 손으로 정리하는 성실한 공익이 되어 남은 복무기간 무사히 마무리하겠습니다.

임금체불을 겪은 친구들이 얼마나 오랜 시간 동안 힘들어 하는지 곁에서 지켜봤습니다. 앞으론 이런 피해자들이 더 빠르게 도움받는 세상이 오겠죠? 거기에 한 숟가락 얹을 수 있었다는 데 만족합니다.

올겨울은 따뜻할 것 같아요.

사회복무요원

반병현

노동청 공익과 절필 선언문

브런치에 절필 선언문을 올렸다. 내 글을 재미있게 봐 주시던 독자님들께 자초지종은 설명하고 절필을 해야 할 것 같아서. 글에도 남겼듯이 앞으로는 정말로 대한민국의 발전 따위에는 전혀 관심을 두지 않고, 노동청에서 청소나 하고 박스나 나르면서 남은 복무기간을 보내기로 결심했다. 다행히 세창미디어와 출판 계약 이야기가 잘 마무리되었기에 글은 계속 쓰기로 했다. 내가 겪었던 부조리와 여러 사건들을 여과 없이 모두 공개하리라.

다른 모든 불이익은 받아들일 수 있었다. 하지만 한 가지 도저히 참을 수 없는 것이 있었는데, 이제는 국방부 시계를 빠르게 돌릴 방법이 없다는 것이다. 글을 쓰고 그로스해킹을 하다 보면 시간이 빠르게 흘렀는데,

이제는 꼼짝없이 영겁의 시간을 인내할 수밖에 없었다.

"이제 이렇게 사람들에게서 점점 잊히겠지. 그래도 공공기관 업무 자동화에 대한 필요성은 꾸준히 제기되면 좋겠다."

어떻게든 좋은 방향으로 생각하려 애썼다.

병무청은 나로부터 정말 많은 것을 앗아 갔다. 생활고로 인해 인공지능을 전공한 개발자가 노트북을 팔아야 했으며, 작품활동마저도 제지당했다. 〈상상텃밭〉 회사 일에도 지장이 가게 되었다. 강제노역 시간에만 성실히 임하면 됐지, 퇴근 시간 이후에도 다른 일은 전혀 하면 안 되고 그저 쉬기만 해야 하는 법리가 이해가 안 된다. 도대체 관공서에서 2년간 착취당하는 게 자주국방과 무슨 상관이 있는지도 도저히 모르겠다.

'어떤 상황에서도 마음이 꺾이지 않으면 내 인생의 주도권은 나의 것이다.' 항상 이렇게 생각해 왔다. 그런데 정말 구체적으로 내 인생의 주도권을 일정 부분 박탈당하고 나니 곧바로 마음이 꺾여 버렸다. 그날은 계속 멍하게 있다가 퇴근했다.

"아니 애초에 고용노동부가 강제노역 없으면 굴러가지도 않는 게 말이 되냐고."

돌부리를 발로 차면서 퇴근했다. 남자들은 돌멩이 하나만 있으면 길에서도 잘 논다. 현란한 드리블을 하던 중 돌을 하수구에 빠뜨려 버렸다. 아쉽다.

그래도 노동부는 병무청보다는 낫다. 고용노동부에서는 나에게 정당한 보수를 지급하며 자문을 받으려고 했다. 그래서 높으신 분들이 병무청에 전화해서 목소리를 높이며 싸우기도 했다는 이야기를 나중에 전해 들었다.

"공익은 고용센터 업무에 대해서 모릅니다!"

"아니 이 공익은 잘 안다니까요? 카이스트에서 인공지능 전공한 석사고, 본인의 자세도 훌륭합니다."

"안 됩니다."

관련 업무에 대해 지식이 있는 내가 국가에 자문을 하고, 국가는 이에 정당한 보수를 지급한다는 지극히 상식적인 행위를 병무청에서는 절대 안 된다고 못을 박았다. 아마 노동부 공무원들은 나보다 더 병무청을 싫어하게 됐을지도 모른다.

자문은 안 된다고 하였으니, 고용노동부에서 이번에는 정식으로 공문을 보내어 다른 건에 대해 문의를 했다. 노동부에서 추진하는 혁신적인 사업의 홍보를 위해 나를 데려다 인터뷰를 해도 되겠냐는 문의였다. 병무청에서도 역시 정식으로 공문을 보내어 답변했다.

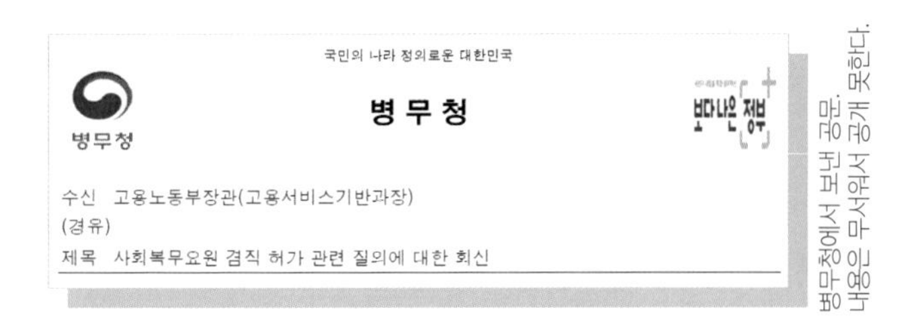

국민의 나라 정의로운 대한민국

병무청

병무청

보다 나은 정부

수신 고용노동부장관(고용서비스기반과장)
(경유)
제목 사회복무요원 겸직 허가 관련 질의에 대한 회신

병무청에서 보낸 공문. 내용은 무서워서 공개 못한다.

전문을 공개하면 공문서 유출이 될 것 같아 공개하지 못하겠다. 다만 답변을 요약하면 아래와 같다.

① 안동노동청 소속인 사람이 소속기관 이외의 기관 홍보는 사회복무요원의 주·부수적인 임무가 아니다.
② 하지만 기관장이 겸직허가를 한다면 허락해 주겠다.
③ 세종시까지 출장이 필요하다면 출장비를 줘도 된다. 단, 너희 예산으로 줘라.

병무청의 답변 또한 다분히 신경질적이었다.

첫째로, 안동노동청은 대구지방노동청의 산하 사무소 같은 역할이며, 대구지방노동청은 고용노동부의 산하기관이다. 따라서 엄밀하게 따지면 나는 안동노동청 소속이지만 고용노동부 소속이다. 게다가 고용노동부에서 추진하려던 혁신 사업은 전국의 모든 노동청이 영향을 받게 되므로, 안동노동청 소속인 사람이 홍보해도 전혀 문제가 없는 사업이다. 병무청에서는 굳이 트집을 잡아서 안 된다고 우긴 것이다.

그리고 두 번째 조건은 이걸 허락해 주겠다는 것처럼 보이지만 사실 모든 책임을 안동노동청 지청장에게 돌리겠다는 문구다. 복무기관장이 책임을 진다면 사회복무요원은 아르바이트도 합법적으로 할 수 있다. 그리고 문제가 터지면 병무청은 책임을 전혀 지지 않고, 요원 당사자와 복무기관의 기관장이 모든 책임을 지게 된다. 선심을 쓰는 척하면서 자기들은 책임을 지지 않겠다고 뒤로 빠진 것이다.

마지막으로 공문을 굳이 주무관(6~9급)을 시켜서 작성시켰다. 그 주무관의 이름을 검색해 보니 더 재미있다. 2019년 8월 현재 병무청의 사회복무관리과에는 공무원이 총 12명이 있는데 공문을 작성한 공무원은 뒤에서 2번째에 기재되어 있다. 공문이 작성된 일자는 2018년 12월이므로 아마 그 당시에 그 주무관은 막내였을 수도 있다. 9급 공무원일 가능성이 아주 클 것이다. 노동부에서는 4급 공무원이 전화로 질의를 했었는데 말이다.

그래, '청'이 '부'에 개기려면 이렇게 하는 게 맞지. 나한테 공문을 전해 주던 서기관님 목소리가 약간 흥분된 상태였는데 이해가 된다.

"하여간 대한민국의 발전을 저해하는 적폐들."

대한민국이라는 거창한 대의명분을 끌어다 병무청을 열심히 욕했다. 굳이 불치병 환자를 불러다 강제노역까지 시켜야 하냐고. 정해진 시간만큼 노동했으면 그 외 시간은 경제활동을 할 수 있게 해 주던가. 사실

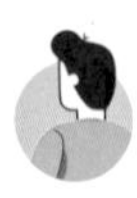

그냥 마음에 안 들었을 뿐이다. 병무청으로부터 작품을 모두 내리라는 조치를 당한 지 하루도 지나지 않았다. 이 정도면 미워할 이유는 충분하지 않은가?

온종일 연락도 받지 않았다. 혼자 있고 싶어서. 이제 정말로 가늘고 길게 복무를 마무리하려고 생각했다. 그런데 웬일인지 브런치 알람이 계속 떴다. 알람을 지워도 지워도 새로운 알람이 떴다. 이게 무슨 일인가 싶어 브런치 통계 툴을 켰다. 1만 건이 넘는 조회수가 찍혀 있었다.

"아니 이게 뭐야?"

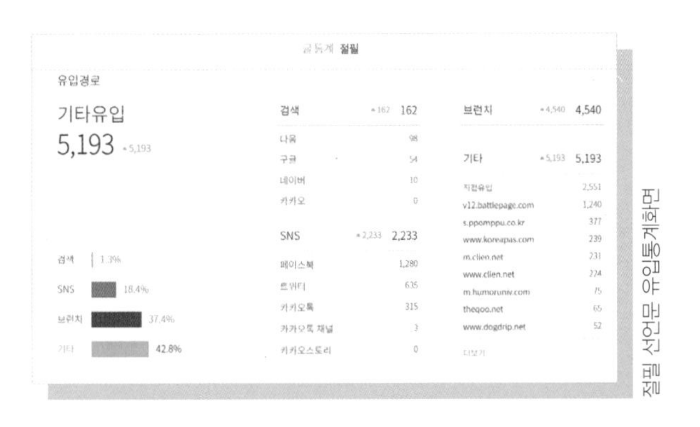

절필 선언문 유입통계화면

20여 개의 유머사이트에서 조회수가 유입되고 있었다. 상황이 이해가 되지 않아서 모든 사이트를 한 번씩 방문해 봤다.

"사람들이 많이 화가 났구나."

그동안 내 글을 읽었던 사람들과 내 브런치로 유입되지는 않았지만, 유머사이트 메인에서 내 이야기를 접하고 좋게 생각했던 사람들 대부분이 화가 났던 것 같다. 누군가가 절필문을 유머사이트로 퍼 가며 병무청을 비난하는 글을 올렸고, 많은 사람이 공분하며 그 게시물이 또다시 여기저기로 퍼져나간 것이다. 조회수 1만을 전환율로 나누면 50만 명이 본 건데.

"하긴 대한민국 성인 남성 중에서 국방부와 병무청을 좋아하는 사람은 없잖아?"

사람들의 분노가 끓어오른 직접적인 이유는 원래 모두가 병무청을 싫어했기 때문일 것이다. 최근 화제가 된 사람이 병무청으로부터 불이익을 겪었다는 사실을 일종의 선악 대립 구도로 이해하고 몰입하는 사람도 더러 보였다. 내 입장을 변호해 주는 사람도 매우 많았다. 기분이 조금 풀어졌다.

절필문은 총 249회 외부로 공유되었다.

2018년 12월 14일

다음 날 오전에 병무청에서 또다시 전화가 왔다. 브런치의 글을 모두 내린 것은 참 잘한 일이며, 본인께서는 내 글을 크게 문제로 보지 않는데 다른 병무청 직원들의 생각이 모두 같지는 않을 것이라는 이야기를

들었다.

"안 그래도 이번에 김천에서 사회복무요원들이 큰 사고를 쳐서 난리가 났거든요."

"아, 그 주차단속 CCTV 지워 주다가 걸린 거요?"

"네. 얼마 전에는 요양시설에서 장애인을 폭행한 사례도 있었고, 사회복무요원의 위상이 지금 굉장히 타격을 받고 있어요. 또 혹시 이상한 사람이 반병현 요원을 질투해서 민원을 넣을 수도 있어요. 세상에는 정말로 신경정신과적인 문제를 가진 사람들이 많습니다. 아무것도 아닌 일로 반병현 요원에 대한 민원을 계속 제기하면 병무청에서는 심의할 수밖에 없거든요."

"혹시 민원 들어온 게 있었습니까?"

"아니요, 아직은 없었습니다."

"그러면 민원이 들어온 다음에 글을 내렸어도 충분한 것 아닙니까?"

"그래도 문제의 소지는 아예 없애는 게 좋지 않겠습니까. 거기 IT 관련해서도 잘 아는 것 같던데, 그런 전공지식을 다루는 글을 올리면 아무 문제도 없을 것 같거든요."

전공지식이라. 하. 그래. 전공지식 좋지. 이분은 항상 필요 없는 말을 한마디씩 더해서 사람의 기분을 망쳐 놓는다. 그런데 막상 곱씹어 보니 나쁘지 않은 이야기인 것 같았다. 사회복무를 하는 동안에 멍하니 시간을 죽이기보다는 연구라도 하면 덜 억울하지 않을까?

"그러면 복무 중에 논문을 써도 됩니까?"

"논문이요?"

"네. 논문을 국제학술지나 국제학회에 발표하고 출간하는 거죠."

"어, 출간이요? 혹시 돈을 받거나 하면 안 되는데요."

"돈을 받지는 않습니다. 되려 돈을 내면서 심사를 요청하죠. 제 지식을 국제학계에 공개해 후학의 발전을 돕는 공익적인 행위입니다."

"제 생각에는 될 것 같기는 한데, 오늘 행사가 있어서 사회복무요원 복무지도관들이 마침 대구병무청에서 모이거든요. 그때 이야기를 한번 꺼내 보겠습니다."

"아, 이왕 그런 자리가 열렸으면, 혹시 제가 휴가를 쓰고 학회에 가서 발표하거나 우수논문으로 지정되어 상을 받는 데에도 문제가 없는지 같이 이야기 좀 나눠 주세요."

"네 알겠습니다. 아마 문제없을 것 같기는 합니다."

후, 지친다. 그러니까 결국 큰 사고를 친 공익들이 있어서 병무청이 현재 상당히 예민한 상태고, 저 공무원은 관할구역에서 문제가 터지는 것을 막기 위해 나에게 경고를 했던 것이다. 병무청 공무원의 입장이 이해가 간다. 하지만 대응을 이렇게 하면 안 되지.

되레 이렇게 사회복무요원과 사회복무제도의 이미지가 실추된 상황

에서는 우수사례를 선발하여 적극적으로 언론에 알리는 것이 적절한 대응일 것이다. 결국, 이는 병무청마저 잠식한 공직 사회 특유의 보신주의가 낳은 폐단이다. 병무청이 나를 공격한 것이 아니라, 대한민국의 관료주의가 나를 곤란에 처하게 만든 것이다.

"하여간 이놈의 공직은 단 한 번도 마음에 든 적이 없었어."

힘이 빠진다. 정황을 모두 이해하게 되니 분노할 대상을 잃어버렸다. 병무청 공무원은 본인의 의무 안에서 최대한 선심을 쓴 것이었으며, 기관인 병무청을 욕해 봐야 기분이 풀릴 리가 없다. 기관은 자유의사가 없으니까. 그렇다고 대한민국을 욕해? 굳이 그렇게까지 누군가를 공격하면서 스트레스를 해소해야 할 필요를 느낄 수 없었다.

나는 매번 이런 식이다. 분노할 대상을 쉬이 잃어버린다. 심리학에서는 이런 현상을 주지화主知化[24]라고 부른다. 당장의 정서적인 고통은 회피할 수 있다.

허기가 졌다.

"오늘도 붕어빵으로 끼니를 때우기에는 근손실이 걱정되는군."

오랜만에 맛있는 것을 먹고 싶었다. 병무청의 합숙 교육이 끝나고 마음을 다잡았을 때도 비싼 커피와 소떡소떡을 먹었었다. 이제는 목표를 포기하고 조용히 지내겠다는 새로운 결심을 내릴 때가 되었으니 제대로 된 음식을 먹어도 될 것 같았다.

노동청 옆에는 한 자리에서 30년이 넘도록 영업을 한 중국집이 있다. 분명히 맛있는 곳일 것이다. 간짜장을 시켰다. 곱빼기로.

"아씨 모르겠다. 사장님, 군만두도 주세요."

생각보다 음식이 좀 많이 싱거웠다. 군만두를 간장에 푹 찍어서 한 입 베어 물었다. 붕어빵보다 훨씬 만족스럽다. 바삭거림이라는 같은 식감의 장르 안에서 군만두와 붕어빵은 수준 차이가 심하게 나는 것이다. 만족스러웠다. 그런데, 여전히 싱거웠다.

"뭐지, 간장에 물을 탔나?"

이번에는 간장을 훨씬 더 많이 찍었다. 여전히 싱거웠다. 이게 무슨 일인가 싶어 아예 군만두 위에 간장을 끼얹었다. 완전히 눅눅해진 군만두를 한 입 크게 깨물었다. 굉장히 짤 줄 알았건만 별 느낌이 없었다.

예전에도 이런 적이 있었다. 6년 전, 스무 살 때. 당시 만나던 애인과 싸웠다. 좋아하는 카페에 혼자 가서 굉장히 짠 과자와 음료를 주문했다. 그날따라 유난히 과자가 싱거웠다. 혹시나 해서 과자의 표면에 박혀 있는 굵은 소금 알갱이만을 떼어 내 먹어 보았다. 혀가 아린 느낌은 들었지

만 짠맛은 느껴지지 않았다. 아, 나는 스트레스를 심하게 받으면 짠맛을 느끼지 못하는구나.

분명 오늘의 나도 굉장히 스트레스를 많이 받은 상태일 것이다. 분노할 대상을 잃어버리는 것과 용서하는 것은 전혀 다르다. 쏟아 내지 못한 스트레스가 나를 안에서부터 망가뜨리고 있었다.

카이스트 안에는 무료로 이용 가능한 심리상담센터가 있다. 학부 4학년 시절에 우울증으로 인해 매주 상담을 받았었다. 상담사 선생님께서는 스트레스 상황에 놓인 내 반응을 이렇게 평가했다.

"병현 씨는 문제가 생기면 그 상황에서 감정을 분리하고, 이성과 논리로 현상을 해석하려고 노력하는 것 같아요. 갈등을 피해 가는 방법이 될 수도 있겠지만, 감정을 인정하는 것도 필요합니다."

그래, 지금 내 감정을 인정하려고 노력해 보자. 나는 지금 굉장히 기분이 언짢으며, 약간 화가 난 것 같기도 하고, 상당히 우울하다. 앞서 이런 표현을 했었다.

'날개가 잘리고, 더듬이와 날개가 끊어진 나비가 되어 땅바닥을 뒹굴더라도 마음이 꺾이지 않았다면 자유로울 수 있다.'

그런데 마음이 꺾이니 통증이 몰려오는 것이다. 사회복무가 잘라 버린

사지가 고통스러웠다. 일단 커피나 한 잔 먹고 돌아가자. 근처 카페에서 아메리카노를 시켰다. 굉장히 쓰다. 크레파스를 씹어 먹는 것 같은 맛이었다.

노동청 공익과 한계에 다다른 스트레스

잠시 뒤 페이스북 메신저로 메시지가 한 통 왔다. YTN에서 온 연락이다. 〈YTN 사이언스〉에서 진행하는 뉴스 프로그램 중 특정 코너에 출연해 달라는 이야기였다.

"과학과 관련된 흥미로운 분들을 10분 이내로 인터뷰하는 코너인데요, 매주 목요일 4시에 생방송으로 진행됩니다. 공익근무 중이셔서 방송 출연이 어려우실까 걱정스러운데요, 괜찮으실지요?"

그러게요, 이런 거 막 수락해도 되는지 잘 모르겠어요. 병무청에서 뭐라고 할 것 같은데. 그보다도 녹화 시간이 문제였다.

"오후 4시 생방송이면 제가 근무 중인 시간이다 보니 복무지를 이탈하면 탈영이 성립할 것 같은데요. 혹시 안동노동청을 방문하여 촬영을 진행하는 것은 힘드시겠지요?"

"상암동 스튜디오에서 진행하는 포맷이라 장소 조정은 힘들 것 같습니다."

"그렇군요. 제가 올해 휴가를 거의 다 써서 휴가를 쓰고 방문하기는 힘들 것 같습니다. 너무 아쉽네요."

그래도 유명한 곳에서 연락이 오니 기분이 약간 좋아졌다. 그로스해킹이 강력하기는 하다, 정말로.

퇴근 후 막차를 타고 서울로 올라갔다. 개발자들이 모이는 커뮤니티 콘퍼런스에 참석하기 위해서. 맨 처음 내 인터뷰를 했던 잡지사에서 매년 〈마소콘MASOCON〉이라는 이름의 콘퍼런스를 개최하고 있다. 더 공부하고 싶은 욕심을 가진 개발자들이 모여 지식과 정보를 나누는 교류의 장이라고. 올해에는 '기술부채 회고'라는 주제로 콘퍼런스가 진행된다고 한다. 기술부채에 대한 설명은 지면 관계상 생략하도록 하겠다. 혹시 궁금한 독자님이 계신다면 구글에 '반병현 기술부채'라고 검색해 보시길 바란다.

여하튼 이런 흥미진진한 주제로 진행되는 콘퍼런스라니, 반드시 참석하고 싶었다. 다만 한 가지 걸리는 게 비용이었다. 내 월 급여는 30만 원 수준인데, 이 돈으로 콘퍼런스 참가 티켓을 구매하고 왕복 차비까지 내려

고 하니 너무 부담이 컸다. 그렇게 슬퍼하던 중에 한 줄기 빛이 내려왔다.

〈마이크로소프트웨어〉 조 편집장님께서 참가비를 무료로 해 주시겠다고 따로 연락을 주셨다. 신청할 때 파트너 기업으로 등록하면 되고, 멀리서 오는데 〈상상텃밭〉 멤버들도 다 같이 와도 된다고.

"정말 감사합니다!"

"네, 같이 오실 분 계시면 미리 말씀해 주세요. 제 권한으로 한 100명까지는 무료로 통과 가능합니다."

일행까지 데려올 수 있게 되었으니 숙박비 부담을 나눌 수 있어 부담이 훨씬 줄어들게 되었다. 아아. 스마트폰 화면 밝기를 아무리 낮추어도 편집장님과의 채팅창이 너무 눈이 부셔서 잘 보이지가 않는다. 그야말로 빛, 그 자체. 덕분에 콘퍼런스에 참석할 수 있었다.

금요일 밤에 〈상상텃밭〉의 이장훈 개발자와 함께 서울로 올라가 노량진에서 저녁을 먹었다. 사회복무요원에게 노량진은 천국과도 같은 곳이다. 물가가 정말로 싸기 때문이다.

내가 노량진에 애착을 갖게 된 건 노량진에서 재수했던 친구 때문이다. 그 친구는 노량진을 너무나도 사랑했다. 노량진 물가에 익숙해지니 다른 지역에서는 밥 한 그릇을 사 먹어도 손이 부들부들 떨린다고. 그는 재수학원을 떠난 지 5년이 되었는데도 가끔 단톡방에서 "혈중 노량진 농도가 부족하다"며 불쑥 노량진으로 떠나곤 한다. 그와도 스타트업을 차려 보고자 의기투합했었는데, 사무실은 무조건 노량진에 둬야 한다고 우겨 대는 바람에 전혀 생산성 있는 이야기는 진행하지 못하고 맛집투어만 하다가 끝났었다.

아무튼, 덕분에 나도 노량진에 중독됐다. 변리사 시험을 치기 위해 서울로 상경해서 지내며 시장선거에 투표권도 행사했던 시절이 있다. 당시 역삼동에서 높은 물가에 허덕이며 점심밥은 편의점 도시락으로, 아침과 저녁은 고시원에서 무료로 제공해 주는 쌀밥에 김을 싸 먹으면서 버텼다. 그러다 스트레스가 한 번씩 폭발하면 지하철을 타고 노량진으로 갔다. 거기서는 만 원이면 뷔페식으로 끼니를 두 번 해결할 수 있으며, 남는 돈으로 카페에서 음료수를 사서 산책을 즐길 수도 있기 때문이다. 아이스 아메리카노를 손에 들고 사육신공원 벤치에 앉아 있노라면 천국이 따로 없었다.

늦은 시간에 도착한 관계로 노량텔지어는 짧게 즐기고 여의도에 모텔을 잡았다. 콘퍼런스 입장은 오전 10시까지이므로 넉넉하게 도착할 수 있는 일정이었다. 행사 장소에 늦지 않게 도착했지만, 배가 고팠다. 당이 떨어진 채로 강연을 듣는다면 내용의 절반도 채 소화하지 못할 것이며 이는 연사에 대한 실례일 것이다. 마침 눈앞에 버거킹이 있었다. 들어가지 말았어야 했다.

와퍼는 정말 맛있었다. 아침부터 먹는 탄산은 뇌세포를 깨우는 기분이었다. 그런데 건물 구조가 얼마나 복잡하던지. 에스컬레이터 속도는 또 얼마나 느리던지. 초대를 받고 멀리서 와서, 늦지 않기 위해 하루 일찍

도착해 숙박하는 주도면밀함까지 보였으나 결국 지각했다. 안 들여보내주면 어떡하지?

"멀리서 오셨나 봐요. 많이 늦으신 것도 아닌데요. 뭐."

다행히 입장할 수 있었다. 사은품도 받았다. 차마 햄버거 먹다가 늦었다고 말할 수는 없었다. 어색한 웃음으로 자리를 모면할 수 있었다. 휴.

오랜만에 안동을 벗어나니 기분이 점점 좋아지기 시작했다. 그래, 스트레스를 확 풀고 가자. 지식과 경험은 나누지 않으면 사람을 외롭게 만든다. 얼마 만에 동종업계 사람들과 지식을 교류할 기회인가.

AI나 시스템 생물학 콘퍼런스였으면 알아듣는 척 좀 하면서 팔짱 끼고 끄덕끄덕할 수 있었겠지만 여기서는 아니었다. 패널들이 하나같이 쟁쟁한 분들이시고 업계 경력이 풍부하시다 보니 자연스럽게 전문용어를 사용하시는데 나는 따라가기 벅찼다. 미래의 내가 구글링을 통해 지식의 빈틈을 메꾸리라 믿으며 펜을 바쁘게 놀릴 수밖에. 그나마 수년간 빅데이터를 다뤄 왔기에 콘텐츠 자체는 따라갈 수 있었다.

IT 전문 서적을 주로 출판하는 H 미디어의 조 차장님과 〈한화 시스템〉의 박 개발자님과 점심을 함께했다. 우리는 마소콘 세미나 트랙의 〈글 쓰는 개발자〉 세션에 참석하는 대신, '뛰어난 글 쓰는 개발자'와 '그런 개발자가 쓴 글을 세상에 내어놓는 분'과의 담소를 즐겼다. 글을 쓰는 사람들은 표현하고자 하는 욕구가 내재된 사람일 것이다. 대화의 콘텐츠가 마를 줄을 몰랐고 시간은 너무 빠르게 흘렀다.

아직 내가 너무나도 얕게 알고 있었던 출판 시장에 관한 이야기가 정말 흥미로웠다. 다른 필드의 전문가와 나누는 대화는 항상 즐거운 법이다. 새로운 글 방향에 대한 조언과 인사이트도 얻었다. 그리고 다시 한번 느꼈다. 나는 글을 쓰지 않고서는 살 수 없는 몸이라는 것을!

"이런 나에게 절필을 강제하다니."

병무청에 대한 분노를 1점 더 적립했다.

식사를 마치고 콘퍼런스장으로 돌아왔는데 편집장님이 급히 부르신다.

"병현 님, 40분 정도 강연 땜빵할 수 있죠? 슬롯 하나가 지금 펑크가 나서."

"네? 저 같은 게 무슨 강연을 해요?"

"브런치 조회수 띄워 놓고 이야기하면 되잖아요. 그거 시키려고 부른 건데."

"으앙, 저는 못해요."

출근하는 날도 아니므로 대가를 안 받으면 사회복무요원 복무관리 규정상 강연을 할 수는 있겠지만, 병무청에서 걸고 넘어질 수 있는 문제를 만들고 싶지 않았다. 행여 품위유지의무 위반 조항에라도 걸리면 어떡

하는가. 민간 행사라서 더욱 눈치가 보였다. 며칠 새 병무청으로부터 너무 심하게 시달려서 최대한 조심하고 싶었다.

훗날 좀 더 강해져서 돌아와 반드시 언젠가 마소콘의 코너 하나를 차지하고, 강단 위에서 춤이라도 한 번 추리라.

"오늘 드디어 영상 올라왔어요!!"

SBS 남 PD님으로부터 카톡이 왔다.

"와, 표지가 정말 강렬하네요! 제가 지금 콘퍼런스 참석 중이라 바로 볼 수 없다는 게 아쉽습니다. 주변에 널리 알려서 재계약에 미약한 도움이나마 되도록 하겠습니다!"

"천천히 보셔도 돼요. 이제 쭉 게시되어 있을 거니까요."

잠시 영상을 시청했다. 정말 재미있었다. 내 이야기가 전문가의 손을 거쳐 완성된 콘텐츠가 되는 과정은 정말이지 경이로웠다. 평생 잊지 못할 추억이 될 것 같다.

"방금 봤습니다, 편집이 정말 대박이네요!"

"감사합니다! 힘이 되네요!"

내가 가입된 카톡방 여기저기에 동영상 링크를 올렸다. 부모님 반응이 제일 뜨거웠다.

오후 세션인 〈가방끈의 적정 길이〉 세미나를 참관하는 중 갑자기 몸이 엄청 덥게 느껴졌다. 외투를 모두 벗었다. 반팔이 되었지만 그래도 더웠다. 이때 몸 상태가 안 좋다는 것을 캐치하고 바로 대처했어야 했다.

세션이 끝나고 화장실을 갔는데 누군가 나를 가리키며 말을 걸었다.

"어? 괜찮으세요?"

"네? 뭐가요?"

거울을 보니 한 줄기 코피가 흘러내리고 있었다. 하하, 이 정도야 우습지. 바이오및뇌공학과에서 석사까지 마친 몸으로써 코피에 대한 지혈조차 못할 리가 없지 않은가.

당황하지 않고 매뉴얼을 따랐다. 우선 고개를 앞으로 숙였다. 뒤로 젖히면 기도로 피가 들어갈 수 있다. 그리고 코뼈를 눌러 코 혈관을 압박했다. 피가 멎을 때까지 이 자세를 유지하면 된다. 이제 곧 그칠 것이다.

그런데 뭔가 잘못됐다. 분명히 피가 점점 줄어들다가 멎어야 할 텐데 점점 더 양이 늘어나더니 콸콸 쏟아지기 시작했다. 왼쪽 콧구멍에서 나오던 피는 어느새 비강을 가득 채워 버려 더 새어 나갈 공간이 없었는지 반대쪽 콧구멍으로도 함께 쏟아져 나왔다.

“수도꼭지를 틀어 둔 것처럼 계속 피가 흘러내렸어요.”

동행했던 이장훈 개발자의 증언이다.
행사 관계자분들과 오 기자님이 화장실로 뛰어오셨다.

“병현 님, 괜찮으세요?”
“네! 소재 생겼어요! 글 써야지! 대박!”
“……”
“농담이에요 저 좀 살려 줘요. 119 좀 불러 주세요….”

코피가 이렇게 많이 난 적은 태어나서 처음이었다. 결국, 상암동의 비싼 건물에 선혈로 영역 표시를 하고 구급차에 실려 갔다. 화장실에서 구조대원님이 엄청난 양의 거즈를 양쪽 콧구멍에 채워 넣었다. 아직도 그 거친 손길이 잊히지 않는다.

“콧속을 지져야 할 수도 있어서 대학병원급으로 가야 해요. 가장 가까운 세브란스병원으로 모셔다 드릴게요.”
“하하, 설마 지져야 할 일이 생기겠어요? 멈추겠죠.”

결국, 4시간 반이 지나도록 출혈이 잡히지 않아 바이폴라bipolar라는 장비를 이용해 전기로 코를 지졌다.

"조금 아파요."

"악!"

"금방 끝나요."

"꺄악!"

한 달 전에 수술했던 부위가 터진 것 같다. 파지직 하는 소리와 함께 오징어 태우는 냄새가 콧속을 가득 메웠다. 다행히 후각에는 이상이 없나 보다. 매캐한 자극에 기침이 났다.

"최근에 혹시 스트레스를 심하게 받거나 혈압이 오를 만한 일을 겪거나 하지 않았어요?"

"완전 많이 겪었어요. 진짜 많이 겪었어요."

"스트레스 관리 잘 하세요. 자, 한 번만 더 지질게요."

"아니 잠깐만 아니, 선생님, 야!"

다섯 번이나 지졌다. 앞으로 인형뽑기 할 때 피카츄 인형은 거들떠보지도 않기로 결심했다. 전기는 무척이나 아프다. 출혈 부위가 넓어서 전기로 지지고 나서도 잔 출혈이 잡히지 않았다.

자정이 넘어서야 병원에서 나올 수 있었다. 안동으로 돌아가는 막차는 이미 오래전에 끊겼다. 나와 같이 있어 주느라 서울에서 하루 더 머물러야 했던 이장훈 개발자에게 다시 한번 감사 인사를 전한다.

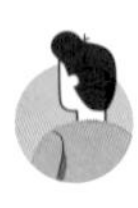

너무 어지럽고 눈이 감겼다. 얼굴도 창백했다. 응급실 진료비로 11만 원이 나왔다. 10일치 일당이 날아갔다. 얼굴이 더 창백해졌다. 혹시 세브란스병원이 아니라 국군병원으로 데려다 달라고 했으면 무료로 진료를 볼 수 있었을까? 아닌가? 그 밤중에 전문의가 직접 코를 지져 주는 의료행위는 기대하기 어려웠을까?

이대로 숙소로 간다면 체력회복에 큰 지장이 있을 것이다. 바이오및뇌공학과 석사학위 소지자로서 스스로의 몸을 면밀하게 진단하고, 치킨을 처방했다.

콧물과 희석되어 양이 부풀려진 것이겠지만 대충 500*ml*가 조금 덜 되는 양의 붉은 액체를 쏟았다. 이만큼의 피를 헌혈했다면 사람을 살릴 수 있었겠지만 그런 소중한 자원을 그저 하수구에 쏟아 버렸다는 것이 가장 안타까운 일이다.

비강 전체에 피가 가득 찼었나 보다. 그날 이후로 일주일 이상 시커먼 피가 목으로 넘어왔다. 안동으로 돌아오자마자 수술을 했던 병원을 방문해 자초지종을 설명했다.

"일단 전기로 좀 더 지질게요."

"네? 아니, 존경하는 선생님, 전기는, 아 그게, 아 선생님 제발."

"스트레스 안 받도록 조심하시고요."

"선생님, 혹시 이 전기로 지지는 의료행위가 스트레스가 될 수도 있지 않을까요?"

“아파요, 참아요.”

“악!”

체력이 한계까지 몰려 있었다. 심적인 고생도 컸고, 덕분에 잠도 잘 못 자고 하루하루 야위어 가고 있었으니 수술부위의 혈관 한두 개쯤 터질 만하지.

노동청 공익과 국민신문고

2018년 12월 17일

출근하자마자 4층으로 올라갔다.

"병현아 너 얼굴이 왜 그래?"

"저 어제 피를 엄청 흘렸어요. 저 잠시 병가 쓰고 병원에 다녀와도 될까요?"

"어 물론이지. 다녀와."

그 길로 곧장 병원으로 향했다. 이비인후과 진료는 예약이 없으면 힘들지만, 피를 많이 흘렸다고 하니 얼마 기다리지 않고 바로 진료를 볼 수 있도록 순서를 조정해 줬다. 너무 고마웠다. 전기로 또다시 코를 지지고 나왔다. 바이폴라 장비로 코를 지지면 한 가닥의 하얀 연기가 피어오르는데, 이 연기에서는 오징어 굽는 냄새가 난다. 이 냄새가 콧속을 가득 메우면 기분이 굉장히 이상해진다. 한동안 오징어를 먹지 않기로 결심했다.

진료확인서를 받아 바로 복귀했다. 병가는 진료에 필요한 만큼만 쓰고 복귀해야 한다. 그래야 필요할 때 바로바로 보내 준다.

노동청에 앉아서 눈을 감았다. 제발 더는 스트레스를 받지 않고 싶었다. 글로 옮기지는 않았지만, 복무 외적으로 겪는 스트레스도 무시할 수 없었다. 출근 자체도 스트레스였고, 날씨마저 추워서 숨을 들이쉬기만 해도 코가 아파 왔다.

유튜브에서 햄스터 동영상을 찾아 전체화면으로 재생했다. 5마리의 햄스터가 지내는 모습을 실시간으로 송출해 주는 영상이다. 귀여운 털뭉치들이 여기저기 우당탕 쫓아다니는 모습을 보고 있자니 조금씩 마음이 가라앉는다.

"오늘은 정말 기분 좋게 마무리할 수 있을 것 같아."

퇴근 시간이 가까워졌다. 창밖 풍경이 아주 아름다워 보였다. 기지개를 켰다. 한창 허리를 뒤로 뻗고 있는데, 주머니에서 진동이 느껴졌다. 전화가 온 것이 틀림없다. 이렇게 기분 좋은 오전에 또 누가 나에게 전화

를 줬을까? 잔뜩 기대하며 스마트폰을 꺼냈다. 병무청에서 온 전화였다.

"아니 진짜 왜!"

소리를 지르고 싶었다. 그러기엔 민원인이 너무 많았다.

"네, 여보세요."

"네 반병현 요원. 안녕하신가요?"

"주말에 출혈을 너무 심하게 겪었어요. 어지럽습니다. 무슨 용건이시죠?"

"다름이 아니라, 혹시 블로그에 글을 내리면서 절필이라는 글을 올리셨죠?"

"네, 맞습니다. 제가 글을 한 편 쓰면 당일에만 수십만 명이 보거든요. 자초지종도 설명하지 않고 갑자기 글을 내리는 건 예의가 아닌 것 같아서 절필문을 올렸습니다."

"그렇군요. 그 절필문을 사람들이 여기저기 퍼 나른 건 알고 있으신가요?"

"그런 일이 있었습니까?"

시치미를 뗐다.

"네. 그래서 인터넷에서 굉장히 많은 사람들이 절필문을 읽은 것 같아요. 그건 좋은데, 그걸 읽고 굉장히 화가 난 사람들이 많은가 봅니다."

"아, 그런가요?"

"네. 그래서 국방부에 국민신문고가 여러 개 들어왔는데, 개중에 쌍욕을 그대로 적은 건도 있어요."

"국민의 뜻이 좀 거칠군요."

"네. 반 요원의 의도는 이런 게 아니었을 텐데요. 그렇지요?"

"그렇죠. 저는 징계 받기 싫으니까요. 그냥 가늘고 길게 가고 싶은데요."

"그렇죠. 그런데 사람들이 받아들이는 건 좀 많이 다른가 봐요. 어쩌다가 이렇게까지 영향력을 갖게 된 겁니까?"

"사회복무요원이 정부기관을 움직이고, 국가발전에 기여하는 스토리가 국민의 심금을 울린 것이 아니겠습니까. 관련 기관의 홍보 의지도 있고요. 인터뷰도 지금 세 건 나갔습니다. 최근에 사회복무요원 이미지가 많이 실추되었잖아요. 이런 사례를 홍보에 이용하면 좋지 않겠습니까?"

"그러네요. 그럼 인터뷰가 나오면 스크랩을 좀 해 주시겠습니까? 저도 알아야 보고를 하니까요."

"일단 나온 거 다 보내 드릴게요."

"네. 그러면 그 국민신문고 건은 전에 드렸던 이야기를 옮겨서 처리하겠습니다."

"네, 누군가 저를 신고하면 문제가 될 수 있을 것 같아서 주의를 줬고, 제가 순순히 따랐다고 답변하시면 될 것 같습니다. 그래도 설득이 안 되

면 제가 직접 민원인과 대화를 해 보겠습니다."

"아주 좋습니다."

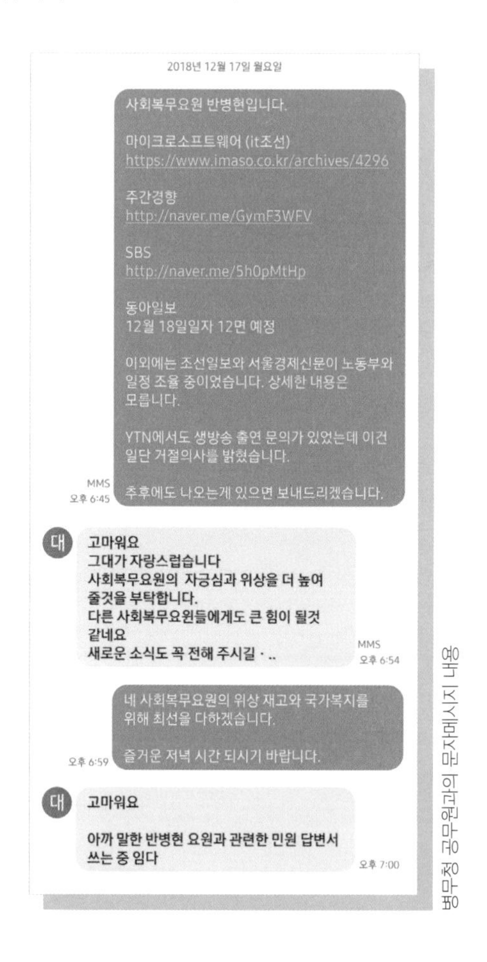

병무청 공무원과의 문자메시지 내용

후. 내 생각보다 더 많은 사람들이 내 뜻에 동조했던 것 같다. 하지만 국민신문고는 전혀 상정 외의 사건이었다. 나는 조용히 지내다 전역해야 하는데. 그래도 다행인 점은, 내 담당인 복무지도관과의 관계는 날을 세우지 않아도 될 것 같다는 점이다. 하지만 안심하기는 이르다. 병무청에 공무원이 한두 명도 아니고. 아직은 몸을 사리는 게 맞다.

이번 사건에 있어서 나는 이미 내 감정보다는 상황을 분석하는 데 우선순위를 둬 버렸고, 상황을 이해하고, 그냥 넘어가 버렸다. 화가 난 상황에서도 상대방의 처지가 납득이 되면 식어 버린다. 그런데 누군가가 내가 겪은 일에 대해서 나 대신 화를 내 준다니 기분이 좋았다.

며칠 만에 처음으로 일찍 잠들었다. 꿈도 안 꾸고 잘 잤다.

노동청 공익과 신문 기사

2018년 12월 18일

평소보다 두 시간이나 일찍 일어났다. 오늘 〈동아일보〉 종이신문이 나오는 날이다. 무려 내 인터뷰가 실린 신문이다. 태어나서 한 번도 종이신문을 사 본 적이 없어서 어디에 가면 신문을 살 수 있는지도 잘 몰랐다. 네이버에 '동아일보'를 검색해 보니 안동에 지사가 있길래 전화해 봤다.

"저희는 물류가 거쳐 가는 곳이지 판매는 안 해요."

그래서 여기저기 정처 없이 돌아다니면서 신문을 팔 것 같은 곳을 찾아다니기로 했다. 한 시간 이상 방황했다. 다행히도 터미널 매점에서 동아일보를 구할 수 있었다. 신문 한 부가 얼마인지도 몰랐다. 책이 보통 2만 원쯤 하니까 신문도 비슷한 가격일 줄 알았다. 계산대에서 만 원짜리 세 장을 내밀었다. 이 정도면 충분할 것 같았다. 사장님은 잠시 당황하시더니 세 장 중 한 장만을 집어 가셨다. 그리고 9천 2백 원을 거슬러 주셨다. 아, 신문 한 부는 8백 원이구나.

"한 부 더 살게요."

이렇게 싼 가격으로 인쇄에 물류까지 감당하면서 전국에 물량을 뿌려야 한다니, 신문이란 정말 돈이 안 되는 산업처럼 느껴졌다. 이래서 다들 인터넷 기사에 투자하는구나. 기사 한 건에 광고를 열 개씩도 띄울 수 있으니까.

적당히 페이지를 넘기다 보니 내 얼굴이 있었다. 기념품으로 챙겨야지. 할머니께 드리면 굉장히 좋아하실 것 같다. 아마 액자에 넣어서 보관하실지도 모른다. 시간이 꽤 많이 남았다. 붕어빵이라도 사 먹고 출근하면 좋을 것 같았다.

"너는 언젠가 수갑 차고 경제지 1면에 나올 거야."

문득 대학 시절 친구가 했던 이야기가 떠올라 피식 웃었다. 그리운 사람들이 참 많다. 시골로 내려오고 나서야 카이스트가 얼마나 축복받은

환경이었는지 깨달았다. 거기서는 옆에 있는 사람 아무나 잡고 꼬시면 개가 카이스트생이다. 프로젝트를 하건 스터디를 하건, 무슨 이유에서건 사람을 모으고 나면 나보다 똑똑한 사람이 무조건 있다. 이뿐만이 아니다. 카이스트에서는 나의 지성과 지식, 그리고 성취를 두고 사람들이 나를 평가한다. 하지만 노동청에서 나는 청소나 짐을 나르는 솜씨 따위로 평가받는다. 안동시에서 길을 걷는다면 나는 아마 별 볼 일 없는 외모만으로 평가를 받을 것이다. 안동에서의 나는 무가치한 사람이다.

내 군생활을 한마디로 요약하면 '우울함과의 사투' 정도로 표현할 수 있을 것이다. 자존감의 원천을 잃어버리고 말았으니. 복무기간 내내 힘들었다. 마치 건조해서 터 버린 입술처럼 마음이 쓰라렸다. 차라리 우울증 진단을 받고 약을 먹으면 나아질까 싶어 큰 병원을 방문했지만, 그곳에서는 환각을 보거나 조현병을 앓는 등 심각한 정신증만 다룬다며 나를 돌려보냈다.

"대체 이 동네에서 내가 할 수 있는 게 뭐지?"

이곳에서 내 자존감을 채워 줄 수 있는 곳은 〈상상텃밭〉뿐이다. 내가 세운 회사. 내 집과 같은 곳. 노동청이 아니라 〈상상텃밭〉으로 출근하고 싶다. 힘든 일을 해도 〈상상텃밭〉에서는 마냥 즐거웠다.

"벌써 1년이 넘게 지났네."

당시 우리는 밭에 비닐하우스를 짓기로 결심했다. 하지만 문제가 있었다. 돈이 없기도 했지만, 너무 더운 날씨 때문에 비닐하우스 시공업자들이 다들 시공을 거부한 것이다.

"그러다 노동자 사망하면 큰일 나요. 요즘 온도 40도는 되는데."

그래서 우리가 직접 재료를 사서 비닐하우스를 지었다.

폭염 속에서 비닐하우스를 짓던 나

10평짜리 하우스를 하나 지었을 뿐인데 후유증이 삼 일 이상 이어졌다. 자꾸 메스껍고 머리가 아팠다. 이래서 폭염 속에서 노가다 하지 말라는 거구나. 머리가 나쁘면 몸이 고생한다더니, 정말 몸으로 겪어 보고서야 깨달았다. 그래도 마냥 즐거웠다. 노동청에서 에어컨 바람 쐬면서 앉아 있는 것보다 〈상상텃밭〉에서 일사병 무릅쓰고 노가다 하는 게 더 행복했다.

그래도 오늘은 기분 좋게 하루를 시작할 수 있을 것 같았다. 사진을 찍

어 가족 카톡방에도 자랑했다. 내 얼굴이 신문에 나오다니. 이 정도면 낮아진 자존감을 일시적으로 채우기에 충분했다. 몇 개의 카톡방에 더 자랑하고 싶었지만 참기로 했다. 배가 고팠다.

“제발 앞으로도 지금처럼 기분 좋은 일만 가득하면 좋겠다.”

차가운 아침 바람에 떨면서 먹는 붕어빵이 그렇게 맛있었던 적은 처음이었다. 그게 그날 먹은 마지막 식사였다.

노동청 공익과 격정의 소용돌이

출근을 하니 민원실 여사님께서 〈동아일보〉 기사를 보셨다며 알은체를 하셨다. 노동청에서 내가 가장 존경하는 분이시다. 인터넷 기사나 SBS의 유튜브 채널과 비교하면 역시 종이신문이 파급력이 크고 빠르다는 것을 새삼 느꼈다. 신기했다.

3층의 내 자리에 도착해 평소처럼 컴퓨터를 켜고 자리에 앉았다. 오늘따라 유난히 공무원들이 수다를 많이 떠는 것 같다. 별로 신경 쓰지 않았다. 어차피 공무원들은 대부분 나를 이방인처럼 대한다. 나 또한 마찬가지다. 가끔 인공지능으로 뭔가를 만들어서 가지고 놀고 있으면 관심을 보이는 분들이 몇몇 계실 뿐, 평상시에는 나에게 따뜻하게 대해 주는 소수의 공무원과만 사이좋게 지냈다.

스마트폰으로 네이버에 내 이름 세 글자를 검색했다. SBS 〈스브스뉴스〉 영상과 〈동아일보〉 인터넷 기사가 떴다. 신기했다. 댓글을 읽어 봤다. 많은 사람들이 격한 반응을 보이고 있었다. 공무원을 대량 해고하라는 댓글부터 나를 5급으로 특채하라는 댓글도 여럿 있었다.

뉴스 댓글은 정말 신기한 공간이었다. 익명성의 탈을 쓴 사람들이 예쁘게 포장된 열등감을 표출하며 다른 누군가를 상처입히고 있었다. 나에 대한 비난도 종종 보였다. 하나하나 읽었다. 그들이 사용하는 단어가, 그들의 마음이 참 아팠다.

SBS 유튜브 채널에도 그런 댓글들이 있었다. 재미있는 점은 뉴스 기사의 댓글은 대부분 요즘 가장 인기 있는 직업인 공무원에 대한 열등감이 주류였던 반면, 유튜브 채널의 댓글은 나에 대한 열등감을 표현하는 경우가 더 많았다는 점이다. 어떤 사람은 내 실력을 깎아내리고 있었고, 다른 사람은 학벌을 가지고 트집을 잡고 있었다. 내가 가진 것들이 그들의 삶을 비참하게 만들고 있나 보다.

내가 왜 사회복무요원으로 배치되었는지, 그 과정에서 비리가 없었는지 진상을 규명하라는 댓글도 있었다. 그래, 원래는 군면제여야 했는데. 담당 의사 선생님도 내가 군면제를 못 받았다는 소식에 깜짝 놀랐었다. 심지어 처음에는 현역 판정이 나왔다.

"내가 의사 생활을 오래 했지만 IgA 신증[25] 환자 중에 현역으로 군대 가는 건 처음 보는데."

"약 먹으면 일상생활이 가능하니까 그런가 봐요. 저 진단서 내기 전에는 1급 주던데요?"

"약 먹으면 일상생활이 된다라. 되기는 하지. 그렇긴 한데, 이건 좀 아닌데."

군대에 가지 않고 계속 기다렸다. 분명히 나와 같은 질병을 앓는 사람이 현역으로 가면 복무 중에 장애 등급이 나오거나 사망하는 사례가 생길 것이고, 신검 기준이 바뀔 수밖에 없으리라 생각했다. 그로부터 4년을 기다렸다. 신검 기준이 바뀌어 현역이 아니라 공익으로 입대하게 되었다.

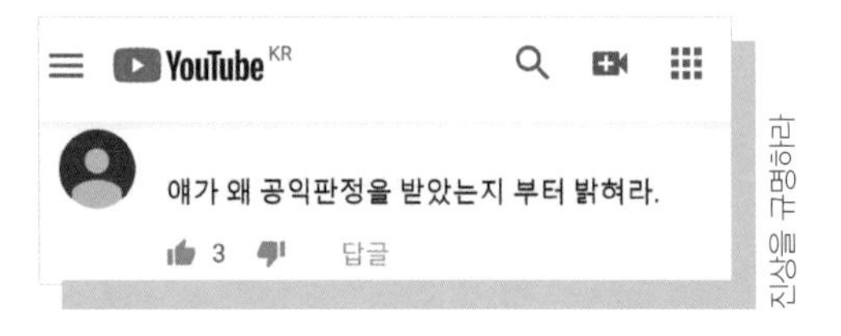

나는 이미 마음을 내려놓았고 복무까지 시작한 시점이라 별생각 없었지만 소중한 친구가 이 댓글을 보고 상처를 받았다. 그 외에 내 외모를 깎아내리는 댓글도 있었다. 그 댓글에 사람들이 모여 대댓글을 달며 또 싸움을 벌였다.

"당사자인 나는 괜찮으니까 너무 화내지 말기를 바라. 그래도 걱정해

줘서 고맙다."

"나는 너 아파서 고생하는 거 봤으니까 더 화가 나는 거 있지. 너 훈련소 있을 때도 얼마나 걱정했는데."

나를 모욕하거나 허위사실을 유포하는 댓글들은 하나하나 모두 캡처해 두었다. 나는 법률 서적을 두 권이나 낸 적이 있으며 고시 낭인이 될 뻔한 사람이다. 복무가 끝나면 먼저 고소를 할 것이다. 비난의 정도가 약한 건들은 기소유예가 뜰 수 있으므로 합의를 해 주고, 확실한 건들은 합의해 주지 않을 것이다. 이후 민사소송을 걸어서 괴롭혀 줄 테다.

"이런 계획을 갖고 있어. 로스쿨 3학년 학생이 보기에 어떠냐."

"너무 번거롭지 않냐?"

"일리가 있군."

귀찮은 건 딱 질색이니까 계획을 수정했다. 심한 비난이 담긴 댓글들에 내 이름과 얼굴을 공개하고 댓글을 달았다.

고소하겠습니다.

시간이 조금만 지나면 댓글들이 삭제됐다. 이것 참 재미있네.

그렇게 한 시간가량 딴짓을 하는데, 담당 공무원이 3층으로 내려왔다.

오늘부터 1층의 민원실로 자리를 옮기라는 말씀을 하셨다. 자리 이동이야 가끔 있는 일이니 별생각 없이 자리를 옮겼다. 컴퓨터와 무거운 짐들을 1층까지 이동시키느라 힘들었지만 괜찮았다.

1층 민원실에 앉아서 컴퓨터 전선을 세팅하고 있었다. 담당 공무원이 다시 내려왔다. 무슨 일인가 싶었는데 표정이 좋지 않았다.

"병현아, 너 〈동아일보〉랑 SBS에 연락해서 기사 좀 내려 달라고 해라. 댓글에 공무원 욕이 몇천 개씩 달려 있어. 이건 그냥 두면 안 될 것 같다."

"〈동아일보〉는 종이신문으로 전국에 이미 뿌려졌는데 그건 어떻게 해요?"

"그건 어쩔 수 없지. 지금 바로 전화해."

역시 이래야 대한민국이다. 이게 공직 사회가 굴러가는 방식이다. 기사에는 공무원을 비판하는 내용이 담겨 있지 않았음에도 대부분의 댓글이 공무원을 비난하는 이유는, 국민 여론이 이미 공직 사회에 대한 신뢰를 잃어버렸다는 뜻이다. 국민의 속마음을 알게 되자 깜짝 놀란 공무원들은 눈과 귀를 닫아 버리기로 한 것이다. 그런다고 국민 여론이 돌아와 다시 공직 사회를 신뢰하게 될까? 손바닥으로는 하늘을 가릴 수 없다.

담당 공무원도 본인이 원해서 저런 지시를 한 것은 아닐 것이다. 안동노동청 내부의 누군가가 팀장님이나 지청장님께 클레임을 걸었을 것이

고, 논의가 있었을 것이며, 거기서 회의 결과로 나온 대처방안이었을 것이다. 이런 사태에 성숙하게 대처하기에는 시골 노동청의 역량이 부족했다.

이러니 대한민국이 발전이 없는 것이다. 비난받을 용기도, 잘못을 지적당할 용기도 없는 사람들이 모여 있는 집단이 제대로 굴러갈 리가 없다. 도대체 저런 집단에 왜 철밥통까지 쥐어 준 걸까? 구글에서는 안정이 창의성과 도전의 원천이라는데, 한국에서는 이 안정감이 공무원들을 제자리에 머물도록 만드는 것 같다.

그런데 도대체 이 아이디어는 누가 낸 것일까? 고작 지방의 작은 관청이 언론통제를 시도한다고? 나에게 망신을 주려는 시도였다면 일정 부분 성공했지만, 정말로 기사가 내려갈 거라 생각하고 발언한 것은 아니겠지? 세상 물정을 굉장히 모르는, 철없는 사람이 큰 발언권을 갖고 있나 보다. 하긴. 사회생활을 겪어 보지 못한 채로 시험공부를 하다가 발령이 나고, 평생을 관공서 안에서 살아가야 하지 않은가. 바깥세상이 어떤 원리로 굴러가는지 모를 수도 있다. 마음씨 넓은 내가 이해하기로 했다.

여하튼, 당장 통화를 하라는 명령을 받았으니 전화를 하기로 했다. 〈동아일보〉 기자님께 먼저 전화를 드렸다.

"하하하, 진짜 공무원들은 왜들 그럴까요? 제게 강하게 얘기했다고 전해 드리세요. 하하하."

SBS 〈스브스뉴스〉 피디님은 미팅 중이셔서 용건을 카톡으로 보내 드렸다. 잠시 뒤 전화가 왔다.

"혹시 이런 상황이 병현 님께 문제가 될 수 있나 싶어서 SBS 법무팀에 물어봤거든요. 그런데 아무런 문제도 없을 거라고 합니다. 혹시 또 그런 요청을 받으면 저랑 통화 연결해 주세요."

이 상황이 너무 재밌어서 자꾸만 웃음이 나왔다. 되레 기사를 내려 달라고 전화를 시켰다는 사실이 기사화되면 이곳은 어떻게 반응할까?

전화가 울렸다. 팀장님 호출이다. 또 혼나겠구나. 그런데 재미있는 이야기를 들었다.

"병현아, 직원들과의 관계에 좀 소홀하지는 않았니?"

기사가 나간 뒤 안동노동청의 직원 중 내 브런치 글을 읽은 사람이 있었다고 한다. 몇 명의 공무원들이 등장하기도 하고, 그들과 내가 나눈 대화가 글에 적혀 있는 것을 보고 굉장한 불만을 가진 공무원이 있었다고 한다.

"만약에 우리가 나눈 이야기를 전부 글로 쓰면 어떡해요? 민원인 신상에 관한 이야기도 있을 거고, 업무 관련 이야기도 있을 텐데."

그래서 불만을 제기한 공무원의 이야기를 내가 들을 수 없도록 1층의 민원실로 자리가 옮겨진 것이다. 내부 사정을 너무 상세하게 글로 옮긴 것은 잘못이 맞으므로 얌전하게 혼나고 왔다.

정황을 듣자마자 누가 클레임을 걸었는지 바로 알 수 있었다. 언제부터인가 안동노동청의 공무원들은 컴퓨터에 문제가 생기면 가장 먼저 나에게 전화를 한다. 그러다 보니 업무 중에 여러 사람의 컴퓨터를 만지게 된다. 컴퓨터를 고치다 보면 가끔 업무용 메신저로 메시지가 오는 경우가 있다. 메시지가 오면 팝업창이 새로 뜨기 때문에 자연스럽게 모든 내용을 내가 읽게 된다.

업무 관련 메시지가 대부분이지만 '그 공무원'은 주로 메신저를 스트레스 해소용으로 사용하는 것 같다. 다른 직원의 뒷이야기를 사내 메신저로 주고받는 것이다. A라는 공무원의 컴퓨터를 고치다 보면 갑작스레 B를 비난하는 메시지가 온다. 같은 날 오후에 B 공무원의 컴퓨터를 수리하다 보면 A를 욕하는 메시지가 또 날아온다. 모두 같은 사람이 보낸 메시지다. 여하튼 아마 그분이 클레임을 제기했을 가능성이 크다. 직원들 사이를 파고들며 이간질과 비난을 일삼는 사람을 적으로 돌리다니. 상당히 피곤해질 것 같다.

잠시 뒤, 이번에는 지청장님께 불려 갔다. 지청장님께 듣고서야 깨달은 사실인데, 아침 일찍 하는 프로그램인 SBS 〈모닝와이드〉에서 내 영상을 방송으로 내보냈다고 한다. 아, 그래서 오늘따라 이렇게 다들 유난이었구나. 신문은 안 봐도 출근 전에 TV는 많이들 보니까. 잠시 뒤에는 소장님에게 불려 가서 또 혼나고 왔다.

그래도 다행인 것은 다시 민원실에서 3층으로 자리를 옮기게 되었다는 점이다. 예전에 있던 부서가 아니고, 완전히 반대쪽에 있는 구석진 자리로 옮겨 가게 되었다. 옆자리 분들도 노동청 공무원이 아니라 입주해 있는 외부 기관 사람들이다. 내부인과 부닥칠 일이 거의 없는 곳으로 보내진 것이다. 나름 아늑하고 괜찮았다.

그 와중에 눈치 없는 사람들이 뉴스를 보고 엄청나게 전화를 줬다. 인터넷에 내 이름을 검색하면 노동청의 직통 전화번호가 뜬다. 이걸 보고 전화를 거는 것이다.

"내가 미용실을 하는데, 파마할 때 쓰는 헤어롤을 자동으로 푸는 기계도 만들어 주세요."

"나는 생명과학 박사고, 미생물을 발효시켜서 여러 종류의 식초를 만드는데, 사업을 같이 합시다."

상당히 스트레스를 받은 상태였다. 병무청 다음에는 노동청이다. 군생활 제대로 꼬였다. 앞으로 어떻게 되는 걸까? 의리로 똘똘 뭉친 공무원들의 조직적인 보복이 있으면 어떡하나 진지하게 고민했다. 점심도 먹지 않았다. 마음가짐만 꺾이지 않는다면 돌파구가 생길 것이다. 분명 그럴 것이다. 젠장.

인터넷에 내 이름을 검색했다. 그 와중에 〈중앙일보〉에서도 기사가 나왔다. 〈동아일보〉와 SBS의 내용을 섞은 다음 내 브런치 글을 인용하며 재구성한 기사였다. 기자님께선 내 생각에 깊게 공감하고 계신 것 같았다. 기분이 좋아졌다. 기사에 달린 댓글들을 읽었다. 인터넷 속의 사람들은 항상 분노한 상태다. 그들이 공무원 욕을 하는 것을 보고 있자니 조금 마음이 풀렸다.

잠시 뒤, 소장님으로부터 전화가 한 통 왔다.

"지금 당장 2층으로 내려와."

또 혼나려나 생각하며 전화를 끊으려고 했다.

그런데 소장님께서 한마디를 더 하셨다.

"청와대에서 전화가 왔어. 얼른 내려와."

Chapter 5

그걸요? 제가요? 왜요?

노동청 공익과 월척

"월척이다."

정신이 바짝 들었다. 올 것이 왔다는 심정이었다. 청와대에서 지방노동청까지 바로 전화가 왔다면 나쁜 이유는 절대 아닐 것이다. 시기 또한 절묘하다. 기회가 왔으니 정신을 바짝 차려야 한다. 추운 겨울이건만 차가운 물로 세수를 했다. 며칠간의 우울했던 기분이 일순간에 뒷전으로 밀려났다.

아마 높으신 분들 중에 이런 분이 있었을 것이다. 출근을 준비하며 SBS 방송을 보다가 신기한 공익 이야기를 보고, 사무실에 출근해 신문을 펼쳤는데 공교롭게도 같은 공익 이야기가 실려 있는 것이다. 뉴스에서 한 번, 신문에서 또 한 번 다룬 이야기이므로 상당히 비중 있는 이슈라 생각했을 것이다. 오후쯤 회의를 하다가 행정혁신에 대한 안건이 나왔겠지. 때마침 아침에 뉴스에서 본 공익이 떠올라 이야기를 던졌을 것이다.

"카이스트에서 인공지능 석사까지 한 사람이 공익으로 가서, 반년 치 일을 코딩으로 하루 만에 했대요."

행정혁신 성과가 필요한 공무원들은 이 이야기가 상당히 먹음직스러운 소재로 보였을 것이다.

"걔를 좀 불러와 봅시다."

누군가 이렇게 말을 했을 것이고, 실무자를 통해 안동노동청으로 전화가 온 것이리라. 나한테 바로 전화가 오지 않고 소장님께 전화가 온 것으로 미루어 보아, 조직의 관리자에게 예우를 해 주려는 배려가 몸에 밴 소장님보다 직급이 훨씬 높은 사람일 것 같다. 아마 적당히 높으신 분들이랑 악수하고 사진 찍고 내려오지 않을까. 청와대에서는 행정 우수사례라면서 실적화해서 뉴스 내보내고.

대충 이런 식으로 상황이 흘러갔을 거로 예측하며 2층으로 내려갔다.

"청와대에서 이틀 뒤에 한 번 올라오래. 나까지 같이 오랜다. 원래는 과장급(4급) 공무원이랑 같이 올라오라고 했는데 우리는 4급이 없잖아. 그래서 본부에 전에 너랑 만났던 과에서도 4급 두 명이 올라오기로 했다. 이렇게 네 명이 청와대에 가는 거야."

"네, 알겠습니다. 이틀 뒤요?"

"그래. 제도개혁 비서관실의 B 행정관이라고 하던데, 일단 상세한 일정은 내일 이야기하자. 갑자기 이게 무슨 일이야."

일이 재미있게 흘러갔다. 이 와중에도 노동부와 병무청의 신경전이 한창 벌어지고 있었다. 당시 병무청은 사회복무요원이 고용노동부에 자문행위를 하는 것은 복무범위 위반이라는 입장을 강경하게 내세우고 있었고, 고용노동부에서는 나에게 자문료를 주는 한이 있어도 자문을 받기 원했다. 그래서 병무청의 문제제기를 대비해 청와대의 요구로 출장을 가는 것임에도 불구하고 겸직신청을 올렸다.

본인은 청와대 제도개혁 비서관실의 초청으로 12월 20일에 청와대를 방문하고자 합니다. 이에 겸직허가를 신청합니다.

이 서류를 수리한 병무청 공무원은 조금 당황스러웠을 것이다.

"청와대의 연풍문에서 본부 사람들이랑 만나기로 했고, 목요일 아침에 내 차 타고 같이 출발하자. 깔끔하게 입고 오렴."

"알겠습니다."

사실 이런 상황에 사회복무요원은 제복을 입게 되어 있다. 그러나 나는 겨울용 제복을 받은 적이 없다. 게다가 제복은 굉장히 후줄근하고 디자인이 이상하다. 잠시 고민 끝에, 병무청의 복무지도관에게 전화를 걸었다.

"청와대에서 이틀 뒤에 올라오라고 합니다."

"청와대에서요? 저번에 뉴스 기사 나왔던 일 때문인가요?"

"네, 그렇게 됐습니다."

"아주 자랑스럽습니다. 훌륭합니다."

"그런데 말입니다. 제가 또 사회복무요원을 대표해서 대한민국의 높으신 분들을 뵈러 가는 자리지 않습니까. 그러면 제가 처신에 신경을 써야 사회복무요원의 품위를 제고하는 것이겠지요?"

"그렇지요."

"그래서 말인데, 단정한 모습으로 방문하고 싶어서 정장을 입을까 하는데 괜찮겠습니까?"

"정장 좋지요. 가서 모범적인 모습을 보이고 오시기 바랍니다."

병무청 허락도 받았으니 정장을 입어도 될 것이다.

"거봐, 내가 그랬지. 어떤 상황에서건 마음이 꺾이지만 않으면 언제건 탈출구가 생긴다고."

다시 자신감이 돌아왔다. 기분이 너무 좋아서 그만 퇴근길에 비싼 커

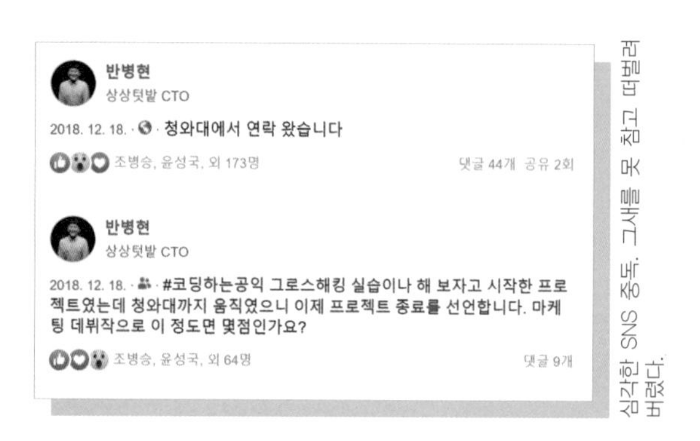

심각한 SNS 중독. 그새를 못 참고 떠벌려 버렸다.

피도 사 버렸다. 마음이 들뜬다고 4천 원이나 지출하다니, 아직 마음 수양이 부족하다.

퇴근하고 집에 오니 부모님이 난리가 나셨다. 아침에 SBS에서 방송 나온 거랑 기사 나온 게 무슨 이야기냐고, 친척들과 지인들로부터 전화도 많이 받으셨다고 한다. 할아버지 할머니는 이게 무슨 일이냐고, 왜 미리 이야기 안 했냐고 서운해하셨다고 한다.

"아버님, 저희도 오늘 TV 보고 알았어요! 라고 그랬어."

"그렇구나. 오늘 청와대에서도 연락 왔는데요."

"청와대? 거기서 왜? 대통령 만나는 거야?"

지금까지 무슨 일이 있었는지 말씀드릴 수밖에 없었다. 생각해 보니 나는 주변 사람들에게 내가 하는 일에 관해서 이야기를 잘 하지 않는다. 어릴 때 겸손이라는 덕목을 잘못 배웠다. 나에 대해서 어떠한 자랑도 하면 안 되는 것처럼 생각하는 것이다. 앞으로는 내가 꾸미는 일에 대해서 주변 사람들에게도 좀 더 많이 이야기해도 좋을 것 같다.

노동청 공익과 높으신 분들

2018년 12월 20일

"와, 소장님. 이 노래 듀엣 가요제에서 나온 거 아니에요?"

"맞아. 옛날에 〈무한도전〉에서 나온 거. 이 노래를 알아?"

"제가 이 노래 나왔을 때 중학교 3학년이었어요."

소장님의 차를 타고 서울로 함께 올라갔다. 나를 배려하신 것인지 원래 음악 취향이 젊은 편이신지, 최근 개봉한 영화의 OST부터 아이돌 음악까지 선곡 스펙트럼이 굉장히 넓으셨다. 출장 전날 반장님께서 말씀하셨다.

"소장님이랑 같이 출장 가면 계속 재미있는 이야기 해 주시고 말 걸어 주셔. 하나도 안 지루해."

정말이었다. 세 시간가량 걸리는 긴 여정이었지만 재미가 있었다. 소장님은 젊은이들이 정치에 관심을 가져야 한다고 말씀하셨다. 진보나 보수를 떠나 정치와 관련된 이론적인 이야기를 해 주셔서 편하게 들을 수 있었다.

"조금 일찍 도착했네. 경복궁이나 잠시 둘러보자."

평일의 경복궁에는 한국인보다 한복을 입은 외국인이 더 많았다. 신기했다.

"저런 대여용 한복의 디자인이 전통미를 해친다고 비난하는 사람도 있더라고요."
"그래도 우리나라 전통 복장이라는 느낌은 확 드는데. 난 저렇게 외국인들이 한복 입은 거 보니 보기가 좋아."
"저도 그래요."

차갑고 적막한 공기 속에서 궁궐의 담벼락을 따라 걸으니 며칠 전의 소동이 마치 꿈처럼 느껴졌다. 어제 출근했을 때, 나를 비난한 것으로 의

심되는 공무원은 인사를 받아 주지도 않았다. 심증이 확신으로 바뀌었다. 덕분에 마음 편하게 나도 그를 무시했다. 나 좋다는 사람들만 챙기기에도 군생활은 짧으니까. 아니지, 군생활이 짧다니 정신이 나갔나! 스트레스를 많이 받았나 보다. 흠흠.

궁궐을 적당히 둘러보고 나니 약속 시각이 되어 있었다. 경복궁 외벽을 따라 연풍문까지 걸어 올라갔다. 중간에 경비를 서는 분들도 계셨는데 따로 신분증을 확인하지는 않았다. 연풍문은 청와대 공무원과 외부인이 접선하기 위한 장소로 사용되는 것 같았다. 1층에는 많은 사람이 캐비닛에 휴대전화를 보관하고 방문 사유서를 작성하기 위해 분주하게 움직이고 있었다. 보안이 철저한 것을 보니 새삼 청와대 또한 궁궐이구나 하는 생각이 들었다. 여기에서 고용노동부 본부 서기관 두 분과 만났다.

"서기관님, 잘 지내셨나요? 저 때문에 괜히 출장까지 오시게 되었네요."

"아니에요. 저희 부서에도 기회니까요. 원래 저희 과에 과장이 없었는데, 이번에 새로 오신 과장님이세요."

신설 부서라서 지난 방문 때 과장 자리가 공석이었다. 김 서기관님이 과장이 되실 줄 알았는데 젊은 여성분께서 새로운 과장으로 배치되셨다. 나중에 소장님께서 말씀하시길, 굉장히 젊은 나이에 행정고시를 패스하신 분인 것 같다고. 내 생각도 같다. 아마 대학 졸업과 동시에 한 번만에 붙은 케이스가 아닐까?

"반갑습니다. 이쪽은 저희 안동 고용센터 소장님이십니다."

연풍문 2층에는 북카페가 있다. 음료를 시키고 가벼운 담소를 나누었다. 머그잔에 청와대 로고와 함께 '사람이 먼저다'라는 슬로건이 인쇄되어 있었다. 문재인 대통령이 대선 당시 밀었던 슬로건이다. 정권이 바뀌면 이곳의 머그컵은 전부 폐기되는 걸까? 대통령이 바뀌면 요직이 물갈이를 당한다던데, 청와대 북카페의 머그잔도 그런 풍파에 휩쓸릴 처지라 생각하니 자꾸만 웃음이 나왔다.

"아마 반병현 요원님 이런저런 행사에 얼굴 비추라는 이야기를 하지 않을까요?"
"제 생각도 그래요. 캐릭터가 좋잖아요. 브랜딩도 잘 됐고."

내 솔직한 대답에 다른 분들이 당황하셨다. 뭐 어떤가. 다 알고 왔다. 나는 협상 테이블에 내가 지금까지 그로스해킹으로 쌓아 올린 이미지를 올려 둘 것이다. 과연 청와대에서는 어떤 욕심이 있어 굳이 나를 이렇게 촉박한 일정으로 부른 걸까?
약속 시각이 되었다. 우리도 1층으로 내려가 간단한 서류를 작성하고 스마트폰을 캐비닛에 집어넣었다. 소장님께서는 이럴 줄 아시고 아예 차에 휴대전화를 두고 내리셨다. 신분증을 확인하고 다시 2층으로 올라갔다. 복도 맨 끝에 있는 별실로 안내를 받았다.

네 분이 미리 와 계셨다.

"반갑습니다. 저는 제도개혁 비서관실의 B 행정관입니다."

가볍게 인사를 나누고 음료를 골랐다. 청와대에서 나오신 분이 두 분 계셨고 행정안전부에서 오신 분이 두 분 더 계셨다. 청와대에서 맨 처음 안동노동청에 전화를 걸었을 때 있지도 않은 과장급(4급) 공무원을 데려오라고 한 점에서 미루어 짐작해 보자면, 행안부 사람들도 과장급이거나 그 이상이 아닐까. 청와대에서도 행정관님 외에 여성 한 분이 더 오셨다. 아마 이 분도 과장급이겠지?

게다가 우리를 호출한 이 행정관님은 과장보다 높은 직급으로 보인다. 그러니 다른 부처의 4급 공무원에게 당장 이틀 뒤에 올라오라고 통보할 수 있겠지. 4급 위로는 급수가 사라지고 '고위공무원'이라는 호칭으로 통일된다. 그러니 굉장히 높으신 분일 거라는 추측을 했다. 공직 사회는 이렇게 급수가 나뉘어 있고 연공서열이 중요하다 보니 나도 모르게 만나는 공무원들을 이렇게 줄 세워 보게 된다.

"제가 반병현 요원 선배입니다. 저도 카이스트 나왔고, L 교수님 제자였어요."

"와 진짜요? 저는 J 교수님 연구실 출신인데, 같은 학과 선배님을 이렇게 뵙네요! L 교수님 지금도 건강하시고 굉장히 잘 지내십니다."

깜짝 놀랐다. 카이스트 출신이 요직에 진출해 있는 것은 어찌 보면 별로 놀라울 일이 없어 보이지만, 바이오및뇌공학과 출신이라는 점에서 굉장히 놀랐다. 심지어 L 교수님은 굉장히 자주 뵙던 분이셨다. 비록 바로 자퇴했지만, 박사과정 입학 면접 때에도 공격보다는 응원을 해 준 유일한 분이셨고.

하여튼 동문이라는 한 마디 말에 긴장이 풀리고 마음이 놓였다. 매일 만나는 일반 행정직 공무원과는 달리, 이 행정관님과는 대화가 통할 거라는 기대감이 차올랐다.

내가 고용노동부 본부에 보냈던 혁신 아이디어 7건에 관한 이야기가 나왔다. 나는 그냥 브런치 글을 인쇄해 왔는데 노동부에서는 아예 이 토픽을 주제로 보고서를 작성해 오셨다. 아이디어의 개요는 내가 설명해 드렸고, 노동부에서의 논의 결과는 김 서기관님께서 상세하게 설명해 주셨다.

"이런 건들은 고용노동부에도 수요가 있지만, 권한이 행정안전부에 있어서 시도하지 못했습니다."

"그럼 이 건들은 행정안전부에서 검토해 주시기 바랍니다."

"네, 그렇게 하겠습니다."

"OCR을 이용해서 민원서류를 워드 파일로 변환시켜 주는 자동화는 지금 연구용역을 발주해서 진행 중입니다."

"이 건은 고용노동부뿐만 아니라 다른 부처에서도 필요성이 클 것 같

습니다. 범부처 사업으로 확장하면 좋겠네요."

"우편 자동화 건은 반병현 요원이 만들었던 겁니다. 이번에 기사로 나갔던."

"이건 BH에서는 이미 쓰고 있어요."

BH는 Blue House의 약자다. 공무원들은 청와대를 BH라고 부르는구나. 처음 알았다. 그런데 내가 만든 것과 똑같은 것이 이미 청와대에서 쓰이고 있다고? 그럼 나는 이 개고생을 왜 한 걸까.

"그거 노동부에도 좀 나눠 주세요. 저는 직접 만드느라 얼마나 힘들었는데."

"좋은 혁신안은 범부처적으로 실시하는 게 좋아 보입니다."

고용노동부에서 한 번 구체적으로 논의를 거친 안건들이라 그런지 단기간에 건설적인 활용 방안의 가닥이 잡혀 나갔다. 커다란 결정권이 있고 머리가 좋은 사람들이 모인 자리라 그런지 논의의 흐름이 굉장히 빠르고 군더더기가 없었다. 힐링되는 기분이다. 공익생활을 시작하고 이렇게 만족스러운 자리에 있어 본 적이 있었던가.

다만 소장님께서는 조금 심심하셨을 것 같다. 내가 어떤 일을 꾸미고 있었는지도 전혀 모르고 계시다가 기사를 보고서야 알게 되었고, 그러다 보니 이 자리에서 논의되는 이야기들이 굉장히 낯설었을 것 같다.

“반 요원님은 사진보다는 실물이 훨씬 나으신데요?”

“감사합니다. 오늘 중요한 자리 온다고 좀 꾸미고 왔습니다.”

“BH에도 공익이 많거든요. 근데 걔네는 화단에 물 주고 청소만 하는데, 참 큰일을 하셨어요.”

“아닙니다. 운 좋게 컴퓨터 만질 수 있는 곳에 배치된 덕분입니다.”

한 차례 논의가 끝났다. 잠시간 화기애애한 대화가 이어졌다.

“오늘 이렇게 모신 것은, 다름이 아니라 행정혁신의 아이콘이 필요해서입니다. 반병현 요원께서 이번에 언론에도 보도되셨고, 대한민국 행정혁신에 큰일을 하셨잖습니까.”

완전히 예상했던 이유 그대로였다.

“그러니까 관공서 행사에 여기저기 다니면서 얼굴 비춰 달라는 말씀이시죠?”

이번에도 너무 직설적이었다. 그 자리에 있던 모든 사람을 당황시켰다. 내가 평생 살면서 이렇게 높으신 분들을 한 자리에 모아 두고 당황하게 만들 일이 몇 번이나 있겠나 싶은 마음이었다. 아, 그런데 군생활을 하다 보니 그럴 기회가 생각보다 자주 찾아오긴 했다.

"문제가 두 개 있는데요, 우선 병무청에서 그걸 허락을 안 해 줄 것 같아요. 오늘 여기 오는 것도 복무범위 위반이라서 겸직허가 올리고 왔거든요. 사회복무요원의 주요 임무는 화단에 물 주고 청소하고 하는 거라서 자문행위나 행사 참가는 복무범위 위반이래요."

"맞습니다. 고용부에서도 반 요원에게 정식으로 자문을 받고 싶은데 병무청에서는 안 된다는 입장이었습니다."

서기관님, 나이스 어시스트!

"이것도 충분히 공익적인 일인데, 규정이 매우 빡빡하네요."

"네, 나중에 부실복무 이야기 나오면 안 되잖아요. 아무래도 병무청 말은 들어야 할 것 같아요. 그래서 앞으로 화단에 물이나 주고 청소나 하면서 가늘고 길게 살 거예요."

"카이스트 석사가 화단에 물이나 줘야 한다니."

그런데 옆에 계시던 BH 공무원분이 한마디를 하셨다.

"병무청 문제는 행정관님이 풀어 주셔야겠는데요."

"허허허."

와, 사람 한 명이 병무청보다 힘이 셀 수도 있나 보다. 깜짝 놀랐다.

"다른 문제는 제 건강인데요, 제가 며칠 전에도 수술 부위가 터져서 피를 엄청 흘렸어요. 요즘 몸이 약해져서 한 번 출장 다녀오면 한 사흘은 누워서 골골대야 하거든요."

이 말은 사실이었다. 불과 얼마 전 콘퍼런스에 참여했다가 응급실에 실려 가지 않았는가.

"그리고 매번 소장님과 동행해야 하면 너무 죄송하기도 하고요. 제가 도움 드릴 수 있는 건 도와드리는 게 맞지만, 너무 자주 부르지는 말아 주셨으면 해요."

슬슬 마무리하는 분위기가 무르익으려는데 행안부에서 오신 분께서 갑자기 물어보셨다.

"그런데 반병현 요원은 나중에 공무원이 될 생각은 없으신가요?"
"전혀 없습니다."
"과학기술부 쪽으로 가면 취향에 맞는 일도 많을 텐데요."
"공무원이 되면 제 마음대로 일할 수가 없잖아요. 5급으로 특채를 해준대도 두 달도 못 버틸걸요. 저는 절차 안정보다는 창의성이 중요한 분야가 어울려요."

청와대 로고가 그려진 기념품을 잔뜩 받았다. 엄청 화려한 펜도 받았고 지갑도 받았고 텀블러도 받았다. 북카페에 있었던 것과 똑같은 디자인의 머그잔도 받았다. 지갑의 퀄리티가 생각보다 좋았다. 기분이 좋았다.

주변의 압박들이 일시에 해소될 것 같은 예감이 들었다.

"청와대가 개입했으니 이제 병무청에서도 별 이야기 안 할 것 같거든요."

서기관님 말씀에 동감했다. 이 정도면 어쭙잖은 헤프닝이 아니라 사건이니까. 앞으로 나를 에워싼 많은 압박들이 일시에 해결될 것 같았다. 봐, 어떤 상황에서든 마음이 꺾이지만 않으면 솟아날 구멍이 생긴다니까?

노동청 공익과 반짝이는 유명세

청와대를 다녀온 일을 브런치에 올렸다. 상세한 이야기는 하지 않았다. 독자들의 호기심을 자극하고 결과적으로 소문이 저절로 부풀려지도록. 절필 선언을 한 지 딱 일주일 만에 청와대를 다녀왔다는 이야기에 독자들은 열광했다. 많은 사람이 여기에 감동하였고, 내 글을 공유했다. 역시 세상에 공짜는 없는 법이다. 출장을 다녀왔으니 본전을 뽑아야 한다.

청와대에서 어떤 일이 있었는지는 노동청에서 일절 발설하지 않았다.

"나라가 좀 바뀌려나 본데 상세한 건 말씀 못 드려요."

거짓말은 하나도 없다. 내가 문재인 대통령과 만나고 온 것으로 알고 있는 분들도 계시더라. 굳이 바로잡지 않았다. 소문은 조금씩 부풀려질 것이다. 지금까지 나를 만만하게 보던 사람들이 조금씩 나를 대하기 어려워하는 것을 느꼈다.

덕분에 아주 긍정적인 변화가 생겼다. 예전에는 모든 사람이 편한 마음으로 나에게 허드렛일을 시켰는데, 이제는 다들 나에게 일을 시키는 것을 부담스러워한다. 나에게 시킬 일에 대한 커트라인이 상향조정 된 것 같다. 컴퓨터의 고장이나 어려운 일은 나에게 잘 부탁하면서, 청소나 쓰레기통을 비우는 등 간단한 일은 아무도 나에게 부탁하지 않게 되었다. 공익에게 시키지 않고 공무원이 직접 빗자루질을 하는 아름다운 모습이 생겨났다. 그래, 자기의 일은 스스로 하는 것이다.

덕분에 나는 하루 중에 20분가량 우편 정리만 하면 나머지 시간을 구석진 자리에서 컴퓨터를 만지며 자유롭게 보낼 수 있게 되었다. 특별한 일이 있을 때만 가서 그 일을 처리한다. 덕분에 논문을 많이 읽고 코딩도 많이 했다. 노동청에서는 거의 앉아 있기만 했다. 내 컴퓨터를 노동청에 가져다 두고 하고 싶은 연구를 마음껏 할 수 있었다. 사건 이후 소집해제까지 논문을 3편이나 썼다. 굳이 다른 지역에 가고 싶지 않으면 휴가도 안 썼다.

"노동청에는 정수기도 있고 에어컨도 세금으로 틀어 주잖아요. 집에 있으면 돈 나가요."

"너는 진짜 이상해."

구속으로부터 해방되니 여러모로 집보다 노동청이 나았다. 물론 내가 해야 하는 일의 양은 적지 않았다. 그걸 컴퓨터가 대신 처리하도록 했으니 놀 시간이 많이 생긴 것이다. 역시 사람은 기술을 배워야 한다.

나를 비난하던 공무원은 다시 잠잠해졌다. 그분은 내가 블로그에 본인의 이야기를 올릴까 봐 걱정하셨던 것인데, 우려하던 당시에 비해 내가 너무 널리 알려지게 되었으니 더더욱 나를 경계하게 되었다. 그래도 직접적인 액션을 취하는 것이 아니라 내 주변에선 입을 닫는 전략을 택했기에 나름대로 만족스러웠다. 한창 큰 목소리로 누군가의 험담을 하다가도 내가 지나가면 갑자기 조용해지는 것이다. 애초에 직장 안에서 동료의 욕을 큰 목소리로 안 하면 될 문제가 아닌가 싶기는 하다.

고용노동부 본부에서도 지청장님께 전화가 왔다. 내가 교류하던 부서와 다른 곳이었다. 고용노동부의 행정혁신 사례로 내 이야기를 넣을 수 있게 보고를 해 달라고. 지청장님께서 나를 불러서 도대체 청와대에서 무슨 일이 있었는지를 여쭤보셨다. 나는 이렇게 대답했다.

"청와대에서 논의된 내용을 제가 다른 청에서 발설해도 되는지 모르겠습니다. 노동청에서 있었던 일도 다른 데서 이야기하면 안 된다고 교육을 받았거든요. 청와대에서 있었던 일도 마찬가지 아닐까요."

언론에 내 이야기가 보도되었던 날, 노동청에서 있었던 일이 외부에 알려지지 않도록 하라며 나를 혼낸 공무원이 있었는데, 그 상황을 지청장님께 그대로 돌려드린 것이다. 지청장님은 적잖이 당황하셨다. 이내 못 이기는 척 논의 내용을 요약해서 알려 드렸다. 고용노동부 본부에는 내가 따로 내용을 요약해서 보내 드리기로 했다.

"혹시 우수사례로 선정해서 우리 지청에 상을 주려는 걸 수도 있어."

하지만 지청장님의 기대는 빗나갔다. 고용노동부 본부에서는 자기들 실적으로 적어서 위에 보고를 올린 모양인데, 그 뒤로 감감무소식이다.

하여튼 이번 사건으로 이름이 알려지고 나서 수많은 곳에서 연락이 왔다. 특히 언론사 연락이 많았다. 안동노동청에서는 이제 더는 통제할 수 없는 상황에서 언론보도가 나가는 것을 원치 않았는지, 모든 연락을 일단 노동청 4층으로 돌려서 허가를 받고 인터뷰를 진행하도록 제한을 걸었다. 인터뷰 내용까지도 안동노동청에서 미리 검열하겠다고. 이미 대한민국을 움직이는 데에는 성공한 것 같고, 검열당하는 인터뷰라니 전혀 흥이 나지 않아서 언론사 연락은 대부분 거절했다.

인터뷰 이외의 행위에는 별로 이렇게까지 할 필요성을 못 느꼈기 때문에 강연이나 자문은 내 마음대로 결정했다. 민간인이었으면 아마 단기간에 큰돈을 벌었을 것이다. 앞서 이야기했지만 강연을 한 번 와 주면

150만 원을 주겠다는 기관도 있었다. 하지만 어림없지! 공익은 돈을 벌면 안 되니까.

공익 신분이다 보니 어떤 요청을 들어주기가 쉽지가 않다. 예를 들어 나를 강연에 초청하고 싶으면 초청하는 기관에서 병무청에 문의해서 가부를 판단받고, 안동노동청에 다시 연락해서 설득해야 한다. 노동청에는 당연히 공익의 출장을 위한 예산이 편성되어 있지 않으므로 본부에서 예산을 따 와야 하는 상황이 벌어진다. 내 겸직허가 신청도 올려야 하고.

게다가 출장 중 사고나 일비 지급 문제가 발생할 수 있으므로 공무원 한 명이 동행하는 것이 바람직하다. 나를 초청하는 가장 쉬운 방법은 나를 초청하려는 곳에서 출장 경비를 모두 부담하고, 안동까지 와서 나를 태워서 출장지까지 데려갔다가 강연이 끝나면 다시 안동으로 데려다주는 것이다. 굉장히 절차가 번거롭다.

만약 나를 초청하려는 기관에서 이러한 절차를 모두 감수할 용의가 있다 하더라도, 나는 돈을 한 푼도 못 받는 처지다 보니 어지간히 재미가 있어 보이지 않으면 수락할 이유가 없다.

행정안전부에서 두 차례나 강연 요청이 들어왔는데 둘 다 매우 큰 규모였다. 하나는 전국 각 부서의 행정혁신 담당관들이 모인 데다가 행안부 차관님까지 오시는 행사였고, 다른 하나는 민간에서 벌어지는 기술적 발전을 전국의 공무원들이 모여서 듣고 가는 자리였다.

"이번에 큰 자리에 가신다면서요."

상황이 이 정도가 되니 병무청에서도 바로 전화가 왔다. 잘 다녀오라고, 사회복무요원의 명예를 제고하고 오라는 당부가 있었다. 병무청에서도 이제 나를 괜찮게 보는 것 같아서 비공개로 전환했던 브런치 글들을 하나둘 은근슬쩍 다시 공개했다. 역시 정부의 검열에 저항해야 참된 예술가의 길을 걸을 수 있다.

이 사건 이후 성균관대의 어떤 교수가 내 사례를 집어넣은 책을 출간하고 관련 내용으로 강연을 다니기도 했다고 한다. 사전에 협조를 구하지 않은 것이야 그럴 수 있다. 내 홍보가 되니까 큰 문제는 없다고 생각한다. 그런데 이 강연을 들은 모 기업의 회장님으로부터 연락이 왔다. 식사를 한번 같이 하자고. 나중에 서울에 갈 일이 생긴 김에 만나 뵈었다. 회장님과 그의 측근, 그리고 나까지 세 명이 식사를 했다. 3인분의 식사가 내 월급보다 비쌀 수도 있다는 사실을 그날 처음 알았다.

개발자들이 모이는 행사에 강연을 가기도 했다. 강연장이 텅 비면 어떡하나, 공익 이야기를 들어 주려 과연 누가 와 줄까 싶었는데, 세상에. 어느새 강연장이 가득 차서 홀 뒤쪽에 서서 내 이야기를 들어 주는 사람들이 생겼다. 중반쯤 가니 회장 바깥쪽 복도에까지 사람들이 빼곡했다. 나를 초청해 준 개발자님께서 이런 말씀을 해 주셨다.

"병현 님이 티켓파워가 있나 봐요. 평소보다 티켓이 더 빨리 많이 팔렸어요."

내가 생각보다 더 유명해졌다는 사실을 그날 깨달았다. 강연이 끝나고 사인을 해 달라는 분들이 찾아오셨다. 필기구가 없어서 고민했는데 역시 개발자들은 창의적이다. S펜을 내 손에 쥐어 주시더니 갤럭시 노트에 사인을 해 달라신다. 살다 살다 갤럭시 노트에 사인을 할 일이 생길 줄은 꿈에도 몰랐다.

감사하게도 내 행적보다 글 자체에 관심을 가져 주시는 분들도 많았다. 출판사들로부터도 연락이 왔고, 단편의 글을 기고해 달라는 요청도 있었다. 언론사와 방송국의 연락들은 노동청에서 적당히 쳐낸 것으로 알고 있음에도 불구하고 〈동아일보〉 기사를 그대로 짜깁기한 지역신문 기사가 나왔다.

자문을 받기 위해 밤늦게, 또는 주말에 안동까지 찾아오는 분들도 계셨다. 먼 길 행차하신 분의 간절함을 잘 알기 때문에 성심성의껏 답변해 드렸다. 절대로 비싼 음료수를 사 주셔서 그런 게 아니다. 흠흠.

그런데 자문 요청 전화도 한두 번이지, 매번 비슷한 내용으로 전화가 걸려 오니 약간 짜증이 났다. 그래서 누구나 보면서 따라 할 수 있도록 〈일반인을 위한 업무 자동화〉라는 시리즈를 브런치에 연재하기 시작했다. 한 번 그로스해킹을 해 본 경험이 있으니 이 글의 초반 홍보는 매우 수월했고, 얼마 지나지 않아 출판사에서 연락이 왔다. 〈코딩하는 공익〉 이야기까지 해서 군복무 중에 책 두 권의 출판 계약이 성사된 것이다.

얼마 전까지만 해도 붕어빵 2천 원어치가 내 한 끼 식사였고, 카페에서 아메리카노를 한 잔 사서 시원하게 벌컥벌컥 마시는 게 내 작은 소원이었다. 그런데 청와대에 한 번 다녀왔다고 이제는 비싼 밥과 멀쩡한 음료수를 대접하겠다는 사람들이 앞다투어 연락을 주고 있었다. 이래서 권력이란 게 좋다는 거구나.

"너 예전에는 안 그랬잖아?"

"뭐가?"

"사회에서 얻어먹는 밥 중에 공짜 밥은 없다면서. 마음의 짐이 부담스럽다더니."

"내가 월급 30만 원씩 받으면서 깨달은 게 있는데, 뇌물도 내가 순수한 마음으로 받으면 괜찮다는 거야. 그리고 주는 쪽이 부담을 가지지 않도록 받아먹자마자 은혜를 잊어버리면 공정성을 잃을 염려도 없어. 상대방의 순수한 의도를 왜곡하면 실례잖아? 나한테 밥 사 주는 사람은 착한 사람이야. 그런 사람이 고작 물질로 내 마음을 움직이려는 마음을 먹었을 리가 없다는 말이지."

"넌 정말 쓰레기야."

"맞아."

하지만 이런 유명세도 반짝하고 끝날 것이다. 그러니 길게 보고 멀리 봐야 한다.

"저 혹시 비싼 밥 말고요, 차라리 햇반이나 라면 한 박스를 주시면 안 될까요?"

쟁여 두고 먹을 수 있는 보존식이 최고다.

Chapter 6

온퇴를 기다리는 요원

노동청 공익과 또 행안부 출장

2019년 7월

당시 필자는 매일 반복되는 일상에 또다시 갇혀 있었다. 새벽 6시에 일어나 수영을 하고, 경치 좋은 곳에 차를 대고 글을 쓰다가 노동청으로 출근. 온종일 논문을 읽다가 오후에 20분가량 우편물을 정리하고 또다시 논문 삼매경. 퇴근 후에는 빨래와 설거지를 하고서 논문을 보다가 잠드는 나날들.

여러 차례 밝힌 바 있지만, 필자는 매일 반복되는 일과를 견딜 수 없다. 단기적인 성취감을 자주 느낄 수 있어야 하며, 매번 변화가 있는 일상을 추구한다. 비록 노동청에서의 업무 강도는 거의 없다시피 하고, 스스로 원해서 논문을 읽고 있었지만 조금씩 마음속에서 스트레스가 한계치까지 차곡차곡 쌓이고 있었다.

일요일에 교회를 가는 것을 제외하면 사교적인 활동도 전혀 하지 않고 있었기에 말을 한 마디도 하지 않은 날도 며칠이나 있었다.

"사람 한 명 망가지는 것 정말 순식간이겠군."

이대로는 정신이 황폐해질 것 같아서 반려동물이라도 키워야 하나 진지하게 고민했다. 하지만 새벽 일찍 나가서 밤이 되어서야 집으로 돌아갈 수 있는데, 그동안 반려동물을 혼자 내버려 둬야 한다고 생각하니 마음이 아파 그만두기로 했다. 반드시 돌파구를 찾아야 하는 상태다.

대학원 시절에는 지도교수도 있고 프로젝트 하나에 3~5명이 우르르 투입되어 함께 일했다. 그런데 당시에 필자는 그 모든 것을 혼자서 해 내고 있었기에 '삶의 질'이라는 단어와는 대척점에 해당하는 지점에 있었다. 솔직히 많이 지쳐 있었다.

그때 오랜만에 직통전화가 울렸다. 044로 시작하는 번호로 전화가 걸려 왔다. 필자의 개인 휴대전화로 걸려 온 전화였다면 받지 않았을 것이다. 시골 사람들은 낯선 지역 번호로 걸려오는 전화를 받지 않는다.

"안녕하세요, 행정안전부 김×× 팀장입니다. 반병현 님과 통화 가능할까요?"

"네, 본인입니다."

강연 섭외 전화였다. 최근 몇 달간 거의 모든 섭외 건을 거절해 왔지만, 이번에는 설명이 다 끝나기도 전에 수락하기로 마음먹었다. 하루 정도 다른 동네에 가서 여행 느낌도 느끼고, 단상에 서서 마이크도 잡고 싶었기 때문이다. 좋은 기분전환이 될 것 같다.

"저희 과장님이 병현 씨 신문 기사 스크랩해 두셨거든요. 꼭 섭외해 오라고. 잘 좀 부탁드리겠습니다."

"저는 꼭 하고 싶거든요. 병무청이랑 노동청만 설득해 주시면 됩니다."

평소에 하던 멘트를 그대로 읊었다. 하도 요청이 잦다 보니 이제는 달달 외웠다. 기분이 약간 들떴다.

"날짜는 미정인데, 아마 2주 뒤에 할 것 같습니다."

다시 기분이 약간 가라앉았다. 앞으로 2주가량은 기분전환 없이 좀 더 고생하라는 뜻이겠구나.

일주일이 지났다. 필자는 여전히 논문의 늪에 빠져 있었다. 서울대 농대의 손○○ 교수가 미웠다. 그 연구실에서 나온 논문은 내용이 참 좋은데다가 필자의 관심사와 분야가 잘 맞다 보니 책상 위에 널브러진 논문 중 손○○ 교수 이름이 기재된 논문이 여러 편 있었다. 다음에 관악구에 놀러 가면 꼭 농대 학식에서 밥을 맛있게 먹고서는 맛없었다고 거짓말을 하리라 다짐했다. 슬슬 제정신이 아니었다.

김 팀장님과 몇 차례 연락을 주고받았다. 발표 일자도 확정되었고 발표 자료도 보내 드렸다. 처음에는 4월에 필자를 불렀던 부서에서 다시 부른 줄 알았는데 전혀 다른 부서였다. 당시 필자를 섭외하셨던 분은 '타성에 젖은 공무원들에게 날카로운 일침을 전하는 강연'을 요청하셨는데 이번에는 그렇지 않아서 다행이다. 그냥 필자의 평소 스타일대로 마이크를 잡고 떠들다 오면 충분할 것 같았다.

이 행사는 행안부에서 주기적으로 개최하는 행사로, 전국의 공무원들이 모여서 공직 사회 바깥에서는 어떤 일이 벌어지고 있는지를 배워 가는 포럼이라고 한다. 이번 포럼의 주제는 RPA Robotic Process Automation 인데 쉽게 말하면 업무 자동화다. 필자의 경우 전국적으로 어그로를 끌었던 적도 있고, 일반인을 위한 업무 자동화 책도 쓰고 있는 중이니 그럭저럭 이번 행사와 핏이 맞을 것 같았다. 자신감이 생겼다.

그리고 며칠 지나지 않아 생각이 바뀌게 되었다. 다른 연사자 명단을 보니 대기업 팀장님들과 업계 1위 벤처기업 대표님이 오신다고. 아니 제가 저분들 사이에 끼여서 무슨 말을 할 수 있겠습니까, 살려 주세요!

처음에는 RPA가 무엇인지부터 소개해서 간단한 RPA를 기획하고 발주를 넣는 과정까지를 다루어 보려고 했는데 급격하게 노선을 바꿨다. 어차피 그런 어려운 개념들은 다른 분들이 훨씬 더 잘 설명해 주실 테니까.

전략을 다르게 짜기로 했다. 대기업은 딱딱한 이미지니까 대기업 팀장님도 굉장히 딱딱한 분이실 것 같다. 그리고 정부기관도 딱딱한 곳이잖은가. 정부기관의 요청으로 대기업 팀장이 와서 하는 강연은 굉장히 딱딱하고, 진지하고, 무겁고, 지루한 내용일 것이라 생각했다. 그럼 그들 사이에서 필자가 취할 수 있는 생존전략은 하나뿐이다.

"나는 재미에 집중한다."

지루한 강연 사이에 갑자기 난입한 젊은이가 스탠딩 코미디를 하듯이 빵빵 터뜨려 주면서 메시지를 전달하면 그럭저럭 기억에 남을 수 있을 것 같았다. 재미야 뭐 타고난 입담을 믿기로 했다. 메시지만 준비하면 된다. 그리고 메시지라면 역시 공익적일수록 좋지 않겠는가. 그로스해킹으로 50일 만에 대한민국을 움직였던 이야기를 소개하고, "전 국민이 혜택을 입기를 바랐습니다"라는 메시지를 호소력 있게 전달하면 그럴싸할 것 같았다. 곱씹어 보니 그럴싸한 수준이 아니라 최고였다. 우리나라에 필자 말고 이런 이야기를 할 수 있는 사람이 또 있겠는가?

그래서 이런 메시지를 대충 담은 슬라이드를 만들었다. 정작 중점을 둔 부분은 강약 조절이다. 많은 사람들을 웃기려면 분위기를 쥐고 있다가 적절한 타이밍에 놓는 것이 중요하다. 도전, 300명의 공무원을 웃겨라! 막상 준비하려고 생각해 보니 준비할 것도 없을 것 같았다. 분위기 조절은 발표 중에 청중들 표정을 살피며 유기적으로 하는 것이지 허공에 대고 고민해 봐야 답이 나올 문제가 아니니까.

즉 충분한 시간을 탕진하지도 못하고 필자는 다시 논문을 읽으러 돌아와야 했다는 이야기다. 너무 슬픈 이야기다.

2019년 7월 18일 목요일

안녕하세요. 내일 청사 입장은 어떻게 하면 되겠습니까? 저는 공무원증이 없습니다.

오전 11:10

들여보내 주세요

공익 신분이다 보니 사소한 문제도 있었으나, 막상 행사 당일이 되니 신분증 확인도 안 하고 입장시켜 주더라. 그리고 조금 덜 사소한 문제가 생겼다.

발표 자료를 팀장님 메일로 보내 드렸는데, 공직 메일(공무원용 메일)은 대용량 첨부파일에 용량 제한이 있어서 필자의 ppt 파일을 다운로드하지 못하는 상황이었다. 당황하신 팀장님께서 발표 자료를 USB에 담아 올 수 있는지 문의해 주셨으나 필자는 이미 그때 안동을 떠나 대전광역시까지 와 있었다. 발표 자료는 드롭박스에 있었지만, 관공서 내부 인터넷망으로는 드롭박스에 접근이 차단되어 있어 진퇴양난이었다.

USB-C 케이블을 빌려 스마트폰을 꽂아 봤지만, 원인불명의 문제가 또 발생했다. 파일이 보이긴 하는데 실행이 안 되는 거다. 결국, 팀장님은 정보자원관리원에 전화해서 IP 차단을 잠시만 풀어 달라고 요청하시고, 다른 분께서는 전산실 인력을 불러오시고, 필자는 이게 왜 인식이 안 되냐며 식은땀을 흘렸다. 우당탕탕 와장창창이었다. 다행히 전산실 선생님께서 가져오신 케이블은 정상적으로 작동이 됐다. 발표 시작도 전에 셔츠가 땀으로 젖었다.

한 시간가량 지나 필자의 차례가 되었다. 행안부 공무원분께서 조용히 다가와 부탁하셨다.

"어려운 이야기나 전문용어는 좀 줄여 주세요. 앞 강연들이 아주 어려웠어요."

"걱정하지 마세요. 처음부터 순한맛으로 준비해 왔습니다."

영화관처럼 좌석이 계단식으로 배치되어 있어서 강단에서도 청중의 표정이 하나하나 모두 보였다. 마이크를 잡았다. 평소 하던 대로 분위기를 찢어 놓았다. 나중에 실직하게 되면 스탠딩 코미디로 나가 볼까 진지하게 고민하면서 발표를 마무리했다.

"나는 병현 씨 발표만 재미있더라."

"다른 분들은 유익했잖아요. 제 발표는 영양가가 없었어요."

"그래도 난 좋았어. 이제 가는 거야?"

"네, 저는 먼저 좀 도망칠게요. 다음에 봬요!"

공익의 근무시간은 오전 9시부터 오후 6시. 세종에서 안동까지는 대충 세 시간 정도 걸리니까 사실 3시에 일정을 탈주해서 안동으로 퇴근해도 전혀 문제가 없다. 선심 써서 3시 반을 넘겨서 도망쳤다.

이제 서울에 들러 친구들을 태우고, 내일은 강원도로 떠나야 한다. 군인 면회를 위해. 교통체증을 견디며 수원까지 올라갔다. 수원을 벗어나는 데만 한 시간 반 이상 걸렸다. 그때 다급한 전화가 걸려왔다.

"형, 어떡하죠? 이번에 태풍 올라오는 것도 있고, 최근에 목함 떠내려온 것도 있고 해서 면회, 외출, 외박 전부 잘렸어요! 사단장 지시라 풀릴 가능성도 없어 보여!"

세 시간 동안 운전해 서울 코앞까지 갔는데 이게 무슨 청천벽력 같은 소리인가! 너무 억울했지만 어쩔 수 없었다. 대충 가까운 맥도날드에서 저녁을 때우고 안동으로 내려왔다. 도착하니 자정이 다 되었다.

그리고 마술같이 태풍은 소멸해 버렸다. 다음 날, 강원도 삼척 앞바다에는 구름 한 점 떠다니지 않았다고 한다.

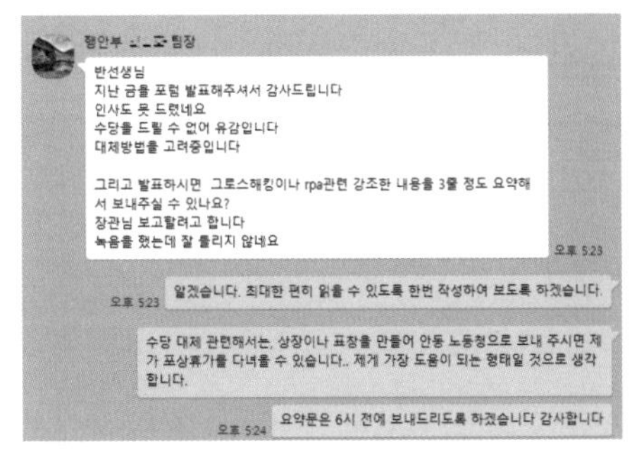

필자는 장관님을 못 뵈었지만, 필자의 글은 장관님을 뵙게 되었다.

며칠 뒤 팀장님으로부터 연락이 왔다. 장관님께 보고를 드려야 한다고 하니 요약문을 쉽게 써 드렸다. 그리고 포상휴가에 대한 필자의 생각을 살짝 전해 드렸다. 큰 기대는 하지 않고 있다. 행안부에서 4월 출장 때 주기로 한 포상휴가를 아직도 안 주고 있으니까. 같은 부처니까 뭐 크게 다르지 않을 거라 생각한다.

다음 날 전화가 왔다.

"원래 워크스마트 포럼이 기업들 불러다가 사회에서 어떤 일이 일어나는지 정도만 공무원들이 알아가는 자리거든요. 그런데 이번에는 행안부 내부에 RPA(업무 자동화)를 실제로 도입해 보자고 이야기가 나왔습니다."

"이번 강연을 듣고 감명을 받으셨나 보네요."

"네, 그런 것 같네요. 그래서 이번에 LG 분이랑 병현 님 모시고 회의를 진행하면 좋겠다 이야기가 나왔는데, 혹시 괜찮으신가요?"

"네 뭐, 정부기관이 바뀌는 건 제가 바라던 바니까요. 제가 출장을 가게 되면 장소는 세종시죠?"

"네, 맞습니다. 그럼 또 연락 드리겠습니다."

예전에 고용노동부에서 필자를 불렀을 때는 기관의 의지는 있었지만, 노동부에서 시행할 권한이 없는 일이 많았다. 이후 청와대에서 필자를 불렀을 때는 권한도 있고 범부처적 사업으로 확장해 보자는 이야기도 나왔지만, 구체적인 추진안이 결여되어 있었다. 사실 필자를 부른 주된 목적은 필자가 쌓은 '코딩하는 공익'이라는 브랜드를 정부의 홍보용으로 활용하려던 목적이 더 크다. 4월 행안부 초청은 일회적 강연으로 끝났었다.

그런데 이번에는 대한민국 공공행정에서 가장 큰 권한을 가진 부처가 본격적으로 변화를 꾀하고 있다. 행안부가 바뀌면 공직 사회가 바뀐다. 행정처리 프로세스가 완전히 바뀔지도 모른다.

공무원 한 명이 일주일에 하나씩 민원을 더 처리할 수 있으면 1년에 50개의 민원을 더 처리할 수 있다. 전국에 공무원이 백만 명쯤 있으니 전 국민이 혜택을 입을 수 있다. 그러나 RPA가 도입되어 생기는 효용이 고작 일주일에 한 개에서 그치지 않을 것이다. 하루에 두세 개씩 일을 더 처리할 수 있을지도 모르고. 그러면 대한민국의 관공서의 행정력 자체가 달라질 것이다.

위에서부터 주도하는 혁신은 성공하기가 힘들다지만 적어도 행정안전부가 바뀌면 전국의 공무원이 영향을 받는다. 이건 혁신이라 부르기 충분하다. 그 혜택이 고스란히 국민에게 돌아가리라 기대해 본다. 업무 자동화가 공직 사회에 정착하면 공무원 선발인원을 줄일 명분도 생기고, 그만큼 절약한 예산으로 실효성 있는 일자리 창출과 새로운 복지정책 마련에 힘쓸 수 있을 것으로 기대한다.

아무튼, 지금까지는 필자의 재미를 위해 출장 요청을 수락했다면, 이번에는 조금 다른 마음가짐이다. 비록 필자가 현재 대한민국에서 가장 낮은 신분에 있지만, 대한민국을 더 긍정적인 방향으로 바꾸는 데 힘이 되고 싶은 마음이 크다. 그러면 이제 증명서 한 장 떼려고 관공서를 대여섯 번씩 방문해야 하는 불편도 사라지지 않겠는가.

절이 싫으면 중이 떠나야 한다고 했던가? 틀린 말이다. 절이 싫으면 내 취향에 맞게 절을 리모델링해야 한다.

이후 구체적으로 어떤 정책들이 논의되어 예산이 얼마나 투입되고 있는지 나는 알지 못한다. 그런데 한 번 업무 자동화의 맛을 본 사람은 그 달콤함에서 헤어날 수 없다. 열심히 일하는 것보다 컴퓨터에게 일을 시켜 두고 커피나 마시는 편이 실적이 더 잘 나올 테니까. 조직 입장에서는 생산성의 차원이 다르므로 조만간 업무 자동화 없이는 살 수 없는 몸들이 되어 버릴 것이다. 공공기관에서 업무 자동화 소프트웨어를 발주받기 위해 경쟁입찰을 받거나, 조달청 나라장터에 업무 자동화 소프트웨어가 등록되는 날이 머지않았다.

일각에서는 이런 이야기도 한다.

"업무 자동화가 도입되면 공무원들 일자리 잃는 거 아니에요?"

그런 사람들에게 나는 이렇게 반문한다.

"대한민국 사회에서 해결이 필요한 문제가 사라지는 게 가능할 것 같습니까?"

불필요한 반복 작업은 컴퓨터에게 맡겨 두고, 공직자들은 사회 곳곳에 산적한 문제를 본격적으로 해결하는 것이 옳을 것이다.

지도 위에서 세상을 들여다보면 숫자만 보일 뿐이다. 주차 문제로 갈등이 달아오르기 시작하는 골목길도, 굶고 있지만 도움의 손길을 기대할 수 없는 사람의 주린 배도, 추운 겨울 외롭게 떨고 있는 사람의 신음소리도 지도와 엑셀 파일만 들여다봐서는 알 수 없는 문제들이다. 산적한 서류더미는 컴퓨터에게 맡겨 두고, 공무원들은 조금 더 세상의 목소리에 가까이 다가갈 수 있는 미래가 그려지기를 바라 본다.

어떤 상황이 닥치더라도 마음이 꺾이지 않는다면, 돌파구를 찾을 수 있다.

벌써 일 년

2019년 10월 29일

인사혁신처에서 서류를 좀 작성해 달라고 연락이 왔다. 솔직히 깜짝 놀랐다. 이게 또 사연이 있는 이야기다. 어디 보자. 이 이야기는 2019년 3월로 거슬러 올라간다.

"요약은 저희가 할게요. 일단 최대한 상세하게 공적을 적어 주세요."

기쁜 마음으로 서류를 작성하여 넘겨 드렸다. 편하게 적고 보니 A4용지로 5장이나 되었다. 내가 군복무를 정말 알차게 하기는 했구나. 말 그대로 공익이다. 공공의 이익을 위해 많은 가치를 창출해 냈으니까.

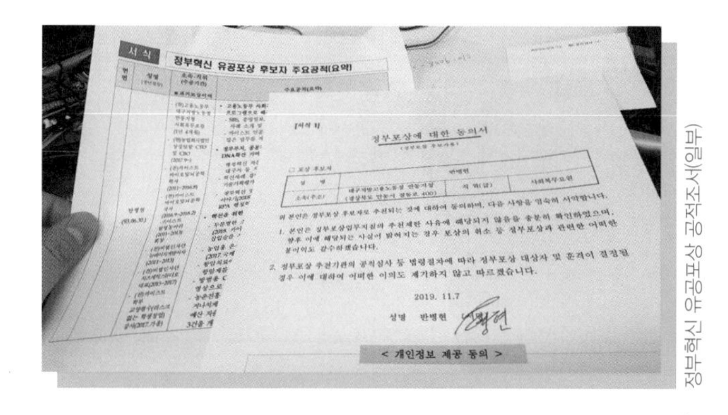
서식

정부혁신 유공포상 후보자 주요공적(요약)

[서식 1]

정부포상에 대한 동의서

(정부포상 후보자용)

□ 포상 후보자

성명	반병현		
소속(주소)	대구지방고용노동청 안동지청 (경상북도 안동시 경동로 400)	직위(급)	사회복무요원

위 본인은 정부포상 후보자로 추천되는 것에 대하여 동의하며, 다음 사항을 엄숙히 서약합니다.

1. 본인은 정부포상업무지침의 추천제한 사유에 해당되지 않음을 충분히 확인하였으며, 향후 이에 해당되는 사실이 밝혀지는 경우 포상의 취소 등 정부포상과 관련한 어떠한 불이익도 감수하겠습니다.

2. 정부포상 추천기관의 공적심사 등 법령절차에 따라 정부포상 대상자 및 훈격이 결정될 경우 이에 대하여 어떠한 이의도 제기하지 않고 따르겠습니다.

2019. 11.7

성명 반병현

< 개인정보 제공 동의 >

정부혁신 유공포상 공적조서(일부)

2019년 3월

행정안전부에서 연락이 왔다. 정부혁신 담당관들이 모여서 워크숍을 진행하는데, 여기에 참석해 우수사례로 발표를 해 달라는 연락이었다. 근데 이 연락을 페이스북 메신저로 받았다. 오호. 보통은 전화나 공문을 보내는데.

흥미가 생겼다. 날짜도 4월 초순이고. 현장 실무자가 기획자에게 목소리를 전달할 수 있는 기회이기도 하다. 43개 부처에서 140명가량의 공무원들이 모이는데 이들 중 대부분이 과장급(4급)이라고 한다. 오호라. 정부혁신을 담당하는 높으신 분들이 한 군데 다 모이는 자리다.

이래저래 공익적인 효용성이 클 것 같았다. 기분전환이 될 것 같기도 했다. 정규민 디자이너에게 '예술가에게 경험이란 자산'이라는 깨달음을 전수받기도 했고. 좋은 작품을 쓸 수 있는 계기가 될 것 같았다.

그런데 또 병무청에서 태클을 걸 것 같아서 걱정이 되었다. 이번에도

'그건 사회복무요원의 복무범위 위반'이라고 하면 어떡하나. 다행히 이 부분은 행안부에서 병무청과 풀어 보기로 이야기가 되었다.

한 시간도 채 되지 않아 대구지방병무청에서 전화가 왔다. 소식이 참 빠르다.

"네네. 행안부에서는 차관님 참석하시고요. 네. 청와대에서는 수석과 비서실장님 오시고요. 네. 그렇죠. 그 외에 여러 부처에서 140분 정도 오신대요. 네. 맞아요. 행정안전부."

그대가 아주 자랑스럽다. 발표일에 정장을 입을 것인가? 특별휴가를 받을 수 있도록 복무지에 꼭 이야기를 전달해 주겠다. 이런 이야기들이 나왔다. 한때 병무청과 사이가 별로 좋지 않았는데 어느새 이렇게도 사이가 좋아졌다.

발표 내용을 준비하는 동안 고민이 많았다. 어떤 이야기를 해야 할 것인가? 그런데 친구가 단톡방에서 고민을 토로했다.

"하… 이번 달에 결국 야근 40시간 넘겼네. 죽고 싶다."

이 친구는 발령받은 지 4개월쯤 된 9급 공무원이다. 무슨 사정인지 소상히 들었다.

우체국에서는 국장 성과평가 항목에 직원을 얼마나 줄였는지가 들어

간다고 한다. 전임 국장이 성과평가를 좋게 받을 생각으로 직원을 대거 감축하고, 그대로 다른 지역으로 이동했다고. 덕분에 이 친구가 발령받은 우체국에서는 전 직원이 업무과중에 시달리고 있었다.

정부혁신 예산을 투입하고 지방청을 쥐어짜내 성과를 수집할 게 아니다. 성과가 아니라 현장에서 죽어나가는 사람 목소리를 먼저 수집해야 하는 것 아닌가? 내 발표 내용이 결정되었다. 아주 매운맛으로.

이번 행사는 천안시에 있는 우정공무원 교육원에서 실시됐다. 우체국에서 일하게 될 신규 공무원들은 여기에서 연수를 받는다고 한다. 위치도 아주 좋다. 톨게이트 바로 옆이다. 아무래도 전국 각지에서 사람들이 모이는 자리다 보니 이곳으로 장소를 선정한 것 같다. 행사 하루 전날 나를 초청했다는 인터넷에 기사가 떴다.

세종시 고용노동부 출장은 혼자 다녀왔는데. 지난번 청와대 때에도 그렇고 이번에도 인솔 공무원과 함께 움직여야 했다. 운전이라도 번갈아 가면서 할 수 있으면 좀 나을 텐데 관용차가 아니라서 그러지도 못하고. 마음이 불편했다. 운전을 좋아하기도 하고. 다음에도 출장 갈 일이 생기면 필자의 차로 다녀오고 싶다. 주무관님은 조수석에 태우고 말이다. 도착 시간이 애매해서 점심도 못 먹고 회장에 들어갔다. 샌드위치와 다과가 준비되어 있었으나 손을 대지 않았다. 아픈 사람이 힘들게 멀리 출장왔는데, 이왕이면 빠르게 발표를 마치고 제대로 된 식사를 하고 싶었다.

인사혁신처에서 나를 초대하면서 이런 부탁을 했었다.

"공무원들이 보고 느끼는 점이 많았으면 좋겠습니다. 따끔한 이야기 부탁드립니다."

그 말을 그대로 실천했다. 발표 중에 우체국의 행태를 꼬집었다.

"민간에서는 세무기장[26]을 인공지능이 자동으로 처리하는 서비스가 월 10만원대에 운영되고 있는데, 이런 업무에 공무원을 굳이 투입하는 것은 인력 낭비입니다. 심지어 그 공무원, 업무가 과중해서 한 달에 40시간씩 초과근무를 하고 있어요. 당장 거창한 방법을 도입해서 혁신할 게 아니라, 이렇게 현장의 목소리를 듣는 게 중요합니다. 저 초과근무 인건비도 다 세금이거든요. 세금이 줄줄 새고 있어요."

이날 몹시 피곤해서 수영은 안 갔다. 친구 집에 놀러 가 내가 유도한 방정식에 대해 이야기를 나누다가 집에 와서 누웠다.

카톡이 울렸다. 9급 공무원 친구에게서 연락이 왔다.

"병현아, 혹시 오늘 초과근무 이야기했어? 지금 모든 안건이 초과근무에 맞춰져 있어. 앞으로는 포털에 초과근무 기록 안 하고 초과근무를 해야 될지도 몰라."

내 상식선에서는 우선 업무를 자동화하거나 외주화하여 말단 공무원의 부담을 덜어 준 다음, 제도를 정비하거나 불합리한 인사조치로 본인 실적만 빼먹고 도망간 국장급 공무원을 징계하는 식으로 일을 처리하는 것이 맞다고 생각한다. 하지만 우체국의 대응은 상상을 초월했다. 역시 이래야 대한민국답지. 음식물 쓰레기로 인해 악취가 나면 쓰레기를 치우는 것이 상식 아닐까? 이분들은 쓰레기 위에 이불을 덮어 안 보이도록 가린 다음 방향제를 사 오실 분들이다.

혁신은 준비 기간이 오래 걸릴 수는 있다. 하지만 그 성과는 굉장히 단기간에 터뜨릴 수 있어야 한다. 갑작스레 많은 것이 바뀌기 때문에 혁신이라고 부르는 것이니까. 속도가 느린 변화는 개선이라 부르면 족하다. 혁신이라는 단어가 가지는 무게감은 결코 가볍지 않다. 재미있는 점이 있는데, 혁신을 논하는 사람 치고 변화에 거부감을 느끼지 않는 사람을 만나 보기가 힘들다는 것이다. 그런 이유로 이번 발표를 듣고 거부감을 느꼈을 분들이 적지 않았을 것이다. 아마 우정사업본부 내지는 과학기술정보통신부에서 오신 공무원 역시 마찬가지였을 것이다.

여하튼, 당시 나를 초청해 주신 분께서 나를 굉장히 반갑게 맞아 주셨다.

"이거 사례를 어떻게 해 드려야 하죠? 돈도 못 드리잖아요."

"간단한 상장이나 표창장 같은 것을 만들어 주시면 제게 가장 실질적인 도움이 될 것 같습니다. 포상휴가를 다녀올 수 있거든요."

"오호. 기억해 두겠습니다."

대충 7급 공무원(반장급) 도장이 찍힌 형식적인 표창 정도를 생각하고 드린 말씀이다. 그러고서 반년 동안 잊어먹고 있었는데 11월에 갑작스럽게 연락이 왔다. 글쎄, 정부혁신 유공포상이라는 어마어마한 표창 건을 가지고 말이다.

2019년 11월 7일

기분이 몹시 싱숭생숭했다. 가을쯤 병무청장상 후보로 추천받았을 때는 그냥 거절했었다.

"너 정말 상 안 받아도 돼?"

"네. 이제 와서 저한테 그런 상장이 별 의미가 없을 것 같아요. 그냥 어린 친구들한테 양보할래요. 취직할 때 도움 되겠죠?"

"이거 되면 포상휴가도 나올 텐데."

"어, 주무관님 근데 제가 포상휴가가 나와도 휴가 다녀올 돈이 없는데요."

"저런."

"노동청에는 정수기도 있고, 난방비도 세금으로 내 주고, 너무 좋거든요. 집에서 보일러 틀면 돈 나가잖아요."

그러고는 그냥 내 자리로 내려가서 열심히 논문 쓰다가 퇴근했었다.

그런데 오늘은 기분이 몹시 싱숭생숭했다. 정부혁신 유공포상이라. 유공자 되는 건가? 혜택도 있나? 박물관도 공짜로 들어갈 수 있고 주차장 요금도 반값이고 그런 거야?

"혜택이 아예 없거나 표창을 수여하는 기관이 가진 권한 내에서 혜택이 주어질걸? 국세청에서 표창 받으면 세무조사 한 번 면제해 주거든. 노동부 표창은 별 큰 혜택은 없고. 행정안전부 표창이면 실생활에 도움되는 혜택은 없지 않을까?"

지청장님의 말씀이었다. 일리가 있다. 일단 큰 의미는 부여하지 않으려고 했다. 마음을 다스리고 다시 일상으로 돌아와야지.

"그런데 훈장 줄지도 모르는데 그런 건."

순식간에 평상심을 잃어버렸다. 태연하게 받아들이기에는 너무 큰 유혹이었다.

훈장이라. 이거 들고 외할아버지한테 자랑하러 가고 싶다. 추석에 외갓집을 가서 내가 나온 신문 기사들과 강연장에서 찍은 사진들을 보여드렸었다.

Pycon 기조연설 전 찍은 사진

"이게 몇 명이라고?"

"1,800명이에요."

"많기도 하다. 그래 너는 이제 운만 따라 주면 되겠네. 다 키웠다."

외할아버지의 말씀에서 무언가 쓸쓸한 성취감이 느껴졌다. '이제 얘가 성장하는 건 다 봤구나' 하는 느낌이었다. 슬슬 주변을 정리하려 하시는 것 같아 마음이 아팠다. 내 시간이 흐르는 동안 사랑하는 사람들의 시간도 함께 흐르고 있다.

아직 건강하실 때 훈장을 들고 외갓집에 가서 자랑을 하면 좋겠다는 생각이 들었다. 욕심이 생겼다. 공적조서를 제출한 뒤에도 여러 절차가 있다. 후보자를 공개한 다음 공개검증을 받고, 여기서 살아남으면 심사에 들어간다. 경쟁률도 높을 것 같고. 가장 걱정인 것은 유공기간이다. 한평생 이쪽 분야에 헌신하신 분들도 많을 텐데 내 유공기간은 고작해

봐야 1년가량의 사회복무기간이 전부다. 나이도 어리고.

"아, 기분 좋았는데 덕분에 초조해졌어."

어떤 상황에도 마음이 꺾이지 않을 자신은 있었다. 그런데 마음에 살랑살랑 바람이 불어오니 불안해졌다. 평상심을 쉬이 잡을 수 없었다. 논문도 손에 잘 잡히지 않고. 목사님께 카톡을 넣었다.

2019년 11월 8일

"이런 일들이 있었어요. 그래서 정부혁신 유공포상 후보자로 추천을 받게 되었습니다. 근데 그러고 나니 욕심이 생겨서요."
"어쩐지, 지금 이마에 상 받고 싶다고 적혀 있네."
"맞아요."
"일단 먹자."
"잘 먹겠습니다."

잠시 얘기만 나누려 했는데 목사님께서 점심을 사 주셨다.

"목사님, 지금 이 테이블에 올라와 있는 음식들이 제 3일치 일당이에요."
"박봉은 박봉이다 정말. 아무튼 되게 욕심이 나겠네."
"네. 그래서 목사님 기도빨 좀 받고 싶어서요. 제가 원래 뭔가를 갖고 싶다고 기도를 드리지를 않거든요. 근데 이번엔 욕심이 너무 나요."

"이해한다. 그래도 하나님께서 놓으라고 하시면 포기해야 하는 거 알지?"

"그럼요. 안 될 일을 손에 쥐려고 하면 괴롭죠."

목사님과 잠시 시간을 보내고 나니 마음이 한결 편안해졌다. 역시 성직자다. 갑작스레 차오른 욕심으로 내 자신의 마음을 괴롭힐 뻔했는데, 덕분에 빠르게 벗어날 수 있었다.

2019년 12월 31일

연말이다. 춥다. 병가 쓰고 집에 누워서 이불 덮어쓰고 자고 싶다. 감기에 얻어맞고 골골대고 있었다. 나는 감기에만 걸려도 온몸에서 신호가 온다. 그런 병이다. 아 진짜 군면제 주는 게 맞는 병인데. 병역비리 시도한 연예인들. 만나면 가만두지 않으리라.

세종시에서 택배가 한 건 왔다. 본능적으로 느꼈다. 저건 나에게 온 택배다. 그리고 좋은 소식이 들어 있을 것이다.

포장을 뜯었다. 파란색 펠트로 마감처리된 고급진 상자와, 파란색 상장케이스가 보였다. 빙고, 저건 정말 내 거다.

"아니 이 사람들은 미리 연락 좀 하고 보내 주지. 갑작스럽게 이게 뭐야."

말은 그렇게 하면서도 입이 귀에 걸렸다. 조심스럽게 상자를 열었다. 훈장인가? 훈장이야?

훈장은 아니고 태극무늬가 그려진 예쁜 손목시계가 들어 있었다. 아, 1년 동안 저축해서 스마트워치 샀는데. 몇 달만 참을걸. 시계 디자인이 적당히 올드한 것이 딱 내 취향에 맞았다.

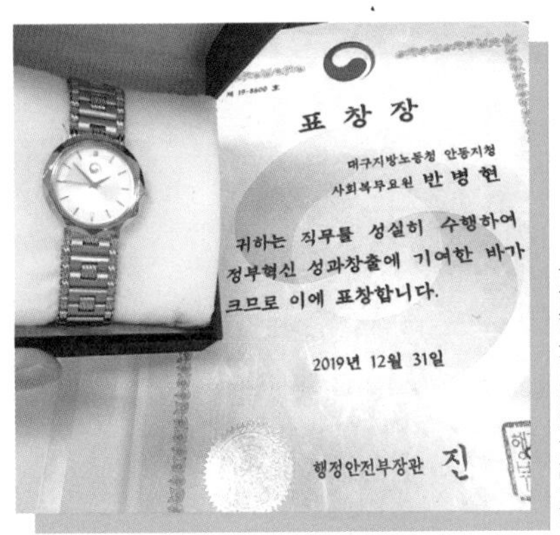

표 창 장

대구지방노동청 안동지청
사회복무요원 반 병 현

귀하는 직무를 성실히 수행하여 정부혁신 성과창출에 기여한 바가 크므로 이에 표창합니다.

2019년 12월 31일

행정안전부장관 진

정부혁신 유공포상 패키지

시계와 표창장이 잘 보이도록 사진을 찍어 SNS에 올렸다. 부모님께도 자랑했다. 어머니가 무척 좋아하셨다. 표창장과 공적조사를 복사해 안동노동청에 제출했다. 포상휴가 이틀을 받았다. 나이스.

기분이 참 좋았다. 사회복무요원이 성과를 낸 것이니 당연히 병무청에도 보고를 해야하지 않겠는가? 스마트폰을 꺼내 병무청 복무지도관에게 문자메시지를 보냈다.

올 한 해 고생 많으셨습니다. 부디 행복한 연말 되시고 내년에도 계획하시는 일 잘 풀리기를 기원합니다.

행정안전부로부터 행정혁신 유공자로 선정되어 장관 표창을 받았습니다. 참 군생활이 재미가 있네요.

아무쪼록 새해 복 많이 받으시고 건강하시기 바랍니다. 감사합니다.

문자를 보내고 나니 갑자기 기분이 더 좋아졌다. 기분탓일 것이다.

모든 게 완벽한 하루였다. 일년의 마지막 날을 이렇게 보낼 수 있다니, 운이 좋다. 그런데 아까부터 스마트폰의 알람이 자꾸 울린다. 축하 메시지라도 오는 건가?

브런치 앱에서 알람이 오고 있었다. 댓글이 달렸다는 알람이다. 무슨 내용인가 싶어서 앱을 켜 봤다. 100여 개의 악플이 달려 있었다.

"아니 이게 뭐야?"

한번 댓글을 지워 봤다. 2분도 안 되어 다시 댓글이 달렸다. 오호라.

잠시 기분이 나쁠 뻔했지만 금세 평정심을 되찾았다. 어떤 상황에서도, 마음이 꺾이지 않는다면 돌파구가 생긴다.

"상대를 잘못 골랐어. 나 코딩하는 공익이야."

이 악플러를 제물로 삼아 연말 축포를 쏘아 올리기로 했다. 프로젝트명 사드THAAD다. 마음을 완전히 꺾어 주리라. 30분을 투자해 만든 코드로 저 악플러에게 일주일간의 연옥을 선사했다. 결국 악플러는 꼬리를 말고 도망쳤다.

노동청 공익과 브런치 악플러

2020년 1월 6일

브런치는 훌륭한 플랫폼이다. 한 가지 불편한 점이 있다면 블랙리스트 기능이 없다는 점이다. 그리고 악플러를 신고해도 처리가 너무 느리다.

며칠 전부터 악플러 한 명이 필자의 브런치 게시물에 동일한 악플을 도배했다.

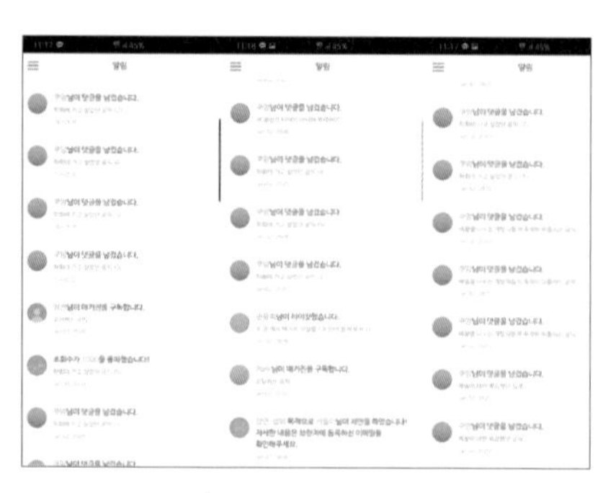

12월 31일 브런치 알람 캡처

저 '쿠앙'이라는 유저는 2019년 마지막 날에만 100개가 넘는 악플을 필자의 브런치 게시물에 달았다. 아주 골고루 돌아다니면서 말이다. 이 사람이 보통 악질이 아닌 것이, 그냥 악플만 남긴 것이 아니었다.

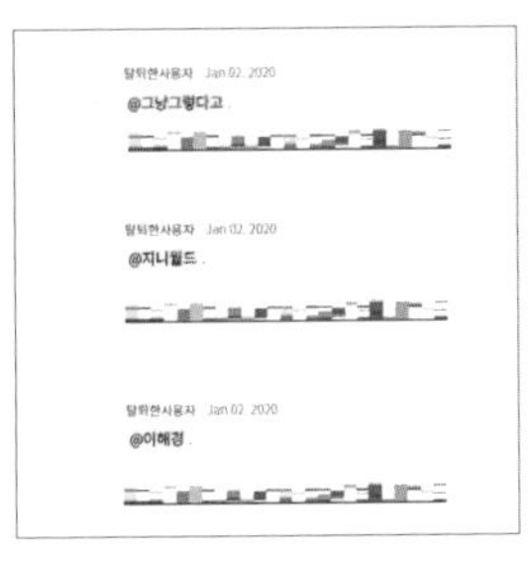

악플을 다는 행태

저 유저는 꼭 필자의 다른 독자를 댓글에 태그해서 악플을 달았다. 죄질이 굉장히 나쁘다. 도저히 용서할 수가 없었다. 필자는 법적 조치를 취하는 데 거리낌이 없다. 법률을 배운 사람으로서 쌓은 지식을 활용해 스스로를 지키는 것은 당연한 행동이라 생각한다.

먼저 저 유저가 자기가 단 악플을 지우지 못하도록 조치를 취했다. 저 작자가 댓글을 단 게시물 몇 건을 비공개 처리한 것이다. 이렇게 하면 댓글을 작성한 사람이 본인의 댓글에 접근할 수 없으므로, 댓글을 삭제할 수 없다. 증거를 인멸할 방법을 없애 버렸으니 이제 마음 편하게 법적 조치를 취할 수 있다. 짬에서 나오는 바이브다. 다만 필자가 아끼는 글들을 비공개로 돌려야 했다는 사실이 가슴 아프다. 나를 욕하는건 참아도 내 작품을 더럽히는 건 참을 수 없다!

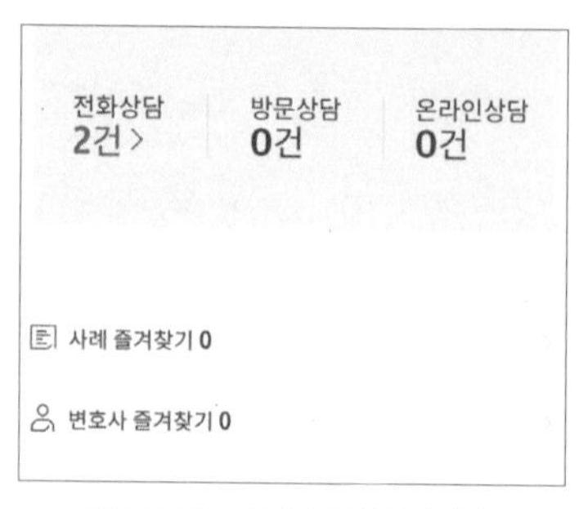

변호사 상담 받기 쉬워진 세상이다.

변호사 두 명에게 자문도 구했다. 앱으로 예약하면 당일에 바로 전화 상담이 가능하니 아주 세상이 좋아졌다. 저 악플러를 내 손으로 직접 처리하려면 휴가를 쓰고 검찰에 고소장을 접수해야 한다. 합의를 보기 위해 필자한테 연락도 올 것이고 많은 것이 귀찮다.

일단 그건 4월 말 이후의 이야기이고. 당장 필자가 이 사람에게 대응할 만한 적당한 방법이 없을까 조금 고민을 해 봤다. 우선 이 악플러는 허술한 부분이 있었다. 카카오 브런치 아이디를 조회해 보니, 성균관대학교 동문 게시판에 작성한 게시물이 그대로 검색되는 것이 아닌가?

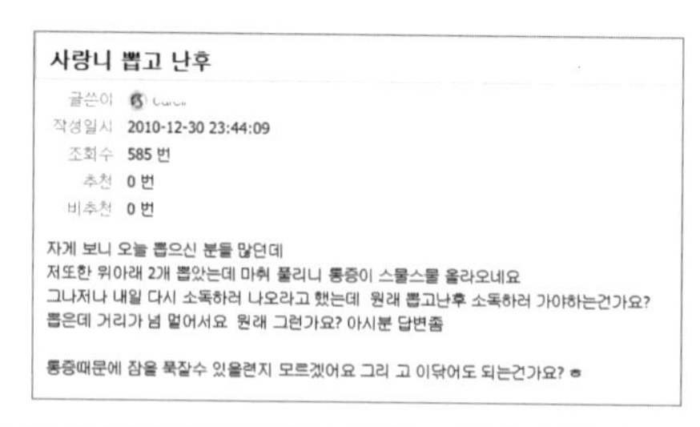

사랑니 뽑고 난후

글쓴이

작성일시 2010-12-30 23:44:09

조회수 585 번

추천 0 번

비추천 0 번

자게 보니 오늘 뽑으신 분들 많던데
저또한 위아래 2개 뽑았는데 마취 풀리니 통증이 스물스물 올라오네요
그나저나 내일 다시 소독하러 나오라고 했는데 원래 뽑고난후 소독하러 가야하는건가요?
뽑은데 거리가 넘 멀어서요 원래 그런가요? 아시분 답변좀

통증때문에 잠을 푹잘수 있을련지 모르겠어요 그리 고 이닦어도 되는건가요?

사랑니를 뽑았다면 위생에 각별히 신경쓰고, 빨대 사용을 자제해야 한다.

이분은 2010년 겨울에 사랑니를 뽑았다. 위아래 합쳐 2개의 사랑니를 뽑았고, 마취가 풀리니 통증이 스물스물 올라와 고통을 호소하고 있었다. 오호라.

이 외에 다른 댓글들도 몇 가지 조회가 되었다. 이 사람의 페르소나가 어느정도 특정됐다. 필자보다 나이가 많으며, 높은 확률로 30대일 것이다. 또한 성균관대를 나왔을 정도면 어느 정도 스스로에게 건 기대나 자부심도 컸을 것으로 생각한다.

얼마 전에 〈닥터 프로스트〉라는 심리학 웹툰에서 이런 명대사가 등장했다.

"누군가를 알고 싶은 것과 미워하는 것은 동시에 존재할 수 없다."

저 악플러는 나에 대해 굉장히 관심이 많다. 즉 필자를 미워하지 않는다는 뜻이다. 일종의 왜곡된 동경심이 문제의 원인이 아닐까.

필자가 이렇게까지 저 사람이 누구인지 알려고 했던 것으로 미루어 보아 필자 또한 저 사람을 미워하지 않았던 것 같다. 처음에는 저 사람이 필자를 질투하다 못해 증오하게 되었다고 생각했다. 일종의 열등감이 혐오로 바뀌어 날카롭게 벼려진 사례라 생각했다. 그런데 이제는 불쌍하다. 필자가 가진 것들이 그의 삶을 몹시도 비참하게 만들었나 보다.

여기까지 분석한 뒤 저 사람의 심리를 추측해 봤다. 명문대 입학과 함께 어린 시절 주변의 기대를 받으며 자기 자신에 대한 자부심을 키워 나갔을 것이다. 하지만 현재 저 사람은 자부심에 부응하는 마땅한 성과를 이루지 못한 것 같다. 이를테면 고시 낭인이나 취업이 안 된 경우가 아닐까? 자존감이 박살난 것 하나는 틀림없다. 그러니 자기보다 어린 공익놈에게 동경심을 품었겠지.

게다가 몇 시간씩 새로고침을 눌러 가며 악플을 달 정도면 굉장히 시간이 넉넉한 사람이라는 뜻이다. 그것도 연말과 연초에 말이다. 보통은 연말과 연초에 약속이 많지 않은가? 저 악플러는 인간관계가 매우 협소하거나 주변인들에게 버림받은 사람이라는 뜻이다. 이거 원, 불쌍한 사람이네.

저 사람이 필자의 브런치에 악플을 달기 위해 투자하는 시간과 노력은 보통이 아니다. 필자의 브런치에는 벌써 게시물이 160개 이상 게시되어 있다. 이 게시물을 하나씩 옮겨 다니며, 정성스럽게 필자의 다른 독자들의 아이디를 하나씩 태그하며 악플을 달다니. 이 정도면 증오가 아니라 사랑이요, 동경이다.

테스트를 해 봤다. 저 사람이 작성한 댓글을 지워 봤다. 조금 지나서 다시 댓글이 달렸다. 이걸 또 지웠다. 또 댓글이 달렸다.

어떤 형태의 망가진 인간인지는 잘 파악했으나 필자의 개인적인 공간에 악플이 남아 있는 것을 원하지 않았고, 다른 독자들을 태그하는 행태는 도저히 용서할 수 없는 일이므로, 그에게 최대한의 심리적 고통을 선사해 주기로 결심했다. 아니, 애초에 형법을 위반한 범죄자다. 필자는 범죄자 따위의 사정을 고려해 주고 싶은 생각이 전혀 없다.

아마 저 사람은 필자를 깎아내리려는 의도로 댓글을 작성하면서, 동시에 "나도 좀 봐 주세요. 나 여기 살아 있어요! 내 흔적을 지우지 말아 주세요!" 하는 절박한 메시지를 보내고 있었던 것이 아닐까? 이 사람의 댓글이 올라오는 족족 삭제해 버리는 것으로 첫 번째 응징을 가하기로 했다. 눈이 시뻘개지도록 브런치를 붙잡고 댓글을 도배하게 될 것이다. 일종의 스키너박스[27]를 만든 것이다.

프로젝트명 사드THAAD를 준비했다. 미사일이 날아오면 요격하는 사드처럼, 브런치에 악플이 달리면 요격해 버리는 자동화 소프트웨어다. 등기우편 자동조회 스크립트를 만들 때 사용했던 셀레니움을 사용했다.

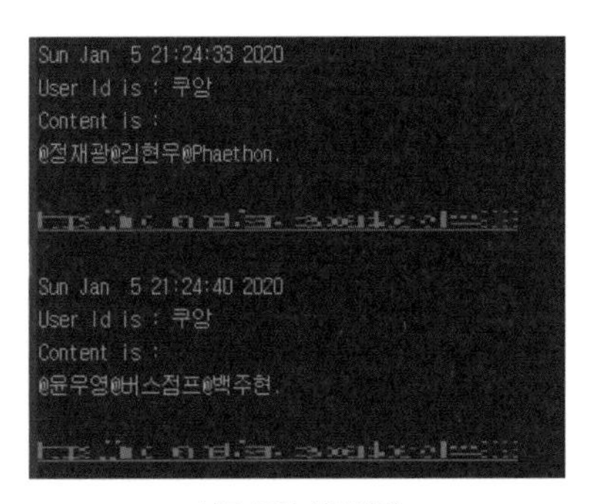

사드 요격 성공화면

사드는 필자의 브런치 게시물들을 이리저리 탐색하면서 '쿠앙'이라는 아이디가 발견되거나 비슷한 패턴의 악플이 등장하면 그대로 그 악플을 삭제해 주는 자동화 소프트웨어다. 브런치의 신고 기능을 아무리 사용해 봐야 저 악플러가 제재를 당하지 않길래 자력 구제에 나섰다.

만드는 과정에서 웃지 못할 에피소드도 있었다.

악플 지우개를 테스트하려면 악플이 있어야 하지 않은가? 그래서 필자의 브런치에 필자가 직접 악플을 달아 가며 테스트를 해야 했다. 스크립트가 완성된 후에는 몇 가지 테스트를 위해 또 사드를 가동시켜 둔 채로 필자의 브런치에 필자가 직접 악플 몇 개를 달았다. 자아분열의 현장이다.

스키너박스 실험은 대성공이었다.

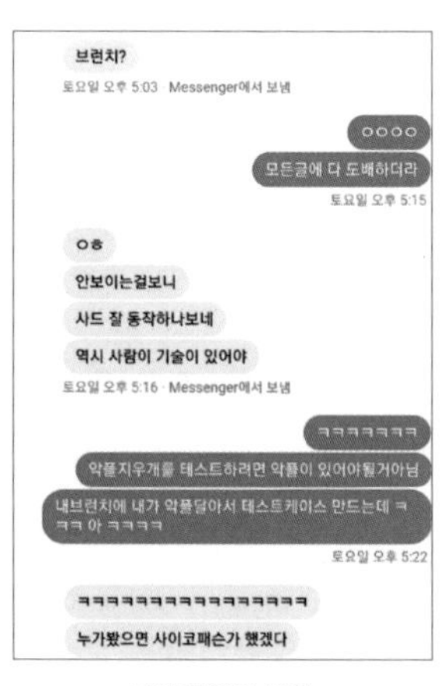

자아분열의 현장

"네가 댓글을 지우면 나는 댓글을 다시 적으면 그만이다. 내 악플로 네가 이뤄 둔 명성을 부숴 버리겠다."

굉장히 간단하고 명료한 동기부여다. 저 사람은 간단한 심리 트릭에 빠져, 자신의 악플이 컴퓨터에 의해 자동으로 지워지고 있다는 사실도 모른 채, 새벽 두시 반에도 악플을 수십개씩 남겼다. 잠까지 줄여 가며 컴퓨터와 싸운 것이다. 일주일가량이나 말이다. 어떤가. 코딩으로는 현세에 연옥을 만들어 사람을 가둬 버릴 수도 있다. 파이썬과 함께라면 못 할 것은 없다는 마음가짐만 있으면 못 할 것은 없다.

6일째 되던 날 밤, 결국 저 악플러는 한 독자님의 '신고할게요' 한 마디에 아이디를 삭제하고 도망쳐 버렸다. 약간 아쉽기도 하다. 조금 더 오랜 시간 동안 저 악플러에게 왜곡된 보상을 부여하고 싶었다. 부디 일주일간 현실 세계에서는 충족시킬 수 없는 만족감과 달성감을 충분히 누렸기를 바란다. 그래야 당신의 현실이 더욱 비참하고 아프게 느껴질 테니 말이다.

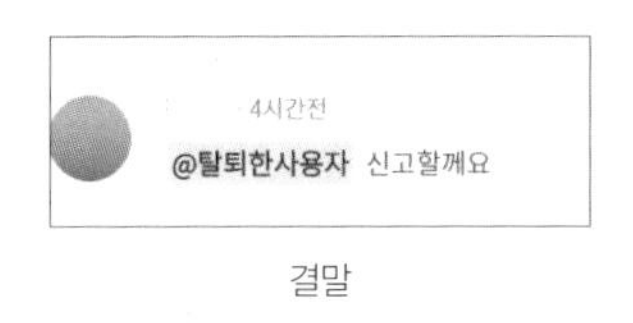

결말

여튼 매우 작은 적대감에 도망을 치다니. 역시 예상을 벗어나지 못한다. 자존감이 무너지고 철이 덜 든 사람은 불안하면 악수를 둔다. 덕분에 쿠앙 씨는 기존에 본인이 작성한 악플을 삭제할 권한이 사라졌다. 증거가 사라질 염려가 사라졌으니 느긋하게 변호사를 고르면서 전역을 기다리면 될 것이다.

사드가 댓글을 삭제하면 또 댓글을 달았다.

위 사진을 잘 보자. 쿠앙 씨가 같은 게시물에 연속으로 여러 번 댓글을 단 흔적이 보인다. 이게 정말이지 불쌍하고 슬픈 행동이다.

① 댓글을 단다.

② 댓글이 혹시 삭제당하지는 않았을까 불안해하며 새로고침을 한다.

③ 그사이 사드 때문에 댓글이 자동으로 삭제된 것을 보고 마음의 상처를 받는다.

④ 다시 댓글을 단다.

⑤ 그런데 그게 또 삭제당했을까 봐 새로고침을 한다. (이하 반복)

하루종일 새로고침을 눌러 가며 댓글창을 붙들고 있었을 저 악플러가 불쌍하다. 저 사람은 필자가 열을 올리면서 댓글을 하나하나 삭제하고 있을 거라고 생각했을 것이다. 하지만 이걸 어쩌나. 그거 사람 아니고 컴퓨터였어.

12월 31일부터 1월 5일까지. 총 6일에 걸쳐 혼자 스트레스를 받고, 희열을 느끼면서 허공에 주먹질을 하게 만들었다. 이 세상에 당신 같은 사람에게 감정과 시간을 소모해 가며 진지하게 상대해 줄 사람 따위는 없다.

업무 자동화가 이렇게 유용하다.

강연 소재 늘었다!

자유에 대한 짧은 생각

2020년 1월 6일

새벽에 브런치에 올린 글 반응이 몹시 괜찮다. 사람들은 악플러의 패악질에 분노하면서도 나의 대처를 마음에 들어 했다. 하긴, 내가 생각해도 참신하다. 심리학과 코딩으로 악플러를 퇴치하다니. 이름도 잘 지었다. 악플러 사드. 이걸 무료로 배포해 다른 작가분들도 악플의 고통으로부터 해방시켜 줘야겠다.

출근해서는 평소와 같이 논문을 썼다. 새해가 되었지만 내가 하는 일은 크게 달라지지 않았다. 논문을 읽고, 기술을 연구하고, 성과를 정리해 논문을 작성한다. 아마 앞으로 남은 복무기간은 이렇게 연구만 하면서 보내지 않을까.

자취방 인테리어

퇴근길에 멋진 액자도 샀다. 자취방 벽이 허전했는데 액자를 걸어 두니 느낌이 살아난다. 좋다. 2년간의 군생활이 버리는 시간이 아니라는 사실을 누군가가 공인해 준 것 같아서 기분이 더 좋았다.

주변 친구들은 군생활을 마치고서 다들 2년 동안 배운 것이 많았다고 말하지만, 박탈감을 더 크게 느낄 것이다. 나 또한 그렇다. 알찬 시간을 보냈다고 자위하면서도 시간을 허비한 것은 아닌가 불안해했는데 공신력 있는 기관에서 '당신은 시간을 알차게 보냈습니다' 하고 증명을 해 주는 것이나 다름없으니 위안이 되었다. 허공에 대고 한 노력에 대해 갑작스런 보상을 받은 기분이라 표창장을 보고 있으니 뿌듯했다.

상장을 받고 이렇게까지 기뻐한 것은 정말이지 오랜만이다. 대구지방병무청장 표창장은 지금 어디에 뒀는지 기억조차 안 나는데 말이다. 청소하다가 버렸을지도 모른다. 진심이다. 그건 내게 별다른 의미가 되지 못했다.

2020년 1월 15일

올해에는 진동학과 미생물학을 공부하고 있으며, 이걸 비료에 적용하는 새로운 기술을 만들고 있다. 이 사실을 듣고 후배가 갸우뚱하며 물어본다.

"진동하는 비료로 미생물 키우려고요?"

생각 없이 듣다가 얼탱이가 없어서 그만 빵 터지고 말았다. 복무 중에 한가하게 새로운 분야 공부라니. 팔자 정말 좋다.

"내가 군생활을 잘하기는 했구나."

병역의 의무를 하면서 매스컴도 타 보고, 검열 작가의 반열에도 오르고, 정부혁신 유공자로 선정되어 장관 표창도 받았다. 그뿐인가. 내가 훈련하면서 쏴 본 총알 개수보다도 복무기간 동안 하고 다닌 강연의 개수가 더 많다.

저녁밥을 먹고 돌아오는 길에 찬 바람을 맞으며 잠시 멈춰 섰다. 갑자기 생각이 많아졌다.

입대 전에는 내 자신을 나비라고 생각했다. 가고 싶은 곳으로 마음껏 날아다니고, 아름다운 꽃들과 만나며 달콤한 꿀만 빨아먹는 나비. 그런데 국방의 의무가 날개를 자르고, 더듬이와 팔다리를 모두 끊어 낸 셈이다.

현실의 나는 아픈 몸을 이끌고 매일 출근해 UN이 인정한 강제노역을 수행하고 있으며, 국가를 비판해서도 안 되고, 정치활동도 할 수 없으며, 표현의 자유도 억압당했다. 심지어 문학활동을 검열당하기까지 하지 않았는가. 게다가 경제권도 박탈당했다. 정해진 강제노역 시간 동안 소집되어 일을 했으면 그만이지, 퇴근 후에도 경제활동을 할 수 없지 않은가. 덕분에 내 부양 비용은 부모님이 부담하셨고. 그렇게 부모님은 병역의 의무를 이중으로 부담하신 것이다. 부당하고 부당하다. 이게 나라냐?

하지만 불합리한 제도로 신병을 구속당한 상태에서도 나는 자유를 찾아내는 데 성공했다. 강제노역으로 묶인 몸이지만 노역 시간 중 나를 터치하는 사람도 없다. 나라의 높으신 분들이 하루가 멀다하고 나를 초청해 내 경험과 지혜를 듣고자 한다. 복무 중 합법적으로 출장 절차를 밟아 강연을 한 것도 한두 번이 아니다.

비록 휴가를 써야 했지만 10월에는 국제학회에 참석해 논문도 두 편이나 발표하고 왔다. 가장 부자유한 신분에서 가장 큰 자유를 누리고 있다.

"쇠사슬을 찬 상태에서도 하고 싶은 건 다 하고 있잖아. 어쩌면 이게 세상에서 가장 큰 자유가 아닐까?"

비록 경제적인 문제는 해결방안이 없지만, 이걸 제외하면 사실상 운신의 제약이 없다시피 하다.

"초심. 이런 사건을 벌이던 내 초심이 뭐였더라."

초심이 뭐였길래 이렇게까지 일을 크게 벌이게 되었나. 그래. 초심은 분노였다. 감히 나를 2년이나 속박하려 하다니, 대한민국이 그럴 그릇이 되는지 지켜보겠다는 치기 어린 결심. 소떡소떡을 먹으며 '가장 낮은 신분으로 대한민국을 마음껏 흔들어 보자'고 중얼거렸던 것이 내 초심이었다. 초심을 유지하게 한 원동력은 불합리에 대한 반감과 지루함이었다.

역시. 상황은 스스로 비관적이라 생각하지 않으면 절대 비관적이지 않은 것이다. 나보다 더 편한 복무지에서도 시간을 헛되이 사용하는 공익도 많을 것이고, 군면제를 받은 분들이나 병역의 의무를 질 필요가 없는 여성분들 중에서도 20대에 나만큼 많은 경험과 업적을 쌓은 사람은 많지 않을 것이다. 어떤 상황에서든 마음이 꺾이지 않으면 된다. 항상 돌파구가 생기고, 그 안에서 더 나은 내일을 만들어 나갈 수 있다.

복잡한 생각을 하고 있으니 머리가 아프다.

춥다. 얼른 들어가서 여자친구 줄 편지나 쓰자.

2020년 1월 16일

아직까지도 복무기간이 100일 넘게 남았다는 사실에 비통해하며

사회복무요원 반병현

에필로그

"저 이 책 팔아서 집도 사고 차도 사고 결혼도 할 수 있을까요?"

"저는 작가님이 그런 이야기 하실 때마다 너무 웃겨요."

다른 분야의 전문가와 함께 하는 작업은 항상 즐겁다. 몰랐던 사실을 배울 수 있기 때문에. 내 전문 분야에 몰두할 때보다 더 빠르고 쉽게 성장하는 기분을 느낄 수 있다. 기획출판이라는 일은 내가 처음 접해 보는 분야다. 전문가의 말을 잘 들어야지.

한글 파일로 원고를 작성해 출판사에 넘겨 드린 것이 불과 얼마 전이다. 어느새 내지 편집이 마무리되고 표지 시안도 세 개나 나왔다. 이렇게 착착 진도가 나가면서 책이 만들어지는 과정을 지켜보고 있자니 참으로

신기할 따름이다. 내가 내놓은 이야기가 시장에서 팔리는 형태로 가공되고 있다.

농부가 된 기분이다. 직접 키운 채소가 요리사의 손에서 작품으로 빚어지는 모습을 지켜보는 농부 말이다. 아, 맞다. 나 농부 맞구나. 출판사 직원분들을 처음 뵌 자리에서도 이렇게 이야기했다.

"저는 그냥 편집자 말 잘 듣겠습니다. 시장에서 팔리는 책을 만드시는 전문가가 있는데 믿고 따라야죠."

결과적으로 이 판단은 옳았다고 생각한다. 처음 작성한 원고는 손볼 곳이 많았다. 재미는 있었지만 그게 끝이었으니. 독자에게 전달할 수 있는 메시지를 담아야 한다는 코멘트에 글의 방향을 이래저래 수정했다. 작가가 기획자의 말을 잘 들어서 손해 볼 일은 없을 것이다. 내 좁은 시야를 깨뜨려 줄 소중한 조언이니까.

그저 하얀 배경에 활자만 나열된 글 뭉치가 책의 형태로 다듬어지는 과정도 정말 신기하다. 출판사에서 두 차례 택배로 교정지를 보내왔다. 묵직했다. 원고를 인쇄해 연필로 교정사항을 필기하며 한땀 한땀 다듬은 흔적이 녹아 있었다.

내 군생활이 눈에 보이는 형태로 변화하고 있다. 여러 사람의 손길이 한데 모여서 말이다. 소집해제를 앞둔 말년 공익은 그저 이 사실이 감개무량할 뿐이다. 됐다, 이제 책이 많이 팔리기만 하면 된다. 차도 사고 집도 사고 결혼도 할 만큼 많이 팔리면 좋겠다. 상품을 만드는 사람들에게는 시장에서의 성공이 보상이니까. 딱히 내가 돈을 좋아해서 그러는 것은 아니다. 아, 물론 돈을 좋아하기는 하지만. 흠흠.

"연예인 병역비리 사건만 없었다면 나는 공익이 아니라 군면제였을 것이다. 이게 정말 너무 억울하고 짜증이 났다. 그런데 덕분에 이렇게 재미있는 공익생활도 해 보고, 책도 쓰게 되었지 않은가. 공익 신분이 아니었다면 높으신 분들에게 쓴소리 날려 볼 기회도 없었을 것이다. 덕분에 얻은 것이 많다."

이렇게 생각하니 조금은 덜 억울할 줄 알았다면 오산이다. 억울하다. 아무리 좋은 기회가 있었대도 내게 군생활은 인생의 낭비다. 이건 절대 부정할 수 없다. 같은 시간과 노력을 사회에서 투자할 수 있었다면 더 큰 성취가 있었을 것이다. 그것도 남은 인생에서 복리로 작용할 만한. 후. 모쪼록 아픈 몸으로 2년간 착취당하며 느낀 바가 많다. 더 할 말은 많지만 이만 줄이겠다.

자칫하면 분노로 점철되었을 내 공익생활에 활력을 불어넣어 준 분들께 감사 말씀을 한마디씩 올리고 싶은데 지면을 너무 많이 차지할 것 같아 짧게만 하겠다. 글이 가진 힘을 보여 준 〈카카오 브런치〉팀과, 사건을 기사로 다뤄 주신 언론인들께 감사드린다. 공익근무요원의 고사리손 같은 도움이나마 활용해 대한민국을 더 살기 좋은 곳으로 바꾸고자 힘써

주신 공직자분들께도 감사드린다. 이상한 공익 때문에 고생하셨을 노동청 공무원분들과 병무청 복무지도관님께도 감사드린다. 변변찮은 글을 책으로 다듬어 주신 세창미디어 여러분들께도 감사드린다. 힘든 시기를 견딜 수 있게 큰 행복을 선사해 준 이여린 양에게는 특별히 더 감사를 드린다. 끝으로 이 책을 구매해 주신 독자님께 가장 큰 감사를 드리며 이만 물러나도록 하겠다.

2020년 4월

코딩하는 공익

반병현

쿠키 글

https://brunch.co.kr/@needleworm/203

주석

1 ILO 협약 제29호에 따르면 군복무 외 모든 형태의 대체복무는 강제노역에 해당된다. 2019년 5월, 정부가 ILO 협약의 비준에 착수하면서 다시 한번 문제가 되었다.

2 Backend. 주로 프론트엔드로부터 자료를 입력받고 처리한 다음, 다시 프론트엔드에게 전달하는 역할을 수행한다. 사용자에게 보이지는 않지만 중요한 작업들이 수행되는 단계. 친숙한 카카오톡을 예시로 들자면, 카카오 본사에 있는 서버가 백엔드에 해당한다.

3 Frontend. 실제로 사용자와 의사소통하며 자료를 입력받거나 정보를 사용자에게 전달하는 단계. 친숙한 카카오톡을 예시로 들자면, 여러분의 스마트폰에 설치된 애플리케이션이 프론트엔드에 해당한다.

4 Growth Hacking. 프로그래머들에 의해 개발된 마케팅 기법의 일종이다. 성장을 위해 수단과 방법을 가리지 않는다는 뜻에서 '해킹'이라는 이름이 붙었다. 바이럴 마케팅이나 심리학적 전술 등을 활용하여 많은 사람들에게 광고를 노출시키면서도 비용은 거의 들지 않은 성공 사례들이 많이 알려져 있다. 그로스해킹으로 성공한 유명한 회사로는 페이스북, 트위터, 에어비앤비, 드롭박스, 핫메일 등이 있다.

5 깃허브(http://github.com)는 세계에서 가장 유명한 무료 깃(Git) 저장소다. 깃허브를 활용하면 깃을 매우 쉽고 간편하게 활용할 수 있게 된다. 깃은 리눅스의 창립자인 리누스 토발즈(Linus Benedict Torvalds)가 제작한 분산형 버전 관리 시스템(VCS)이다. 깃허브를 활용하면 복잡한 프로그램을 개발할 때 버전 관리가 용이해지며, 하나의 작업을 여러 컴퓨터에서 이어서 수행할 수도 있다. 이뿐만 아니라 완성된 프로그램을 손쉽게 전 세계에 무료로 배포할 수도 있다. 이 책의 저자는 업무 자동화 프로그램을 만드는 과정에서 손쉬운 버전 관리를 위하여, 그리고 완성된 프로

그램을 전 세계에 무료로 공개하기 위하여 깃허브를 활용했다.

6 슬랙(http://slack.com)은 일종의 온라인 사무실이다. 전 세계에서 50만 개가 넘는 회사에서 사용 중이다. 온갖 종류의 업무가 서로 섞이지 않도록 관리하면서도 많은 팀원들이 효율적으로 소통할 수 있도록 도와준다. 필자는 슬랙의 맹렬한 신봉자로, 회사 규모건 부서 규모건, 심지어 대학교 조별 과제팀이라도 좋으니, 여러 일을 처리해야 하는 팀에 슬랙을 도입하면 거의 무조건 생산성이 높아진다고 생각하는 사람이다.

7 Web Crawler의 줄임말로, 인터넷을 자동으로 탐색하면서 자료를 수집하는 프로그램이다.

8 본래 스택 오버플로(Stack Overflow)는 스택(stack)이라는 자료 구조에서 발생하는 오류의 일종이다. 무언가 한계를 넘어서 과밀적재를 하려고 할 때 발생하는 오류라고 생각하면 얼추 맞다. 본문에서 소개된 스택 오버플로는 'Stack Overflow(http://stackoverflow.com)'라는 이름의 웹사이트로, 전 세계에서 가장 큰 개발자 커뮤니티다. IT 분야의 온갖 질문들이 전 세계 어딘가에서 시시각각 올라오는데, 여기에 또 고수들이 답변을 굉장히 활발하게 달아 준다. 덕분에 프로그래밍을 하면서 문제가 발생하면, 십중팔구는 같은 문제를 겪어 본 사람이 스택 오버플로에 이미 질문을 올려 두었을 것이므로, 필자는 우선 스택 오버플로에 접속해 보곤 한다. 꿀팁이다.

9 Pseudocode. 프로그래머들이 서로 프로그램을 빠르게 설계하기 위해, 혹은 다른 프로그래머와 간편하게 소통하기 위해 사용하는 도구이다. 한국어로는 의사코드라고 한다. 복잡한 컴퓨터 프로그래밍 명령어 대신 인간의 언어를 사용하여 코딩하듯이 기재한 것이다. 한글로 써도 좋다. 본인 또는 소통하고자 하는 사람이 쉽게 읽을 수 있는 언어로 쓰는 것이 정석이다.

10 Graphical User Interface의 줄임말이다. GUI가 개발되기 전에는 컴퓨터 화면에는 오로지 글자만 떠 있었고, 사용자는 오로지 키보드만을 이용해 글자를 입력하는 것으로 컴퓨터를 사용했다. 마우스도 사용할 수 없었다. 요즘 컴퓨터는 아이콘도 있고, 버튼을 누르는 것으로 컴퓨터에게 명령을 내릴 수도 있다. 이렇게 시각적인 정보를 활용하며 컴퓨터와 인간이 소통할 수 있도록 제작된 인터페이스를 GUI라고 부른다. 요즘 사용하는 컴퓨터나 스마트폰은 대부분 GUI를 사용한다고 생각하면 된다.

11 Optical Character Recognition의 줄임말이다. 사진이나 그림에 그려져 있는 문자

를 컴퓨터가 인식할 수 있도록 하는 기술이다. 원래 컴퓨터는 1과 0 두 가지 정보만 활용하기 때문에 인간이 손으로 쓴 글자나 종이에 인쇄된 글자를 인식하지 못한다. OCR은 이러한 글자를 분석하여, 사람이 이해할 수 있는 문자를 컴퓨터가 이해할 수 있는 형태로 번역해 주는 프로그램이다. 성능이 좋은 OCR을 인쇄된 종이에 적용하면 워드 파일이나 한글 파일로 변환할 수 있다.

12 Convolutional Neural Network의 줄임말이다. 인공지능 분야에서 사용하는 용어로, 인간의 시신경 구조를 모방하여 만들어진 알고리즘이다. 주로 이미지나 영상 처리를 위해 활용하곤 한다. 필자는 작곡 인공지능을 만들기 위해 CNN을 활용해 본 적도 있다. 생각보다 이미지나 영상 외에 다른 분야에도 무궁무진한 활용 가능성이 있는 것 같다. 더 상세한 설명은 이 책의 여백이 부족하여 생략하도록 할 테니 스택 오버플로에 물어보기 바란다.

13 행정안전부에서 운영하는 전자정부 시스템으로, 여러 관공서의 업무를 컴퓨터를 이용하여 처리할 수 있도록 도와주는 시스템이다. 갓 임용된 공무원도 빠르게 업무에 적응할 수 있으며, 많은 종이 서류를 전자문서로 대체하여 환경보호에도 기여하였다. 또한 많은 공문서를 표준화하여 극찬을 받았다. 이렇게 장점이 많지만 이마저도 더 자동화할 수 있는 여지가 많다.

14 Application Programming Interface의 줄임말이다. 프로그램을 제작하기 위한 일련의 규약이나 인터페이스를 의미한다. 기술자들 사이의 일종의 합의와도 같은 것이다. 잘 만들어진 API는 기술자들의 작업을 수월하게 해 준다. 예를 들면, C언어라는 프로그래밍 언어의 API는 윈도우나 리눅스에서 동일한 기능을 보장한다. 이런 유명한 API를 활용하면 다른 종류의 기계에서도 동일한 작업을 수행하는 프로그램을 손쉽게 만들 수 있다.

15 웹페이지를 디자인할 때 사용하는 도구 중 하나이다.

16 Structured Query Language의 줄임말이다. 데이터베이스에서 자료를 처리하는 용도로 사용된다. 전 세계적으로 굉장히 인기가 많다. 한 번 배워 두면 이직에서 살아남게 해 주는 효자 같은 기술이 될지도 모른다.

17 Parsing. 구문 분석이라는 뜻이다. 언어학에서 문장을 분해하고 분석하는 기법이라고 하는데, IT 분야에서도 비슷하다. 컴퓨터를 활용하여 인간의 문장을 분석하는 기술을 파싱이라고 부른다고 생각하면 얼추 맞다.

18 Word To Vector의 말장난으로, 단어를 벡터로 만든다는 뜻으로 생각하면 된다. 토머스 미콜로프(Tomas Mikolov) 등 4명으로 구성된 구글의 연구팀이 2013년에 제

안한 방법이다. 1과 0밖에 모르는 컴퓨터에게 사람의 언어를 학습시키기 위해 탄생한 기법이며, 성능이 매우 뛰어나다는 것 정도만 알면 될 것 같다. 더 상세한 설명은 이 책의 여백이 부족하여 생략하도록 할 테니 스택 오버플로에 물어보기 바란다.

19 National Competency Standards의 줄임말이다. 산업 현장에서 직무를 수행하기 위해 요구되는 지식, 기술, 태도 등의 내용을 국가가 체계화한 것이다. 국가직무표준이라고도 불린다.

20 애자일(Agile)은 IT 업체가 소프트웨어를 개발하기 위해 사용하는 기법 중 하나이다. 일반적으로 무언가를 제작할 때에는 계획을 주도면밀하게 세우고, 그 계획에 따라 체계적으로 구현해 나가는 방식을 떠올린다. 이러한 위계적이고 경직된 기법을 폭포수가 위에서 아래로 떨어지는 것과 같다고 하여 워터폴(Waterfall)이라고 부른다. 애자일은 워터폴과 달리, 중간중간 피드백을 받아 계획을 수정하면서 제품을 다듬어 나가는 방법론이다. 제품을 기획하는 사람과 실제로 개발하는 사람 사이 원활한 커뮤니케이션이 필요하다. 기획자는 피드백을 고려하여 원래 계획을 빠르고 과감하게 수정할 수 있어야 하며, 기술자는 변경된 기획을 빠르게 이해하고 개발하던 과정을 수정해야 한다. 기획자의 역량이 부족하면 엉뚱한 데 노력을 낭비하게 되고, 기술자의 역량이 부족하면 개발 기간이 너무 오래 걸린다. 역량이 갖춰진 팀이 애자일을 제대로 시도할 경우, 결점이 거의 없는 완성도 높은 제품을 단기간에 출시할 수 있게 된다. 워터폴을 했으면 몇 년에 걸쳐서 반복해야 할 [출시 → 피드백 → 신제품 출시] 사이클을 [기획 → MVP → 피드백 → 기획 수정] 루프로 변경시켜 단 한 번의 제품 개발 기간에 소화해 낼 수 있기 때문이다.

21 User eXperience의 줄임말이다. 한국말로는 사용자 경험이라고 한다. 쉽게 말하면, 어떤 제품이나 서비스를 이용하는 동안 사용자가 겪게 되는 모든 경험을 통틀어 UX라고 부른다. 이 경험에는 사용의 편의, 행동, 감정, 기억, 심지어는 제품에 박힌 브랜드 로고를 바라보며 느끼는 심리적 만족감까지 모두 포함된다. UX가 뛰어난 제품은 성능 이외의 다른 모든 면에서도 사용자에게 만족감을 제공하게 된다. 성능이 부족한데도 비싼 가격에 팔리는 물건들이 있을 것이다. 이런 제품들 대부분은 UX에서 경쟁력을 확보하여 높은 가치를 인정받은 것이다.

22 Network Attached Storage의 줄임말이다. 쉽게 말하면 인터넷이나 인트라넷 등 네트워크를 사용해 데이터를 주고받는 저장 장치다. USB 등 물리적인 장치 없이 데이터를 보관하고 싶거나 중요한 자료를 따로 보관하는 등의 용도로 활용하면 유용하다.

23 어떤 일의 추세를 분석해서 나타난 특징을 가지고, 미래에 일이 흘러갈 모양새를 예측하는 방법이다.

24 심리학 용어다. 감정으로부터 자신을 분리시키고, 이성적이고 지적인 분석을 통해 문제에 대처하고자 하는 방어기제다.

25 IgA는 ImmunoGlobulin A의 줄임말로, 백혈구가 생산하는 항체의 일종이다. IgA 신증은 신장의 사구체라는 구조에 IgA가 축적되어 염증이 생기는 질병이다. 원래는 군면제 대상이었으나, 모 연예인의 병역비리 스캔들이 터지면서 병역 기준이 강화되어, 2011년도부터는 현역 입영 대상으로 변경되었다. 몇 년 뒤 보충역 입영 대상으로 완화되었다.

26 향후 세금신고를 위하여, 사업실적에 대한 근거 자료로 회계장부를 작성하는 일이다.

27 벌허스 프레더릭 스키너(Burrhus Frederic Skinner)에 의하여 창안된 실험 기법으로, 동물의 행동을 연구하고 분석하는 데 주로 활용한다. 동물에게 어떤 자극을 주고, 동물이 자극을 받아 의도한 대로 행동을 하면 보상을 주는 시스템이다. 스키너박스를 잘 설계하면 동물에게 중독이나 강박과 비슷한 행동을 학습시킬 수도 있다. 특정 행동에 적절한 보상을 부여하면 도파민 호르몬과 관련된 신호가 뇌 안에서 발생하는데, 이 신호는 동물에게 행복감을 느끼게 한다. 본 책에서 필자는 악플러의 심리를 분석하여 스키너박스를 설계했다. 책에서 등장한 악플러는 타인의 고통으로부터 쾌감을 느끼는 못된 사람인 것으로 생각되었다. 그렇다면 필자가 고통을 느끼는 척하면 그에게는 충분한 보상이 될 것이라 생각했다. 그래서 '댓글의 삭제'라는 보상을 부여했다. 상처받은 사람이 할 만한 행동이 아닌가. 결과적으로 악플러는 컴퓨터에 의해 자동으로 댓글이 삭제되는 것을 보면서 필자가 정신적 고통을 느끼고 있을 것이라고 착각했고, 여기에 행복감을 느꼈다. 그는 여기서 쾌락을 느끼는 바람에 강박적으로 댓글을 달았다. 하루에 4시간도 못 자면서, 일주일 내내 말이다. 인간 같은 고등생물도 이렇게 간단한 스키너박스에 갇힐 수 있음을 상기하고 경계해야 한다. 페이스북이나 인스타그램 같은 SNS의 알람 또한 스키너박스 이론을 분석하여 설계된 것이라는 주장이 있다.